新潮文庫

デス・ストランディング

上巻

野島一人著

小島秀夫原作

新潮社版

11263

01

CONTENTS

登場人物

CHARACTERS

サム・ポーター・ブリッジズ

十年ぶりにブリッジズに復帰した〝運び屋〟。第二次遠征隊として大陸を横断する。

アメリ

アメリカ再建のために、第一次遠征隊を率いて大陸を横断。西海岸のエッジ・ノットシティで囚われの身となっている。

ブリジット・ストランド

アメリカ合衆国最後の大統領。崩壊した世界をつなぎなおすためにアメリカ再建にすべてを捧げる。サムの養母。

ダイハードマン

アメリカ再建のための組織、ブリッジズの長官。ブリジットの側近。

デッドマン

ブリッジズのメンバー。元監察医。BBのメンテナンスなどを担当。

ママー

ブリッジズのメカニック担当。Qpidとカイラル通信の開発に携わる。

ハートマン

ブリッジズのメンバー。デス・ストランディングやビーチの謎を解明しようとする。

フラジャイル

民間の配送業組織、フラジャイル・エクスプレスの若き女性リーダー。

ヒッグス

アメリカ再建を阻み、人類の絶滅を先導しようとするホモ・ディメンス。

用語

VOCABULARY

BB

ブリッジ・ベイビー。人為的に造られた〝装置〟。これを装備した者は、死者の気配や存在を感知することができる。

デス・ストランディング

世界を襲った謎の大異変。死の世界から座礁《ストランド》した反物質が、この世の物質と接触し、対消滅を起こす現象。

ブリッジズ

分断した都市や人々をつなぎ直し、崩壊したアメリカを再建するために、合衆国最後の大統領ブリジットが創設した組織。

DEATH
STRANDING
01

PROLOGUE

——この子は、特別な子よ。

　無数の顔が、彼のことを見ている。視界いっぱいになるまで顔を近づけて、顔たちは去っていった。

　出会ったことのある顔、これから見ることになるかもしれない顔、一度も遭遇せずに終わる顔、とうの昔に死んでしまった顔が、現れては消えていく。

　標本にされた昆虫のようにピンで留められた彼は、動くことができない。彼はただ見られているだけの存在だった。

　おまえはどっちなんだ？

　知らない顔に尋ねられる。つなぐのか、つながれるのか。

　おまえはどこにいるんだ？

　過去にいるのか、いまを生きているのか、生者の世界か、死者の国か。

　遠い場所で、鯨が哭《な》いている。求愛の声だ。

——どうしてそう思うの？　あれは哀《かな》しくて泣いているのかもしれないでしょう？

彼のことを見ていた女の口が耳まで裂けて、顔が口になる。口腔《こうこう》には喉《のど》の奥まで小さな犬歯がびっしりと生えていた。べりべりという不愉快な音をさせて、彼を守っていた見えない壁が嚙《か》み砕かれる。生臭い内臓の臭いに満たされる。

星の爆発が見えた。この地に最初に生まれた生命の極小の世界が見えた。

喉を落ちて、胃液にまみれ、腸の蠕動《ぜんどう》にもみくちゃにされて、肛門《こうもん》から吐き出される。糞尿《ふんにょう》と血で汚れた裸の肉体を、波が洗う。その肉体はただの肉塊だ。手も足も生えていない。

ひときわ大きな波が彼の上で砕けた。それは無数の水滴となって、彼に降り注ぐ。彼の肉体は、急激に成長しはじめる。まるで時雨《タイムフォール》に打たれたようだ。目と口と耳と鼻ができて、手と足が生えて人間になった。

——この子は特別な子よ。

誰かに抱きしめられ、誰かに守られている感覚が彼を安心させる。しかし——。

顔をあげると、無数の顔に囲まれていた。おまえはどこにいるんだ？

問いかけられて、自分の身体《からだ》が消えていることに気づいた。底なしの不安が波のように押しよせた。

それが夢の終わりだった。

だから彼は目覚めたのだ。

EPISODE Ⅰ　サム・ポーター・ブリッジズ

サム・ポーター・ブリッジズ――。

名前を呼ばれ、目を覚ました。目の前に女の顔があった。

「起きたのね、サム。サム・ポーター・ブリッジズ」

反射的にサムは身を逸《そ》らした。同時に記憶を再生する。時雨《タイムフォール》を避けて、近くの洞窟《どうくつ》に逃げこんだのだ。荷物を降ろし、身体を休ませているうちにうたた寝をしてしまったのだろう。時間にしたら、ほんのわずかの間だったはずだ。

「ごめんなさい」と女が詫《わ》びる。「驚かすつもりじゃなかったの」

身体の線を浮かびあがらせる黒いラバースーツで、首から下を覆っていた。

「ここで何をしている？」

サムの問いに、女は薄く笑って、

「あなたと同じ、雨宿りよ。でも時雨《ときう》は行ったようね」

洞窟の外を見ると、たしかに時雨はやんでいるようだった。薄くなった雲から、弱い陽《ひ》射《ざ》しがこぼれている。死者たちが目を覚ます前に、雨は通り過ぎてくれたようだった。

「わたしは、フラジャイル」

女が右手を差しだす。その手も黒い手袋で包まれていた。反射的に眉《まゆ》をひそめてしまったかもしれない。悪気はないんだ。おれはただ急いでいるだけ。彼女の手を握り返せなかったことを取り繕うために、置いていた荷物を担《かつ》ごうとした。

彼女のスーツに描かれたマークのことは知っていた。骨でできた手のひらが、荷物を優しく包んでいる図像だ。

「あんたの噂《うわさ》は聞いたことがある」

「へえ、光栄ね」

フラジャイルと名乗った女が口笛を吹くようにして答えた。

「わたしも、あなたのことはよく知っている。サム・ポーター・ブリッジズ――伝説の配達人」

聞こえないふりで、サムは荷物を整えていた。どうせこの女も、おれのことを知っているわけではない。

「食べる?」

唐突にフラジャイルが、サムの顔の前に手を突きだした。指で虫のようなものをつまんでいた。虫はぴくぴくと蠢《うごめ》いている。

「クリプトビオシス。時雨にも耐性がつくの」

昆虫の幼虫のように見えるそれを、生きたまま口に放りこむ。それを咀嚼《そしやく》する音は、獣がものを食べているさまを連想させた。思わず、彼女の顔を見返してしまう。

「ねえ、わたしのとこに来ない？」

人間の女の顔で、フラジャイルは笑った。

「ひとりだと大変でしょう？」

「フラジャイル・エクスプレスなら、人材は足りているだろう？」

それは、大陸の中部で活動している配送業者だった。国家が崩壊した直後から自発的《ヴォランタリー》に、被災した人々に物を届け、復興の支援に身を捧げた組織のひとつだ。サムのような個人《フリーランス》ではなく、豊富な人やモノで構成された組織力でこの世界を支えている。国家が機能していないいま、彼女たちのような配送組織の存在は不可欠といえた。

「仲間に裏切られた。ほとんどが寝返ったわ。わたしの組織は、もう崩壊寸前。それに――」

彼女は右手の手袋をはずした。別人の手だった。無数の皺《しわ》とシミに覆われている。浮き出ている血管が指の細さを際立《きわだ》たせていた。もう何十年も生きてきた老婆《ろうば》の手だった。

「首から下を、時雨にやられた。わたしはもう粉々に砕けている」

目を細めて遠くを見ていた。涙をこらえているのかもしれない。その目元にも口元にも皺はない。黒のラバースーツと手袋の下の肌だけが、時雨のせいで老化したと言いたいのだろうか。

「おれに手伝えることはない」

彼女の真意はわからないが、過ぎていってしまった時間、失われた時間を取り戻すことは誰にもできはしない。

「物を運ぶのが、おれの仕事だ」

フラジャイルがそれに応じようと口を開いた。しかし、それは遮られてしまう。

〈こちら、ブリッジズ配送センター。サム・ポーター・ブリッジズ、聞こえますか？　委託契約者、サム・ポーター。受取人が待っています〉

サムの無線装置が、雑音混じりの音声を発したのだ。潮時だ、もう行かなければ。サムは荷物を背負って、無言でそのことを伝えようとした。

「都市まで行くのね」

そう言ったフラジャイルも、片手に小さな荷物を携えていた。もう一方の手には、いつの間にか傘が握られていた。円形ではなく、星のような形をしている。

「雨はあがったけど、奴《やつ》らには気をつけてね」

傘をくるくる回しながら、独り言のようにつぶやいた。無言でうなずいて、サムは洞窟を出ていく。その拍子に、胸のポケットから紙片が落ちた。慌《あわ》ててそれを拾おうとしたサムの背中を、フラジャイルの声が追いかけてくる。

「時雨は触れたものの時間を奪う。でも、すべてを消し去るわけじゃない。過去は捨てられないものよ。そうでしょう？」

サムは紙片をフラジャイルの視線から隠した。古ぼけた写真だった。いまよりも若いサムと、二人の女が写っている。戸惑ったような顔のサムと、微笑《ほほえ》んだ女。もう一人の女の顔はかすれてしまって見えなかった。しかし、その顔をサムが忘れたことはなかった。捨てられないけれど、取り戻すこともできない顔だった。

「また会いましょう。サム・ポーター・ブリッジズ」

写真をたたんでポケットにしまったサムが振り向くと、そこには誰もいなかった。

★

／／セントラル・ノットシティ

男は、イゴール・フランクの目の前で魔法のように消え失せた。

額を横に走る縫い目の跡と、赤いジャケットの光沢が、まだ網膜に焼きついている。錯覚だとはわかっているが、その男の体温や汗の臭いがいまも漂っている気がした。光学的な立体像によって出現した男の存在感は、それほどまでリアルだった。ホログラムが描きだした人物は、たしかにそこで息をして、彼の目を見据えて命令を伝えたのだ。まるでそこで生きているように。その男のワーク・ネームが死者《デッドマン》だというのは、ちょっとした皮肉だった。

セントラル・ノットシティの地下に設けられた自室《プライベートルーム》の扉を閉め、ひとけのない通路をイゴールは走り始めていた。時間がないのだ。

ホログラムのデッドマンが訪れたのは、ほんの数分前だった。

〈居住区で死体が発見された〉

赤いジャケットの襟を正して、デッドマンのホログラムは、そう告げた。口調は穏やかだったが、眼鏡の奥の目は、わずかに落ち着きを失っている。

〈すまない、イゴール。発見が遅れた。死後四〇時間近く経過している。緊急事態だ。任せられるのは、きみくらいしかいない〉

ホログラムのデッドマンが、頭をさげた。額の手術痕《あと》が、汗で濡れている。

〈きみが第二次遠征隊のメンバーで、その準備に入っていることは本部でも承知している。これが死体処理班としての最後の仕事だ。それに――〉

わかっているよ、とイゴールはデッドマンを目顔で制した。躊躇《ちゅうちょ》している場合ではない。あと数時間しか余裕はない。死体処理班のメンバーも数が少ない。ここでイゴールが少しでも遅れれば、この都市のすべての人間が、消え失せてしまう可能性が高くなるばかりだ。

了解の返事のかわりに、イゴールは壁の装備を指差して、持っていったほうがいいか、と尋ねる。デッドマンは無言でうなずく。それは、この死体処理が相当に困難を伴うことを意味していた。制服を身につけ、装備を抱えたイゴールに、デッドマンが声をかける。

〈すまない、きみには手間をかける。そのかわり、助っ人を手配している。予定どおりなら、もうすぐ配送センターに到着する予定だ。実績も能力も保証する。きみとセントラル・ノットの市民を、きっと助けてくれる〉

そんなすごいやつが、まだこの大陸にいるんですね。イゴールがそう言ったのは、皮肉でもなんでもなかった。そんな人間がいて、このどん詰まりの世界をどうにかしてくれたらどんなにいいだろう。

〈そいつの資料《プロフィール》は、きみの端末に送っておいた。あとで確認してくれ。サム・ブリッジズ。それが彼の名前だ〉

そう言って、デッドマンはイゴールの前から消えた。

ほとんど無音に近いモーターの音と振動を身体に感じていた。左側でハンドルを握る運転士が、首筋の汗を拭《ぬぐ》った。それに気づかないふりをして、イゴールは、トラックを搬入ゲートの手前で止めるように指示した。この運転士とは何度か組んで仕事をしたことがある。隔離病棟から焼却所まで、死体を運ぶ仕事だ。ひとつ間違えれば、自らの命だけでなく、多くの人間を巻き込む事故を起こす。崖《がけ》に渡された綱を渡るような危険な仕事だが、通常ならば、致命傷になる危機を回避する時間的な猶予《ゆうよ》はあった。

だが、今度ばかりはそうはいかなかった。

時間がない。立ち止まるわけにはいかない。それは死に直結する。

トラックが減速した。フロントガラス越しに、人影が見えた。逆光になっているせいで表情は判然としないが、その佇《たたず》まいは、資料にあった男と一致した。

イゴールはトラックを止め、車高を下げるように指示した。人影と視線が交わる。わずかに眉間《みけん》に縦皺が刻まれた。車体に記されたブリッジズのマークを視認したせいだ、とイゴールは確信した。つまりあの人影こそが、この緊急事態の救い主だ。

ドアを開けて、外に出る。歩み出て右手を差しだす。

「おれはイゴール。ブリッジズの死体処理班だ」

救世主であるはずの男は、イゴールの右手から目をそむける。そうか、と納得して、しかしイゴールは右手をそのままに、

「サム・ポーターだな」と呼びかけた。

光を背にしているくせに、男は眩《まぶ》しそうに顔を歪《ゆが》める。それは肯定の表情だとイゴールは理解した。

サム・ポーター・ブリッジズ、能力者《DOOMS》であり、フリーランスの配達人。十年前までブリッジズに所属。在籍当時から、他人との物理的接触を忌避する接触恐怖症《アフエンフオズムフオビア》を呈していた。

イゴールは資料に記されていたサムの特記事項を思いだしていた。

「何があった？」

握手はしないが、視線は逸らさずにサムがたずねた。

「時間がない、ついてきてくれ」

そういって、イゴールはトラックの荷台に向かう。背後から足音がついてくる。

「これを見てくれ」

荷台にあがったイゴールは、その中央に固定された荷物を示した。成人男性の身長とほぼ等しい、鉛色をした昆虫の蛹《さなぎ》にも見える物体がそこにあった。遺体袋に包まれた死体だ。

「こいつを焼却所まで運びたい」

荷台にあがったサムはそれに応《こた》えず、かがんで袋の遺体を観察しはじめた。

「どれくらい経《た》つんだ、心停止してから」

顔をあげず、サムが尋ねた。その言葉から、サムがこの状況の特殊性と緊急性を理解していることは明らかだった。

「正確な時間はわからないが、四〇時間は経過している」

顔をあげたサムと視線が合う。

「施設に隔離してなかったのか？」

怒りともとまどいともとれるサムの声音をイゴールは受け止めた。

「病死じゃない。こいつは自殺したんだ」

デッドマンから送られた資料に記載されていた事実を伝えながら、イゴールはその事実にあらためてうちのめされた。

「自殺だって？」

サムはそうつぶやいたまま、遺体袋を見つめていた。

「発見するのに時間がかかった。冷却処置はしているが、いつ壊死《ネクローシス》するかわからん」

サムにそう説明しながら、イゴールは言い訳をしているような気分に陥っていた。

誰にも悟られず、発見されず死に至り、ネクローシスすることは、自らを究極の破壊兵器にすることを意味する。まだ死という概念を知らない赤ん坊を除いて、それを知らない人間はいない。自殺とは、孤独に自らの生命を終わらせることではなく、多くの他人を巻きこむことなのだ。

つまり、自殺とはテロ行為に等しい。

「焼却所はどこを使う」

サムの問いは、イゴールを責めているように聞こえた。

それを払拭《ふっしょく》するかのように、イゴールは手首に装着した端末を起動させた。空間にマップが浮かぶ。

「いちばん近いのは、北だ」

二人の位置情報とともに、遺体焼却所のアイコンが表示されていた。それを覗きこんだサムの表情が、わずかに歪む。

「そのルートは、奴らが徘徊《はいかい》している。別の処理場には行けないのか？」

「時間がない」

イゴールはサムの提案を一蹴《いっしゅう》した。すべては死体の発見が遅れたせいだ。

「ここで焼いたほうが安全だぞ」

「この近くで焼くわけにはいかん。カイラリウムが都市に被害を与える」

イゴールは背後の都市を振り返る。サムの指摘はもっともだった。死体のなれのはてである〝奴ら〟が蠢《うごめ》くルートを突破するよりも、いまここでこの死体を焼いてしまえば、危険は最小限に留められる。しかし焼かれた遺体が発散するカイラリウムは、長い間ここに残留して、生者に悪影響を与えるだろう。ましてやここは、都市の入口でもある。いずれここは廃棄されることになり、数少ない都市と外部とのつながりが減ってしまうことになる。

「だからこそ、おまえのような能力者に同行してほしいんだ」

イゴールの懇願に応じるかわりに、サムが無言で手袋をはずし、遺体袋に素手で触れた。手の甲から手首にかけての素肌が赤く変色し、すべての毛穴が閉じていく。それが能力者の死を感じ取る能力だ。きっとユニフォームに隠された腕も鳥肌が立って、赤黒く変色しているのだろう。手を離して、サムは顔を遺体袋に近づけた。死体が発散する〝死〟の臭いを嗅《か》いでいるのだ。眉間に深く縦皺が寄っている。

「ネクローシスの初期段階だ。急がないとここが吹き飛ぶ」

つまり、もう選択の余地はないということだった。

「サム、一緒に来てくれるか」

死体に覆いかぶさっていた上半身を起こし、サムは頷《うなず》いた。イゴールは右手を差しだす。

「ブリッジズとの契約成立だ。サム・ポーター・ブリッジズ」

だが、サムはその手を一瞥《いちべつ》しただけで、ふたたび死体に目をやった。死体に触れることはできても、生きた人間と握手はできないのか。イゴールは宙ぶらりんの右手をおろした。

「ただのサムだ。サムでいい」

サムは死体を荷台に固定するベルトを締め直し始めた。イゴールもひざまずいて、サムになった。

「おれには奴らは見えない。感じるだけだ」

死体の足首を固定しおえたサムが、確認するようにつぶやいた。ああ、わかっている。それも資料に記載されていた。だが、それだけでもたいしたものだ。おれのような人間には感じることすらできない。意識を死の世界に触れさせる装備の助けがなければ、奴らがどこにいるかすら、わからないのだ。イゴールは、自らの胸の装備を軽く叩《たた》いて、サムに示した。

「だからこいつを持ってきた」

「ブリッジ・ベイビーか」

「おまえとこれがあれば、奴らをうまく回避できるはずだ」

半分は自分を励ますための言葉だ。それを悟られないように、イゴールは自らの腹部から延びるコードを手にして、その先端をポッドのジャックに接続した。

一瞬、世界が反転した。尾骶骨《びていこつ》から頭頂部に向かって、熱の塊が走りぬける。視界が奇妙に歪んでいるのは、溢《あふ》れだした涙のせいだ。サムの顔が、抽象画のようにデフォルメされて見えた。

誰もその原理や起源を正しく説明できない装備。世界が現在のような姿になるのと同時期に生まれたとされるシステム。生者と死者とをつなぐ赤ん坊の姿をした、しかし人為的に製造された装置。

ＢＢ《ブリッジ・ベイビー》が、イゴールの胸のポッドで小さく痙攣《けいれん》した。ポッドを満たした人工羊水に気泡が生まれ、はじける。

「あまり気分のいいものじゃないな」

頬を伝う涙をぬぐい、洟《はな》をすすって、サムを見た。

「ああ、あの世とつながるわけだからな」

サムのその言葉は、イゴールには薄い皮膜を介したようにくぐもって聞こえた。まだ五感のチューニングがうまくいっていないせいだ。視界もまだ安定していない。目を閉じて、まぶたをもみほぐす。耳の奥で、ＢＢの笑い声が聞こえたような気がした。

その声に反応して目を開けたイゴールの視界に、サムのこわばった顔があった。彼の視線は、胸のポッドに注がれている。またＢＢの笑い声が聞こえた。

「行け！」

イゴールは運転席に向かって叫んだ。残された時間は、もはやゼロに近い。とにかくこの死体を、この世界のルールに則《のっと》って正確に確実に処理しなければならない。死体を死者の世界に送り届け、二度と戻ってこられないようにしなければ。

モーターが急速に回転数をあげて、トラックは走りだした。搬入ゲートをくぐりぬけると、その先の空に太陽は見えなかった。黒い雲の層がイゴールとサムと、荷台の死体を待ち受けていた。

手首の端末を起動させて、イゴールはトラックの現在位置を確認した。予断は許されないが、このまま進めば間に合うはずだった。

「おれが子供の頃は、世界はこんなじゃなかった」

荷台の支柱につかまって、イゴールはサムに声をかけた。何か喋《しゃべ》っていなければ、不安で潰《つぶ》されてしまいそうだった。

「アメリカという国があって、誰もがどこへでも自由に行けた。おまえみたいな〝運び屋〟はいなかった」

サムは、遠くの空をにらんでいる。イゴールの言葉を聞いているのかどうかは、わからない。それでもかまわない。声を出していなければ、自分という存在が溶けてしまいそうだった。

「ハイウェイが走っていたし、飛行機も飛んでいた。他の国にも行けた。今はそんなものは、何もない。みんなぶっ壊れた。デス・ストランディングのせいで、どこもかしこも穴だらけだ。運良く残ったものも、時雨のおかげでみんな溶けちまった」

ハイウェイ、飛行機、よその国、そしてアメリカ。

言葉は残っているが、それが指し示す対象物は消えてしまっていた。これから先、言葉も消えていくに違いない。物が消え、そのあとを追って言葉も消える。色の名前、動物の名前、食べ物の名前、乗り物の名前、人と人が交わることで生まれる感情の名前は、どんどん消えていく。たとえ生き残ったとしても、それは現実的ではない、聖なる虚しい言葉となるだろう。たとえば、神のように。

いまやアメリカは神とほぼ同義になりつつある。アメリカが消えてから生まれた世代がマジョリティーになる。そうなればアメリカは神と同じだ。言葉だけが残る。あとは信仰心の問題だ。

もうしばらくしたら、サムのように、アメリカが消えてから生まれた世代がマジョリティーになる。

カルトになった国家は、無意味な悲劇を量産するだろう。

だからこそ、アメリカを知るおれたちが、アメリカを取り戻さなければならない。アメリカが神になる前に。時雨がすべてを溶かす前に。化け物がこの世界を消し去る前に。

「アメリカが溶けるかわりに、ビーチから化けものが来た。あんたにいうことじゃないが」

口が滑った。後悔してサムを見る。しかし、サムの表情は何も伝えてくれない。それがイゴールを饒舌《じょうぜつ》にさせた。

「この世は死の世界とつながったんだ。みんな怖くて、都市に閉じこもっている。おかげで、おまえみたいな〝運び屋〟が重宝される」

おれみたいな死体処理班もな——という言葉は呑《の》みこんだ。

呑みこまざるをえなかった。前方の空に虹《にじ》が出ていたからだ。

地上から天に向かって延びていくのではなく、天から地に向かって逆さまの弧を描く虹だ。あの世から化け物が渡ってくる凶兆の橋。

「見ろ!」

イゴールが逆さ虹を指差す。サムもすでに気づいていたのだろう、空を見あげていた。さらに視線を荷台の遺体袋に転じた。イゴールはそれに従う。

鈍い鉛色の遺体袋のあちこちから、黒いタール状の液体が滲《にじ》みでていた。とりわけ大きな染みになっているのは、死体の下腹部のあたりだ。イゴールの耳もとでBBの泣き声が反響している。また視界がねじれた。大きな黒斑から、無数の微細な粒子が生まれ、上方へとのぼっていくのが見えた。よく見るとその粒子たちは、それぞれ螺旋《らせん》を描き、それらが捩《ねじ》れて一本の太い縄を形成していた。初めて見る光景だった。

肉体《ハー》が壊死《ネクローシス》しはじめ、そこから抜けだした魂《カー》がビーチに引きずりこまれようとしている。ビーチとは、死者の世界と生者の世界を結ぶ場所のことだった。ただし、それはこの物理世界ではなく、異なった次元の相に存在する特殊な〝場〟であると説明される。イゴールのような普通の人間には感じることもできないが、能力者には感知できる。彼らがそれを表現する際に、死者の世界は海であり、そことこの世をつなぐ場所を海岸《ビーチ》だという比《ひ》喩《ゆ》を多用したせいで、ビーチという呼称が定着した。生命の母と認識されていた海は、死者が還《かえ》る場所の代名詞になった。その海から死者がビーチを経由してこちら側に座礁《ストランド》してくる現象は、死の座礁《デス・ストランディング》と呼ばれるようになった。

サムが死体へ手をかざしている。縄が生じている下腹部——ちょうど臍《へそ》のあたりに触れる。手の甲がたちまち真っ赤になる。

「焼却所まで、あとどのくらいだ」

サムが叫んだ。目から涙があふれている。遺体袋は、そのほとんどが黒ずんだ染《し》みに覆われている。その黒に呼応して、空も黒ずんできていた。

「もうすぐ出てくるぞ！」

「しかたがない。奴らのど真ん中を抜ける」

イゴールがリアウィンドウを叩いて運転士に合図をする。トラックは速度をあげ、左へ進路を変更する。荷台から振り落とされないように支柱を握り直し、姿勢を低くした。そのせいで、死体を覗くことになった。ネクローシスが進行している。いままでいくつもの遺体を運んだ。そのほとんどが死期を予測された安全な死体だった。終末期治療を受けている患者を隔離病棟から運ぶ。不測の事故により発生した死者でも、ネクローシスを起こすまでには十分な猶予があった。だがこれほど切迫した遺体搬送ははじめてだった。

この袋の下は、どうなっているんだろう。肉体はすでに、微細な粒子に無限に分解されているのではないか。かろうじて輪郭を与えているのは、この遺体袋だけ。化学繊維で編まれた柔らかな棺桶《かんおけ》。その縛《いまし》めが解かれたら、これは死体であることをやめてしまうのかもしれない。

トラックが大きく跳ねて、イゴールとサムは支柱を摑《つか》んだ手に力を込めた。後方から大地を薙《な》ぐような風が吹いて、荷台の二人をあおる。飛んできた砂塵《さじん》に目を閉じたイゴールの頰に、生ぬるい水滴が落ちた。

皮膚がひきつる。痛みとも痒《かゆ》みともつかない感覚が、顔全体に広がる。また歳《とし》をとったのか。白髪と皺がまた増えたのだ。降りはじめた時雨《タイムフォール》に反応して、制服のフードが自動的に展開し、イゴールの頭を覆った。対面するサムの頭部にもフードが被《かぶ》さっている。だが二人の装備をあざ笑うように、時雨は激しさを増してきた。

見あげる空は、一面がタールのような雲だ。太陽の光は遮断されて、地上は夜の闇《やみ》に満たされた。時雨は触れたものの時間を奪い、それを降らせるカイラル雲は、昼夜の感覚を奪う。こればかりは何度体験しても慣れることはない。正常な物事の移ろいが失調してしまうのだ。

訪れた闇をトラックのヘッドライトが貫いて、降りしきる雨を照らしだしていた。支柱にしがみついて前方をにらむイゴールの鼻腔を、潮の臭いが刺激した。海はずいぶん遠い場所にあるのに。臭いは鼻を抜け、涙になってこぼれ落ちる。それは、まぎれもない死者の世界の臭いだった。

モーターが悲鳴をあげて、ヘッドライトが消える。雨と闇だけになった世界で、動力を失ったトラックが停止した。運転士が喚《わめ》き声をあげてモーターを再起動させようとあがいている。あせるな。一時的なブラックアウトだ。イゴールは、リアウィンドウ越しにそう伝えようとするが、その声は思っていた以上にうわずっていた。時雨が電磁波に影響し、電気系統をダウンさせることがしばしばある。だが、しばらくすれば回復するはずだ。落ち着け。自分と運転士に言い聞かせる。

それが通じたのか、運転席が明るくなり、ヘッドライトも復活した。モーターもいずれよみがえるはずだ。わずかに安堵《あんど》してサムを見ると、彼の視線はイゴールの左肩に向けられていた。その肩に装着したオドラデクと呼ばれるセンサーの先端が、手のひらのかたちに開く。潮の臭いと悪寒《おかん》、吐き気と目眩《めまい》がいっしょくたになって押し寄せてくる。

死者たちが近くにいる。しかし、それがどこからやってくるのか、まるでわからなかった。開いたオドラデクも、空を摑むようにおずおずと明滅しながら開閉を繰り返しているだけだ。それはBBと連動し、死者たちの位置を指し示してくれるインターフェイスの一種だった。もしBBが死者を捕捉《ほそく》しているなら、オドラデクはそれを示してくれるはずだ。こんなに死の気配が濃密なのに、察知できないなんて。

「サム、何か見えるか？」

「いや、見えない」

怒ったような口調でサムが返した。サムも死者たちの存在を感知しているのは間違いない。イゴールは、胸のポッドを叩いた。頼むよ、おれたちを助けてくれ。バケモノはどこにいるんだ？

赤ん坊の少しぐずったような声が聞こえて、オドラデクが激しく回転を始めた。壊れた風車のように、際限なく回り続けている。

「このBBは不良品なのかもしれない」

誰にともなく問いかける。

突然、モーターが息を吹き返した。タイヤが地を噛んで、トラックが走りだす。どこからともなく滲み出てくる死の気配から一刻も早く逃れるように、一気に速度をあげた。イゴールは、振り落とされまいと支柱を握る手に力を入れた。痺《しび》れるような異臭が鼻の奥から脳天を貫く。回転するオドラデクが不意に止まる。手のひらの形が十字に変形して、まっすぐに前方を向いた。まずい。

奴らは、そこにいる。トラックは死者たちの領域にまっすぐ向かっているのだ。

方向転換を指示しようとしたが、遅すぎた。車体を震わせる衝撃が走り、運転士の絶叫とブレーキの咆哮《ほうこう》が轟《とどろ》いた。運転士の肩越しに、フロントガラスにべっとりと張りついた大きな黒い手形が見える。しかし、その主はどこにも見えない。

身体がふわりと軽くなる。やみくもに手を差しだしても、何も摑めなかった。何かを叫んでいたが、言葉にはならなかった。イゴールは荷台から放りだされ、大地に叩きつけられた。

呻《うめ》き声が聞こえて、イゴールは意識を取り戻した。ぬかるんだ地面から身体を起こして、周囲を見回す。呻き声は、すぐ近くから聞こえていた。運転士が横転したトラックの下敷きになっていた。下半身が隠れて見えない。仰向けになった上半身を必死でくねらせ、両腕を振り回している。時雨に打たれた顔は、老人のそれに変貌していた。皺が深く刻まれて、髪は真っ白になっている。だが、助けて、と呻く声は若者の響きを残していた。

待ってろ、助けてやる。トラックへ向かおうとしたイゴールの視界の隅《すみ》で、何かが動いた。

サムだった。サムが投げだされた遺体袋に向かっていた。転倒したときに傷《いた》めたのだろうか、右足をわずかに引きずっている。黒ずんだ遺体袋の顔のあたりが、金色に発光していた。歪んだ黄金の仮面を無理に被せられた、人形《ひとがた》の棺のように見える。臍のあたりからは、微細な粒子が無数に湧《わ》きだしている。それが糸状に連なって空に向かって上昇している。

ネクローシスの最終段階。人間が死者ではなく、化けものに変貌する一歩手前の状態。聞いたことしかなかった知識、死体処理班に配属されたときにレクチャーされた知識が、いま目の前で現実に展開していた。

――人間は、死ぬと肉体《ハー》から魂《カー》が抜ける。それは古代のエジプトで考察された、生命を構成する要素《エレメント》を応用した概念だった。肉体が不完全に残っていると、魂はそれを求めて迷子になってしまう。死んだ場所で、ずっと探しつづけることになるのだ。もう帰る肉体がないことを魂に教えるために、速やかに死体を焼かなければならない。そうしなければ、魂は座礁《Beached Things》した存在となって生者を探し続ける。それがBTと呼ばれる〝奴ら〟の正体だ。その場所は座礁地帯と呼ばれる。

いまさらなにを、と思いながらイゴールは運転士を助けるために、彼の両脇《りょうわき》に腕を入れて、なんとか引っ張り出そうと踏ん張った。しかしどうにもならない。喚く運転士の痛みや恐怖を和らげることすらできなかった。

「喋るな！　息もするな！」

サムの声に振り返る。そうだ、とイゴールは口を両手で覆った。運転士もそれにならう。十字になったオドラデクが二人の上方を指し、固まった。

――我々にBTが見えないように奴らにも我々は見えない。生者の息遣いや、物音を頼りに、手探りで生者を求める。手形は奴らが生者を探している痕跡である。

これもまたマニュアルに書いてある通りだった。

イゴールのすぐ横、ひっくり返ったトラックのドアに、黒い手形がついた。ゆっくりと下に向かって、手形が続く。BTはすぐそばでおれたちを探している。

息を詰めて、物音を立てず、一切の気配を殺す。それしかこの窮地から逃れるすべはない。

目論見どおり、手形は二人から離れていく。警告してくれたサムに、イゴールは礼を伝えようとした。しかし、それは叶《かな》えられなかった。

袋そのものが大きく痙攣《けいれん》した。その間隔はしだいに短くなり、痙攣が止まらなくなった。遺体袋を拘束していたベルトが、音を立てて次々と千切れる。小刻みに震える袋の下の地面から、粘りつくタール状の物質が滲み出てくる。袋からは粒子が放出され続けている。

サムが顔をあげた。

「まずい、ネクローシスした」

そうつぶやいたサムに気づいたのか、手形がサムの方に向かう。いや、それともネクローシスしたばかりの死体――自分たちの新たな仲間を迎えに行ったのか。口を塞いだまま、イゴールは手形の行方を見つめることしかできなかった。

サムはぬかるみに尻《しり》を落とし、手で口を覆って手形をにらみつけている。手形は迷っているようにも見えた。サムか、死体か。

死体に向かえ。イゴールはそう念じた。しかしそれは叶えられない。手形はサムを目指して動き始めたのだ。不完全な死――ネクローシスした死者は、執拗に生者を追い求める。息を潜めて、傷めた右足を引きずりながら、サムは後退する。その足からは、暗がりでもはっきりとわかるくらいの血が流れているのが見えた。それでもサムは、イゴールに逃げろと、視線を送ってくる。手形が止まって、何か思案しているように見えた。サムがくれたチャンスを逃すわけにはいかない。ふたたび運転士を引きずりだそうとして、両腕に力をこめた。

しかしもう肉体は限界だったのだろう、運転士が絶叫をあげた。痛みに耐えられなかったのだ。それが呼び水になった。手形はふたたびイゴールたちを目指して方向を変えた。もう手形には迷いはないようだった。まっしぐらに向かってくる。それだけではない。車体にも、イゴールの背中側にも、死者の気配が迫ってきていた。囲まれた。

叫び続ける運転士を手放し、イゴールは立ちあがった。静かにしてくれ。おまえの声が、死者を呼び寄せる。生きているおまえが死者の手形に捕まれば、死者はおまえを抱きしめようとする。生者と死者。物質と反物質。出会ってはならないものがひとつになって、爆発が起きる。

「助けて。助けてくれ」

運転士は叫ぶ。その叫びは彼が生きている証《あかし》だ。その声を目指して死者が群がってくる。イゴールはハンドガンを手にして、銃口を彼に向けた。死者は死者を求めない。死者同士が抱きあっても、爆発は起こらない。

トリガーに添えた指に力を込める。それは自分の指ではないように重かった。イゴールが決心をするよりもわずかに早く、死者の手が運転士を摑んだ。どうにも動かなかった彼の身体は、見えない手によってトラックの下から引きずりだされ、宙に浮いていた。

「すまん」

イゴールの弾丸が、運転士の額を貫いた。即死だ。もうこれで、死者たちは運転士への興味を失ったはずだ。次になすべきことは決まっている。

あとは頼んだ、と伝えるためにサムを見る。サムの背中、横転したトラックの上に、人影があった。イゴールにつられて、サムも後ろを振り向いた。フードとマントを被っているのと、闇のせいで人相まではわからない。人影は片手を宙にあげ、何かを指さした。

血の臭い。淀《よど》んだ水の臭い。肉と内臓を腐らせた魚の臭い。それらが混じって一気に押し寄せた。激しい頭痛と悪寒。胃袋がひっくり返るような不快感。

同時に、厚い雲の層を突き破って咆哮が聞こえてくる。鳴き声でも叫び声でも、威嚇する声でもない、ここで立っている意志を挫《くじ》けさせるような不安な声。

オドラデクが十字架の形になって中空の一点を指した。

胸の赤ん坊が、痙攣を起こしたように反り返り、そのまま動かなくなる。

来たのだ。

足が滑る。足元の大地が固体であることをやめて、流れ始めたせいだ。液状化した大地が、イゴールの足にからみついてくる。それは液体ではなかった。真っ黒な腕が何本も大地から生えて、イゴールの脚を引っ張ろうとしている。見回せば、イゴールの周囲の大地は、タールの海に変化していた。元の地形は見る影もない。極端なスローモーションの海面のように、あちこちが不自然に隆起し、あるいは陥没していた。トラックがその波間にゆっくり沈んでいく。その上に立っていたシルエットはもう見えない。

ひときわ強い力で脚を引かれた。なぜかすべてがわかった。足元ではなく、頭上を見あげた。終わりだ。巨大な人のかたちをしたシルエットがそびえていた。その頭部は雲を破り、その両手は地上につながった何本もの綱を握りしめていた。大地という表層をひっぺがして、地球の内臓をさらけださせるために、綱を引いていた。少なくともイゴールにはそう思えた。

あれに食われたら、対消滅《ヴォイド・アウト》を起こす。マニュアルには、たしかそう書いてあった。

壊死《ネクローシス》を起こした死者は、この世への未練――それは、自分の肉体《ハー》だけでなく、生きている者すべてが対象になる――によって、死者の世界から座礁《ストランド》してくる。反物質と似た性質をもつ死者と生者が接触すると、対消滅を起こす。

いったい誰がそんな経験をしてこの世に生還し、マニュアルを書いたんだろう。そんなことを思える自分を不思議に感じながら、イゴールは叫んだ。

「逃げろ」

絶望を口にするかわりに、サムに命令した。こんなことに巻きこんでしまってすまない。イゴールは、胸のポッドをはずしてサムに向かって放り投げ、ハンドガンの銃口を顎《あご》に当てた。トリガーを引く直前、足をさらわれた。天地が逆転し、弾丸はあらぬ方向へ飛び、銃もどこかへ落ちてしまった。

「逃げろ」

命令ではなく、懇願だった。逃げてくれサム。せめてあんたが逃げられるだけの時間がつくれれば。腰に吊《つ》るしたナイフを抜いて、左胸を突いた。だがポッドの接続ユニットにぶつかって、狙いが逸れる。もう一度。ナイフの先端がユニフォームを切り裂いて、肉をえぐり、肋骨《ろっこつ》を削りとる。もう一度。胸筋が抵抗して、ナイフから心臓を守る。もう一度。

見えない手がイゴールを振り回して、自殺をやめさせようとする。

逆さになった視界に、サムがいた。BBを胸に抱いている。

逃げろ。そいつと一緒に逃げてくれ。

イゴールは最後の力を絞りだして、ナイフを心臓に突き立てた。痛みはない。それどころか、あらゆる感覚がない。意識が、肉体の消失点に向かって急速に後退する。肉体と意識が分離していく。死というものは、スイッチが切り替わるようなものはなく、相《フェイズ》が移ろうプロセスなのだ。即死なんてものはありえない。そのことをイゴールの魂《カー》は理解していた。つまり、いまこの瞬間、イゴールの肉体は死んでいない。

だから彼の肉体は、巨人のかたちをした死者に呑みこまれてしまう。

死者と生者が出会い、対消滅《ヴォイド・アウト》が起きた。

巨人もイゴールも消えた。彼らは極めて効率的にエネルギーに変換され、それは周囲を呑みこみ、破壊し、分解していく。セントラル・ノットシティが消え、サム・ブリッジズとBBも対消滅の波に呑まれていった。

EPISODE Ⅱ　ブリジット

――BB、聞こえるか。

声がする。誰かが覗《のぞ》きこんでいる。逆光になっているせいで、それが誰の顔なのかわからなかった。誰だ、とたずねることはできなかった。声が出ない。身体も動かない。脚も腕も縛られて、自由にならない。涙があふれてくる。それを拭《ぬぐ》うことすらできない。

――BB、守ってあげる。

声が聞こえて、サムは目覚めた。

直前まで見ていた悪夢を追い払うように、勢いよく起きあがろうとする。だが何かに引っ張られて、無様に倒れてしまった。右手首に鈍痛があった。手錠がはめられている。もう一方の輪は、寝台のフレームにつながっている。腕を強く引きあげても手首の痛みが続くだけで、手錠がはずれる気配もなかった。自由になる左の手で、頰を伝う涙を拭った。

ゆっくり呼吸をして、周囲を見回す。見たこともない部屋だった。どうしてここにいるのかわからない。もちろん手錠の意味も。身体をひねっても、上半身を起こすことすらできない。

むき出しの腕や、背中や胸には、結び目からの帰還の印である死者の手形がついているはずだ。それよりも気がかりなのは、肘《ひじ》の裏側にある注射痕だった。

無駄だとわかっていたが、右腕を振りあげた。手錠がフレームにぶつかる金属音が部屋に響くだけだった。


「おお、目覚めたか。どんな感じなんだね、結び目からの帰還というのは?」

唐突に、そう尋ねられた。丈の長い赤のジャケットで樽《たる》のような身体を包んだ男。右の手首に手錠が見えた。

いつここに入ってきたのか、気配も感じられなかった。大きな身体に似合わず、軽い足取りで近づいてくる。見あげると、その額には真横に走る大きな傷跡。不思議と痛々しい感じはしない。メガネの奥の瞳《ひとみ》が温和な光をたたえていたからかもしれない。

「おれは医者だ。といっても、元は解剖医だが」

そうだとすれば、光沢のある赤いジャケットは医療用の作業衣なのだろうか。よく見れば、首には聴診器のような器具をかけていた。

男は片手をあげると、手錠をつけた手首をひねった。マジシャンのような軽やかな仕草だ。それに反応して、サムの手錠の一方がはずれる。ベッドからは自由になれたが、手首にはまだ、ぶらさがっている。

上半身を起こし、ベッドに腰かけたサムは、手錠と男を交互ににらみつける。

「おれはデッドマン。死者とは仲良しだ。といっても、あんたと違って一度も死んだことはないが」

サムの視線にたじろぎもせず、デッドマンと名乗った男は、片手を差しだした。サムはそれを無視した。その手に触れることはできない。握手する理由もみつからない。眠っている人間を手錠で拘束した張本人かもしれない人間となど。握手のかわりに手錠をはずそうと試みた。

「それは取らない方がいい。おれの専門ではないが、それがあんたを守ってくれる」

デッドマンは、赤いジャケットの袖《そで》をまくって自分の手錠を示した。自分もサムと同類だと言いたいのか。

「囚人ってわけか」

「手錠ではないよ。それは我々をつなぐ最先端のガジェットだ」

「我々？」と鸚鵡《おうむ》返しするサムに、デッドマンは背後の壁を示した。

振り返ると、蜘蛛《くも》の巣と北米大陸を重ね合わせたシンボルマークが目に入った。

「あんたたちは――」

「そうだ。ブリッジズだ」

デッドマンの声がわずかに誇らしげに聞こえたのは、気のせいだろうか。

「未来への架け橋、あるいは絶滅への延命」

謎《なぞ》かけのような言葉をつぶやいて、赤ジャケットの襟を示す。壁のマークと同じモチーフのバッジがあった。

「ここは？　今は何時だ？」

サムの問いかけが聞こえなかったのか、デッドマンは、またマジシャンの仕草で右腕を掲げた。手錠の片方の輪をはずして、サムに示す。

「ほら、こうやって――」

はずした輪をもう一度、手首にはめてみせた。さあ、あんたもやってみろ。

促されるまま、サムははずした輪を右手首に装着する。一瞬、皮膚を刺す痛みが走って、うめきが漏れた。

「落ち着け。手錠端末があんたの肉体とつながる。その手錠が、あんたを二四時間監視――いや、我々がサポートする」

宙に浮いたモニターには、日時とともに、サムの体温、脈拍、血圧、脳波などのバイタル・データが表示されている。

「あれから二日も経っているのか？」

対消滅《ヴォイド・アウト》から帰還して、こんなに眠っていたことなどない。何者かの作為があるはずだ。

「その間に、あんたの特殊な体液を採取させてもらった」

悪びれることなく、デッドマンがその答えを口にした。サムは右腕の注射痕に触れる。

「あんたは帰還者だ。特別だからな」

後ろめたさなど何もない。ヴォイド・アウトで消滅しない特殊な肉体への好奇心を隠そうともしない口調で、デッドマンは言った。医者というより、学究の徒を思わせる。しかし、それ以外の要因で肉体が破損すれば、魂はこの世界にも死者の世界にも行けない。結び目を永遠に彷徨《さまよ》うことになる。その恐怖は、誰にもわからないだろう。この男にもそれはわからない。だから、昏睡《こんすい》しているサムの血液や体液を抜き取ることは、人の身体への解剖学的な関心を満たす純粋な学問的行為なのだろう。

「死体処理班はどうなった?」

「セントラル・ノットシティは、ヴォイド・アウトで吹っ飛んだ。いまは巨大なクレーターがあるだけだ」

脳裏に閃光《せんこう》がよみがえって、サムは唇を噛む。イゴールと運転士の声が聞こえて、目を瞑《つぶ》る。すまない、と頭をさげる。

「あそこから生還できたのは、死なない能力をもったあんたと、あんたとつながっていた不良品のブリッジ・ベイビーだけだ」

淡々と事実を伝えるデッドマンは、サムの能力のことも把握していた。ブリッジズならば当然のことか。

「BBは無事なのか?」

「残念ながら、あれは機能を終えたので廃棄処分にした」

せっかくあそこから戻ってこられたというのに処分した? どういうことだ、と問い詰めようとして、サムは言葉を呑みこんだ。

　デッドマンは、天井を見つめていた。そのはるか先にあるものに焦点を合わせようとしているように見えた。

「みんな消滅したよ。死体処理班のイゴールも、運転士も。ブリッジズの実行部隊も、第二次遠征隊も、ほとんど失われた。我々ブリッジズの本部も含め、セントラル・ノットシティ自体が消えてしまった。あんたたちがBTとヴォイド・アウトを起こしたあの場所を中心地にして、周囲は巨大なクレーターになったよ。ヴォイド・アウトの光と衝撃は、ここまで届いた。いくらこのキャピタル・ノットがセントラルと近いとはいえ、まさかあんなに強烈だとは思わなかったよ」

　デッドマンは眼鏡をはずし、目頭を揉《も》みながら話をつづける。

「おかげでこのキャピタル・ノットシティこと、サドベリーの支部が本部に格上げになった。二日経過したが、混乱はまだ収まっていない。幸いなことに、長官たちといくつかの部隊が対消滅を免れた。だから指揮系統は生きている」

　自分に言い聞かせるような口調だった。セントラルとキャピタルのふたつの都市は、東海岸最大の都市であり、隣接していた。消滅したのがセントラルだけで済んだのは、幸いだったかもしれない。

「起きたばかりで悪いが、あんたに頼みがあるんだ」

　デッドマンの表情は緩んでいる。さっきまでの厳しい顔が幻だったような気がする。その一方で、サムはまだ言葉を探していた。BB、イゴール、ノットシティ、ブリッジズの実行部隊。この世に残ったのは、また自分ひとりだ。

「それが帰還者の烙印《らくいん》か？」

いつの間にかサムの背後に回り込んだデッドマンは、好奇心を隠そうとしない。眠っている間にされた行為のことはさておき、この男のことは憎めない。そんなことを考えてしまう自分に驚いた。普段であれば、沈黙の壁で相手を遠ざけていたはずだが、サムはデッドマンが手形だらけの身体を観察するのに任せていた。あるいはそれは、死んでしまった者たちへの、せめてもの贖罪《しょくざい》のあらわれだったのかもしれない。そして、サムの身体についた数えきれない手形は、サム自身の罪と罰――死と再生の無限の繰り返しの記録だった。おそらくデッドマンが見ている背中のどこかには、真新しい手形が記されているはずだ。それが二日前に起きた対消滅と、そこからの帰還の印だ。

デッドマンが触診をする医者の仕草で、手を伸ばす。その指先が発する生き物の気配に、サムは腕を引いた。動物が捕獲者から逃げるような本能的な動作だった。

「なるほど」

怒っているふうでも、驚いているかんじでもなく、デッドマンはうなずいた。

「あんたは接触恐怖症《アフエンフオズムフオビア》だったな。それで一人、いや、距離を置いているのか」

サムは言葉を探すこともあきらめた。一人なのだ。死にも拒絶され、生きているものと手も触れられない。

「覚えておくよ、サム」

手のひらを泳がせたデッドマンは、部屋の隅に置かれたワゴンを指差した。

「急を要する配送だ」

そこには小型のアタッシェケースに似た、配送用のケースが載っている。

「大統領にモルヒネを届けてくれ」

「大統領？　もうアメリカ合衆国はない。消滅したセントラル・ノットシティの市長か何かのことか？」

「いや市長ではない。アメリカはまだ生きている。末期癌《がん》で危篤《きとく》状態だが、まだ我々の世界につながっている」

サムの皮肉は、デッドマンには通じない。

「なぜおれが」

「行けばわかるよ。あんたにはこれを届ける理由と責任がある」

「あんたが行けばいい」

肩をすくめ、首を横に振って、デッドマンはサムに微笑んだ。

「おれは、そこにはいないんだ」

デッドマンはサムに近づく。額の大きな傷がサムの視界に広がる。盛りあがった縫い目の跡、生え際の髪の根元や産毛《うぶげ》が、うっすらと汗で湿っているのが見える。それでもデッドマンは真っ直ぐにサムに向かってくる。デッドマンを避けるためサムは身をかわそうとする。吐息、体臭、体温――接触恐怖症のサムが最も忌避する、生きている人間の証しは、しかし一向に伝わってこない。そうかこいつは死者《デッドマン》なのか。そんな納得は、その直後に裏切られた。

デッドマンの身体は、サムの身体を通り過ぎたのだ。

サムの背中に、みごとに観客を騙《だま》しおおせたマジシャンの誇らしげな声が聞こえた。

「すまんな、ホログラムなんだ。本物のおれは、この先の隔離病棟にいる」

デッドマンが壁の向こう側を示し、ワゴンに近寄る。

「モルヒネはここだ」

小型コンテナに手を伸ばし、持ちあげようとするが、その手は何も摑《つか》まない。

「サム・ポーター・ブリッジズ。現状のステイタスは、ブリッジズとのフリーランス契約。きみに配送依頼だ」

見え透いた口実。サムは首を振って、そこにはいないデッドマンをにらむ。

「モルヒネなら病棟にあるだろう。狙《ねら》いはなんだ？」

どこからこのストーリーは始まっていた？　サムは己に問いかけた。誰がこれを書いた？　それはどこまで実現している？

「わかった。正直に言おう。大統領が、あんたに会いたがっている」

サムに驚きはなかった。

「アメリカ最後の大統領が、サム、あんたを待っている」

大統領に極めて近い場所にいる人間がこのストーリーを書いた。そこに行けば、大統領だけでなく、その策士にも会える。それがサムの確信だった。

だからサムは、デッドマンの指示に従うことにした。そうすればデッドマンが本当にマジシャンなのかどうかわかるはずだ。サムはコンテナを持ちあげた。

「よし、それでいい。後ほど、向こうで会おう」

デッドマンは深く頷《うなず》いた。大きな彼の身体が、重力を無視してふわりと浮かぶ。ロング・ジャケットの赤色が輪郭を失って膨張する。それに包まれていた身体が無限に分割され、粒子になって空中に舞い散っていく。微笑みだけが虚空に残り、デッドマンは消えてしまった。

サム・ポーター・ブリッジズは、荷物を届けるために、部屋を出て行った。配達人としての仕事をまっとうするために。

★

／／キャピタル・ノットシティ／隔離病棟

モニターに映る部屋をデッドマンは黙って見ていた。サムが出て行ったその部屋には誰もいない。

隣に人が立つ気配を感じた。わざわざ確かめるまでもない。サムのことを待ち続けている男が、デッドマンの隣でモニターを見ている。

サムはもうすぐここに来る。ブリッジズが引いたレールを辿《たど》って、荷物を届けに来る。

彼がどんな思いを秘めてこの隔離病棟まで歩いて来るのか、残念ながらデッドマンにはわからない。それでもかまわない。これから長いつきあいになるはずだ。その間に、サムのことを理解できればいい。

三年前。デッドマンがブリッジズに迎え入れられた頃、サム・ポーター・ブリッジズの名前は、組織の上層部で何度も囁《ささや》かれていた。フリーランスの、唯一無二の伝説の配達人。対消滅《ヴォイド・アウト》という人類最大の災厄を免れている帰還者。この世に帰還する肉体がなくなれば、永遠に結び目を彷徨うとも言われている――つまり魂が死の世界に行くことがない。そういう意味では不死者なのかもしれない。

サムのことは、噂に聞いたことはあった。だがそれは、あくまでもデス・ストランディングという奇怪極まる現象に対する、想像的なワクチンのようなものだ。デッドマンはそう理解していた。人類の願望が生んだ、架空の存在にすぎない。しかし、彼は実在するのだ、とブリッジズのメンバーは主張していた。もしそうであるなら、彼に会い、彼を徹底的に研究し、彼を理解したい。そうすれば死者と生者の関係を明らかにできる。デッドマンというワーク・ネームを背負った自分自身とも和解できる。サムに会いたい。期待は願望になり、熱望になった。

その記念すべき最初の邂逅《かいこう》は、実はまだ果たされていない。ホログラムのデッドマンが、サムの前に登場したに過ぎないのだ。本当の出会いは、もう間もなくのはずだった。

「サムが来ます」

デッドマンは傍らの男にそう告げて、モニターから離れ、部屋を出た。サムを出迎える準備をしなければならない。

エレベーターホールを、赤い制服を着た看護師と医者が横切っていく。すれ違った時に聞こえたのは、大統領の状態のことだった。

ホールに向かいながら、デッドマンは無意識にジャケットの襟を正した。もうすぐサムが降りてくるはずだ。やがて、エレベーターの表示灯と電子音が到着を知らせる。

「サム、おれだ。デッドマンだ」

出てきたサムに右手を差し出すが、それが間違いだったことにすぐに気づいた。

「そうだったな」というデッドマンの言葉を無視して、サムが無言で荷物の入ったケースを差し出した。

「容体が悪化している」

受け取り、中身を検《あらた》める。モルヒネのアンプルが整然と並んでいる。

「ありがとう。これで彼女の痛みも少しは楽になる。あんたと話す時間ができそうだ」

サムの表情が一瞬、翳《かげ》った。

「彼女?」

「そうだ。合衆国最初で最後の女大統領であり、あんたの育ての親」

サムはやはり無言だった。それは予測できたことだったが、デッドマンは不意に説明できない不安に襲われた。

この男はサム・ブリッジズなのだろうか？　サムならば、現在の合衆国大統領が女性であり、サムの親であることはわかっているはずだ。ならばこの鈍い反応は何を意味しているのか。サムではない誰か《サムワン》なのか。それとも、彼は自分がサムであることを否定したいのか。

デッドマンは歩きはじめた。サムは黙って後ろをついてきている。

扉の前で手錠端末が反応し、入室が許可された。身体を開いてサムに入室を促す。

ようこそ。

そこは、隔離病棟の地下室の一角に設置された、執務室《オーバル・オフィス》だった。

アメリカ合衆国の大統領たちが、この国のためにすべてを捧げてきた楕円形《だえんけい》の聖地。歴代の指導者が理念と現実に翻弄《ほんろう》され、命を削られた場所。神をもたないこの国の、最高位の生贄《いけにえ》のための祭壇。その中央には、天蓋《てんがい》のついた寝台が安置されていた。

それがサムに見えるように、デッドマンは横に移動した。背後で息を飲む気配がした。

さあ、前に進め。目顔でサムにそう伝える。

サムが眩《まぶ》しそうに目を細めた。ベッドの向こう側には天井近くまで届く大きな窓があり、そこから光が溢《あふ》れている。ベッドの傍らで、男が背を向けて佇んでいた。

「彼が大統領の右腕で、ブリッジズの長官」

デッドマンは、サムの後ろから耳元に口を寄せて、そう囁いた。

気配に気づいたのか、男が振り返った。誰よりもサムのことを待っていた男、とうに現役を退いているのに、いまだに兵士の肉体を維持している男。その顔は、鉄の仮面で覆われていた。

「ダイハードマンか」

そうか、この二人は初対面ではなかった。彼らは、おれなんかより古い付き合いだ。サムの脇をすり抜けて、デッドマンはベッドに歩み寄った。

人工呼吸器、心電計、AED、ベッドの周囲に整然と並べられた医療機器に目を配り、その中心で横たわる患者を見つめる。呼吸マスク、点滴のチューブ、血圧や心拍数を計測するためのコード類が細い身体から何本も伸びている。その姿は、蜘蛛の巣に搦《から》め取られた蝶《ちょう》のように見えた。いや、そうではない。彼女は、網の中心にいる女郎蜘蛛だ。衰弱しているとはいえ、彼女こそが、この瀕死《ひんし》の大陸を繊細で強靭《きょうじん》な蜘蛛の糸で結び直す指導者なのだ。

ダイハードマンが入り口の近くで立ち尽くしているサムのところに向かった。視線はベッドに向けたまま、デッドマンは耳をすませる。

「サム、こんな形で再会することになろうとはな。皮肉なもんだ」

くぐもったダイハードマンの声が聞こえる。

「十年ぶりか。お互い、死ねない者同士だからな」

サムの返事は、いつまで待っても聞こえなかった。呼吸器と心電計が発する規則的な電子音が、沈黙を際立たせている。

「挨拶《あいさつ》もなしか。大統領がお待ちだ――きみのお義母《かあ》さん。そう、ブリジットだ。意識も朦朧《もうろう》としているが、きみのことはわかるはずだ」

デッドマンはベッドを操作して、大統領の上半身を起こした。閉じられていた大統領の瞼《まぶた》がゆっくりと開いた。顔をしかめる彼女に耳打ちした。

「サムが来ました」

大統領が、わずかに微笑む。デッドマンが手招きすると、サムはようやくベッドに近づいてきた。大統領が苦しそうな声を漏らす。サムの姿を認めたのだ。やせ細った腕をのばして、呼吸器のマスクをはずそうとしている。だめです、大統領。諫《いさ》めようとしたデッドマンは、視線を感じて顔をあげた。ダイハードマンが無言で頷く。彼女の意志を尊重しろ、と。

大統領のマスクをそっとはずした。

喉の奥から絞り出すような、言葉にならない声がする。目覚めた時よりも顔の色が白くなっている。

「我々は席をはずします」

耳元に口を近づけてそう伝える。デッドマンはサムのための場所を空けるために、ベッドから離れた。

「久しぶりね、サム。よく来てくれたわね」

その声を背中で聞いて、デッドマンはダイハードマンと共に執務室を出た。

これからこの部屋で、死の世界から帰還したばかりの息子と、死の淵《ふち》を覗いている老いたる母親との再会がはじまるのだ。

二人のシルエットが、閉じる扉に隠されるのを、デッドマンは見ていた。

★

／／キャピタル・ノットシティ／大統領執務室

「元気だった？」

大統領がそう尋ねる。しかし、それを発した本人からは、生命の輝きが失われつつあるようだった。穏やかな微笑を浮かべているが、視線は不安定にさまよっている。差し出した右腕が、サムを探している。サムはベッドから少し離れて、その折れそうに細い腕を無言で見ていた。

大統領は力なく瞳を閉じた。医療機器の発する電子音と、彼女の息遣いだけが聞こえる。視界の片隅で何かが動いたような気がして、サムはベッドの向こうを見た。執務机のペン立てに骨董品《こっとうひん》の羽根ペンが刺さっている。どこかで見たことがあるような気がする。その羽根が規則的に揺れている。大統領の呼吸と、その羽根の動きが同期しているような気がする。彼女が息を吸い、吐く。そのリズムに合わせて、羽根が上下していた。その動きから目が離せなかった。

「そうね。恨むのも当然だわ」

突然、羽根が静止した。

「アメリが」

「アメリ？」

「知っているでしょう？　アメリが、西に行った。三年かけて、大陸を横断したの。この国を再建するために」

サムは唇をかんで、目を逸《そ》らした。視線はまた、机上の羽根ペンに吸い寄せられる。

「まだ再建なんて、考えていたのか？」

「本当は、サム、あなたに行って欲しかった。だけどもう時間がない」

大統領は、苦しそうに息を吐いた。

「サム。アメリを助けて」

サムは、羽根ペンだけを見ていた。それがふたたび動くのを、祈るような思いで見ていた。

「あなたが必要なの」

サムは首を横に振った。けれどそれは大統領には見えていなかった。

「アメリカを再建して」

突然、記憶がよみがえった。昔、ブリジットから聞いたことがある。ファウンディング・ファーザーズが建国宣言書にサインをした時に使った羽根ペン。あれはこの病に伏せった大統領が、祖先から受け継いだペンだ。

「もう一度、つながらなければ。合衆国をつくらなければ、人類はみんな滅びてしまう」

「合衆国なんて、もう誰も必要としてない」

「いいえ、皆が孤立した人類に未来はないわ」

大統領の喉から、壊れた笛が発するような音が漏れる。苦痛をこらえているのだろう、目をきつく閉じていた。その顔を見たくなくて、サムは目を逸らした。視線がまた羽根ペンに吸い寄せられた。微動だにしないその骨董品をつかみ取って、折ってしまいたい。

「アメリカの時代は、終わったんだ。ブリジット、あんたはもう大統領なんかじゃない」

大統領の目がゆっくりと開き、サムをまっすぐに見つめた。

「お願いよ、サム」

左手首に焼けつくような痛みを感じて、サムは腕を振りあげようとした。まったく動かせない。他人の腕がぶらさがっているようだ。ただ手首の痛みだけが、自分のものだった。ブリジットが手首を握っているせいだ。

「サム！」

彼女の声が執務室に轟《とどろ》き、彼女の手はサムの手首から離れなかった。

接触恐怖症の反応で、サムの左腕は赤黒く染まっている。手を振り払うために大きく身をよじった。ブリジットがベッドから引きずりおろされる。医療機器につながったコードやチューブが音を立ててちぎれる。点滴のスタンドが、執務机をめがけて倒れ、羽根ペンを直撃した。ブリジットを今でも縛りつけている忌まわしいペンがついに折れる――。

　しかし、羽根ペンはまったく動かない。いかなるものもアメリカを損なうことはできず、建国の誓いを記したペンは、永久にアメリカの夢を記述し続ける。

　ブリジットがサムに覆《おお》いかぶさった。それはアメリカと同じ重さで、サムを圧倒した。支えきれず尻もちをつく。ブリジットは病人とは思えない力で抱きついている。その指がサムの右手首に触れた。ブリジットの顔に光が射す。

「引き受けてくれたのね」

「これは違う」

　ブリジットの手を振り払って、手錠をはずそうとした。ブリジットが微笑んで、サムを見つめる。だいじょうぶ、ぜんぶわかっているの。手錠はブリッジズの徴であり、アメリカ再建を誓ったことの証しだった。そうじゃない。首を横に振る。ブリジットが微笑んで視線を床に移した。

　写真が落ちていた。あの洞窟《どうくつ》でなくしかけた写真だった。ぎこちなく笑っているサムと、時雨で顔が消えてしまった女に挟まれている、まだ若いブリジット。ありがとうサム。ブリジットが囁いた気がした。サムはまだ過去を捨てていない。ブリジットは、そう解釈したのだろう。その解釈に異論を挟める者は誰もいない。なぜなら、ここは大統領の執務室だからだ。この国の行方を決定する生贄がこの部屋の主人だから。

――ビーチで待ってる。

声が聞こえた。その源を探そうと、サムは首を巡らす。だが部屋中に響いた警告音が、すべてをかき消した。もうその声はどこからも聞こえない。部屋の外が騒がしくなった。

★

右手首の端末が突然激しく震え、デッドマンは小さく叫んだ。モニターには、生体警告が表示されている。顔をあげたときには、すでに扉を開けて執務室に飛びこむ長官の背中が見えた。それを慌てて追いかけ、部屋に入る。天井までの窓は黒く塗りつぶされ、ベッドを守るように架かっている天蓋は、溶けた飴《あめ》のように崩れていた。執務机はパースの狂った抽象画と化している。その机上で、羽根ペンが絶妙なバランスで真っ直ぐに立っていた。警告音だけが、やかましく響いている。

「大統領！」

ダイハードマンがサムに覆いかぶさったブリジットに声をかける。サムは呆然《ぼうぜん》として両腕をあげている。降参した敵兵のようだった。

ダイハードマンがブリジットの身体を抱え、ベッドに横たえる。デッドマンは駆けつけた数人の看護師たちとともに、蘇生《そせい》処置を始めた。呼吸器のマスクをつけ、ＡＥＤを起動させる。ブリジットの耳元で名前を呼び続ける。

だが、なんの反応も返ってこなかった。ブリジットの身体は、デッドマンには馴染《なじみ》深い状態に変わり始めていた。体温が失われ、魂《カー》が肉体《ハー》から離れつつある。

すすり泣きが聞こえた。

顔をあげると、ブリッジズの仲間たちが集まって、ブリジットを悼《いた》んでいるのが見えた。このキャピタル・ノットシティから遥《はる》かな距離を隔てた各々の拠点から、アメリカ合衆国最後の大統領の死を看取《みと》るために、彼らは参集してきたのだ。

アメリカは死んだ。血のつながらない、帰還したばかりの息子の目の前で死んだのだ。その息子は、壁に背をあずけて、放心状態でこちらを見ていた。むき出しの腕には、真新しい手形が刻印されていた。さっきまで息をしていた大統領の生身の身体を拒否した証拠だった。彼女が生きていた痕跡は、サムの腕に残っているだけだった。

「いいか、大統領が亡くなったことは公にするな。彼女の死が露見すればブリッジズは崩壊する。ここにいる人間以外、誰にも口外するんじゃない」

ダイハードマンに、そう耳打ちされた。うなずき返し、改めてブリジットを見る。彼女の死は、アメリカ再建を否定する一派にとって、朗報以外のなにものでもない。彼女はアメリカを信じる者たちの大いなる背骨だったからだ。それが消えてしまえば、すべてが瓦《が》解《かい》する。

部屋の照明が明滅した。ベッドの天蓋がねじれて消えた。執務机も、ソファも、床のカーペットも、次々と消えていく。壁の肖像画、優雅な曲線に縁どられた飾り窓、ゆるやかに波打つカーテンも、丁寧な細工を施されたドアも、すべて消える。かわりに現れたのは、鈍い光を反射する無機質な床と壁だった。ベッドすら装飾をはぎ取られて、機能性だけの医療用ベッドに変貌《へんぼう》していた。

大統領の部屋の名残は、支柱から垂れさがるアメリカ合衆国の国旗だけだった。

ずいぶん迅速な対応じゃないか。デッドマンは心で舌打ちをした。大統領が遺体になったとたん、執務室を演出していたホログラムが停止した。遠隔地から像を投影していた仲間の姿も、いつの間にか消えている。ここはすでに、ただの病室に戻ったのだ。いやそうではない。この部屋はもはや遺体安置所だった。遺体は迅速かつ的確に処理を施さなければならない。たとえそれが大統領であっても、それが人間である限り同じだ。死は万人に等しく訪れるのだ。

遺体の処理はデッドマンの担当だった。所定の処理を済ませてからでなければ、大統領の死を悲しむことすらできない。スタッフに指示を与え、デッドマン自身も死体処理班に連絡を取ろうとした。それを、長官が制した。

長官は、うずくまっているサムの前で屈《かが》み、顔を覗きこむ。

「サム、きみは大統領と最後の契約を結んだ」

静かだが、有無をいわせぬ口調だった。サムが顔をあげて長官をにらむ。

「なんのことだ?」

「きみはブリッジズの一員となり、我々とともにアメリカ再建の任務を負う」

長官はサムの右手首の手錠を指差した。あれを眠っているサムに装着したのは、おれだ。おれに命じたのは長官だ。

――なるほど。ここに至るまでの過程を思い返して、デッドマンは自分の役割を自覚した。

「またおれを縛るのか、ブリジットがやったように」

手錠をはずそうとしながら、サムが唸《うな》る。長官がうなずく。

「それは正しいかもな」

やはりそうなのだ。長官はあらかじめこうなることがわかっていたのだ。そうであるなら、自分もブリッジズのメンバーとしての責務を果たさなければならない。

長官の背中に向かって声をかけた。その向こうにいるサムにも聞こえるように。

「長官、大統領は全身を癌細胞に蝕《むしば》まれていた。検死の必要はない。臓器摘出も解剖も意味がない。このまま放っておけばネクローシスする。一刻も早く焼却しないと」

「そうだ、早くしないとここもクレーターになる」

長官は、サムの顔を見たまま答えた。デッドマンは頷いて、長官の隣で屈む。

「聞いてくれ、サム。いますぐに動けるポーターがいないんだ」

サムが顔をしかめてデッドマンをにらんだ。

「イゴールは消えてしまった。他の死体処理班も、あの対消滅のせいで全滅した」

サムが視線を逸らす。その視線を追いかけて、たたみかける。

「誰かが大統領の遺体を運び、焼却しなければならないんだ。ただの運搬じゃない。能力者で帰還者のあんたにしか頼めない、いや、できない仕事なんだ。あの対消滅で、このあたりの地形もひどく変わってしまった。このキャピタル・ノットシティから焼却所へのルートは、もうない。ルートを探りながら、徒歩で行くしかない」

「なぜおれなんだ」

「サム、あんたはもうブリッジズじゃないか」

デッドマンはそういって、サムの手錠を指差した。サムは右手を振りあげ、手錠を床に叩《たた》きつけた。鈍い音だけが部屋に響く。ふたたび振りあげたサムの腕を、長官が摑んだ。たちまちサムの腕が赤く染まる。それに気づかないふりをして、長官は告げた。

「配送依頼だ。サム・ポーター・ブリッジズ」

──大統領は、アメリカ再建の象徴だった。

大統領の遺体を遺体袋に包みながらそう語る長官の声が、サムの耳に届く。

「大統領就任以来、永きにわたって合衆国再建を訴え続けた。そのための組織、ブリッジズを立ちあげたのも大統領だ。本来なら、手厚く葬儀を執り行わなければならない。しかし、それは叶《かな》えられない。彼女の死は、合衆国の死に等しい。それは我々ブリッジズの死にもつながる。だからこそ、大統領の遺体は、隠密に処理しなければならない」

「隠しおおせたとしても、もう次の大統領はいない」

サムがそれに異議を唱えた。

「アメリカの再建など、諦《あきら》めたほうがいい」

おれがいた十年前から変わっていない。まだ同じお題目を後生大事に抱えている。その執念に、やりきれない思いが湧いてくる。

「サム、アメリカは死んではいないんだ」

そう反論したのは、デッドマンだった。

サムの眉《まゆ》がつりあがる。ブリジットの死は合衆国の死だ、とダイハードマンが言ったばかりじゃないか。

「どういうことだ？　大統領は死んだ」

「あんたの言うとおりだ。だがアメリカはまだ生きている。大統領もいるんだ」

「何のことだ？」

デッドマンに詰め寄るサムを、長官が諫めた。

「そのことは、あとで話そう。だがサム、このことだけはわかってほしい。我々は大統領の遺志を継いで、合衆国再建計画を実行しなければならない。我々ブリッジズは、そのために存在する。そして、そのための第一歩として、きみは大統領の死体を焼却所に運ぶんだ」

「そうだ、サム。大統領といえども、放置しておけば遺体はネクローシスする」

デッドマンがたたみかける。

「セントラルばかりか、このキャピタルまで消滅させるわけにはいかないんだ。もうここには、あんたしか配達人がいない」

そう言って、デッドマンが遺体袋を持ちあげる。長官もそれを支え、サムに遺体を背負わせた。

キャピタル・ノットシティを出発して二時間近くが経過していた。直前に河を渡ったせいで、ワークパンツが脚に張りついているのが不快だった。防水加工をしてはいるが、使いこまれたパンツは相当にくたびれていて、じゅうぶんに水を弾いてはくれなかった。

しかしこのまま順調に移動できれば、あと数時間で焼却所に到着するはずだった。本来なら死体輸送のトラックで運ぶべきなのだが、ヴォイド・アウトで生じたクレーターのせいで、搬送路が閉ざされてしまっていた。そのため徒歩で運ばざるを得なかったのだ。さらに、大統領の死を隠すために単独行を強いられていた。

右手首の手錠が震えた。デッドマンからの呼び出しだった。サムは思わず舌打ちをする。

あいつらはこの手錠のことを、端末と呼ぶ。決してきみを縛るものではなく、常時きみとつながってきみを守るためのガジェットだ、と。だがこれを自分ではずすことはできない。だからこれは、あいつらがどんな理屈をこねようと、人を束縛する鎖以外のなにものでもない。

〈サム、聞こえるか〉

こちらの都合などおかまいなしだ。あいつらは、架け橋《ブリッジ》などと称しているが、つながられる側のことなど何ひとつ考慮していない。だからサムは、何も答えなかった。

〈順調みたいだな。だが気をつけてくれ、もう少しで座礁《ざしょう》地帯に近づくはずだ〉

「ああ、大丈夫だ」

キャピタル・ノットシティから焼却所へと至るこのルートを踏破するのは初めてのことだが、知らないエリアではなかった。この数か月、キャピタルとセントラルの周辺地域への配送依頼が増えていたためだ。北米大陸の東海岸——そこは、かつての合衆国の政治と経済の中心地域だった。だからブリッジズの拠点が存在し、大統領もそこで陣頭指揮にあたっていた。サムにとっては、苦い思い出につながる場所だったが、同時に幼少期の甘い記憶を想起させる場所でもあった。だから、ここに吸い寄せられた。こんな荷物を背負うと予想もせずに。

〈なあ、サム。その、聞きにくいんだが、ネクローシスの予兆を感じたりしないか？　大統領は末期癌だった。全身が癌細胞に冒されていたんだ。それがネクローシス限界時間に影響するかもしれない〉

デッドマンの言葉が、サムを苛《いら》つかせる。遺体運びを押し付けて、さらに支障がないか口をだす。これこそが、人を守るといっておきながら人を束縛する態度だ。

「座礁地帯の場所はわかっている。迂回《うかい》するルートも把握している。ブリジットがいつネクローシスするか、おれにはわからないが、それはおれの責任じゃない。あんたやおれに運がなければ、終わるだけだ」

〈ああ、サム。すまない。通常のネクローシスは四八時間前後で起こる。だがそうじゃない場合もあるんだ、早まることもある、それで、心配になって〉

しどろもどろになったデッドマンの声からは、嘘《うそ》や策略の気配は感じられなかった。本気でサムのことと遺体のネクローシスを心配している。

「信じろとは言わない。あんたたちの依頼は、ちゃんと片付ける。これが終わったら、この手錠をはずしてくれ。あんたらとのつながりは、この依頼で終わりだ」

つとめて冷静に、感情を殺して答えたつもりだった。デッドマンは、曖昧《あいまい》な笑い声を漏らして通信をオフにした。

風が通り抜け、大地にへばりつくように生えている草がなびく。目的地である焼却所は、前方の丘陵地帯を抜けたところにある。遺体を焼いた際に発生するカイラリウムの飛散を少しでも防ぐために、焼却所は盆地に設置される。デッドマンが無線で指摘していた座礁地帯、つまりBTが彷徨っている場所、生と死が背中合わせになった特異点とも言える場所は、焼却所の隣に存在していた。じつのところ、その範囲を正確に把握できているわけではない。これまでの経験と、BTの気配を感知できる能力で、そのエリアをおおまかに把握できるだけだ。

背負ったブリジットの遺体には、いまのところ変化はないようだ。彼女が死んでまだ数時間、デッドマンが心配するような、例外的に早いネクローシスは起きそうになかった。

慌てる必要はない。死体処理班のイゴールに同行したあのときのように、緊急を要するわけではない。時間はかかるが、座礁地帯を迂回して焼却所に向かうべきだ。サムは目を閉じて、意識を集中した。全身をアンテナにしたつもりで神経をとがらせる。

大きく息を吸って、サムは歩きはじめた。

ブリジット・ストランド——合衆国最後の大統領としてではなく、サムの育ての親であるひとりの女性を迷わせることなく、死者の世界に送り届けるために。


//キャピタル・ノットシティ近郊/焼却所

★

垂直に立ちあがった崖に挟まれた隘路《あいろ》を抜けると、だしぬけに視界がひらけた。眼下には、擂鉢《すりばち》状の土地が広がっている。そのどん詰まりに、巨大な漏斗《じょうご》を逆さまに伏せたような建物が見えた。それが目的地の焼却所だった。

サムは両肩を揺すって、背中の荷物の位置を整えた。目論見どおりに座礁地帯を迂回できた。遺体がネクローシスする兆候もまだない。あとはこの荷物を納品するだけだ。もうすぐ終わる。遺体を焼却し、彼女の魂《カー》を死者の世界に送り届ける。そうすれば彼女はもう戻ってこない。これで全部終わりだ。アメリカも、アメリカ再建という悪夢も。

焼却所のゲートがサムをスキャンして、入場を許可する。建物に足を踏み入れた。等間隔に太い支柱が立っていた。申し訳程度の照明が、のっぺりとした空間にアクセントを添えている。

サムの接近を感知して、床から円柱が生えてきた。荷物の納品と受託を司《つかさど》る配送端末だ。人間の死に場所、人生のゴールであるこの場所で、人は荷物として扱われる。魂《カー》が抜けた肉体《ハー》は物体でしかないのだ。ここを訪れるのは死体処理班しかいない。常駐するスタッフがいないせいで、施設のメンテナンスもされていない。窓のガラスは割れたまま放置され、コンクリートの床に走る亀裂が修復された気配もない。人間を葬送する場所には思えなかった。

端末のガイドに従って、サムは背中の荷物を降ろし、指示された場所に運ぶ。床がスライドして口を開けた。端末に促されるままに荷物を収める。これで仕事は終わりだ。

そのとき、肩口からふわりと白いものが落ちた。羽毛だった。ブリジットの執務机にあった羽根ペンの羽毛——そんなはずはない。あれは病室を執務室に偽装するための演出のひとつに過ぎない。実体のないホログラムのはずだ。サムは首を振った。羽毛は遺体袋の上に舞い落ちた。耐火ガラスの扉が閉じられて、バーナーから炎が吹き出す。一瞬で羽毛は焼かれ、遺体袋も燃えあがる。その下にある肉体《ハー》に火がまわりはじめた。さようならブリジット。あなたが還る肉体《ハー》は、もうすぐなくなる。あなたの魂《カー》は、安らかに死者の世界に行くがいい。願わくは、あなたが夢見たアメリカの夢とともに。

気がついたらサムは目を閉じていた。

死んでいくアメリカへの葬送、旧世代の夢を葬る最後の儀式への黙禱《もくとう》。もうこれで終わる。アメリカが終わる。もうアメリカを背負う必要も意味もない。

サムは目を開いて、アメリカ終焉《しゅうえん》のこの場所を立ち去ろうとした。

〈サム!〉

手錠が騒いだ。声の主はデッドマンだった。

〈ありがとう。だが、もうひとつお願いだ〉

その声をかき消すように、雷の音が轟いた。時雨の兆候だ。サムは顔をしかめる。ブリジットの遺体を焼いたことでカイラリウムが生成されて、この一帯のカイラル濃度が上昇したのだ。このままだと時雨が降るのは間違いないだろう。そうなればデッドマンのお願いなど聞いている暇はない。

〈サム、もうひとつの荷物も焼却してくれ〉

今度はダイハードマンだった。もうひとつ? 手錠が振動した。宙に描出されたスクリーンに、サムへの依頼が表示されていた。ひとつはブリジットの遺体焼却。もうひとつはBB‐28の焼却と記されている。

〈サム、死体処理班のイゴールが使っていたBBだ〉

デッドマンの声が聞こえた。意味がわからない。

〈あんたが帰還したときに、クレーターでみつけた。あんたの身体につながっていた〉

サムはバックパックを検めた。小さな荷物ケースがある。そこにはイゴールから託されたBBポッドが収納されていた。なぜこれがここにあるんだ。

〈廃棄が決まったんだ〉

サムはポッドを取りだして中を覗いた。人工羊水に満たされた胎児が、ふわふわと漂っている。泳ぐように手と足をなびかせている。

〈ブリッジズの本部も、セントラル・ノットシティも消滅した。そいつが機能しなかったからだ、というのがブリッジズの見解だ〉

「まだ生きてるぞ」

〈そいつは装備のひとつだ。生き死にという概念は適用されない。回復する可能性はない。仮にポッドから取り出しても、〝生命〟として生きる可能性はない。処分するしかない〉

殺すのではなく、破棄するのか。サムはもう一度、ポッドのBBを見た。この子を焼却するなんて。どう見たって赤ん坊だ。装備ではない。

〈長官も承認したよ〉

雷鳴が耳を聾《ろう》した。内臓を震わせるほどの轟音だった。手錠が沈黙して、デッドマンとの無線は途切れた。焼却所の照明が一斉に消えて焼却所は闇に包まれてしまった。ブラックアウト現象だった。時雨が降りはじめた。

気温が急に低くなったのがわかった。背中からうなじのあたりに鳥肌が立つ。あいつらが来ている。胸に抱いたポッドで、赤ん坊が震えていた。なるべく音を立てないようにサムは窓際に移動した。外のようすをうかがうためだ。亀裂の入ったガラスに雨が激しく打ちつけている。ガラスは液状化して枠から流れはじめている。

　そこに突然、黒い影が生じ、窓にぶつかってきた。大きな手のひらだった。サムは息を呑んで身を引いた。奴らが来たのだ。息を止め、窓外に意識を集中した。気がついたら両方の頬に涙が伝っていた。

　手形もまた、室内の気配を探るように動いている。最初は窓枠をなぞるように、やがてガラスの割れた場所を見つけ、中に入ってきた。壁を降りて床に。

　手のひらが進む方向とは逆に、サムは後ずさりする。背中を壁につけて、入り口を目指していく。一歩進むごとに全身の肌が粟立《あわだ》ち、悪寒と吐き気がこみあげてくる。雨はますます激しくなっていた。見ようと思っても見ることはできない。サムは目を閉じて、全身で奴らの気配を捕まえようとした。

　とんでもない圧だった。おそらく十数体の座礁体が焼却所を囲んでいるはずだ。焼却前にネクローシスしてしまった死者たちが、この周辺には蝟集《いしゅう》している。

〈サム、だいじょうぶか。カイラル濃度があがっているぞ〉

　突然、無線が復旧してサムの鼓膜を震わせた。声の主は長官だった。カイラル濃度の増加は死者の世界との近接度に比例している。いまここは死者の国に限りなく近づいている。サムという生者がここから離れない限り、死者たちは諦めない。放置していれば対消滅が起こる。ここをクレーターにするわけにはいかない。ブリジットの肉体が最後にたどり着いた場所だ。彼女だけではなく、多くの人たちが人生をまっとうとした場所だ。

　ここだけは守らなければ。

脇に抱えたポッドの中で赤ん坊が動いた。そうだ、こいつのことも守らなければ。ここで生きているのは、サムとＢＢだけだ。

いい手がある。

サムはポッドに収納された臍帯《コード》を取りだした。うまくいくかどうかの自信はない。だが、共に結び目から帰還できたのだ。こいつとは相性がいいはずだ。サムはコードの先端を、自らの腹部にあるプラグに接続した。

何も起こらない。コードの接続を確かめ、ポッドを揺さぶる。赤ん坊は目を閉じて人工羊水に浸っているだけだ。反応する気配もない。こいつはやはり不良品なのか。あるいはもう壊れてしまったのか。

――おい。

声に出すのではなく、そう念じた。おい、おれと一緒に帰るんだ。

すると、赤ん坊の笑い声が聞こえた。

下腹部から尾骶骨を経て、脊髄《せきずい》を電撃が駆けのぼる。脳が悲鳴をあげて、意識が爆発する。頭蓋骨が粉々に砕け、頭皮を破り、肉体の輪郭《ハール》が消えていく。ポッドの中のＢＢが笑っている幻が見えた。サムも笑顔を返す。爆発した意識が、ＢＢを取りこんで収束する。

ＢＢとのつながりを強く意識した。

左肩のオドラデクが起動して、死者の姿を探しはじめた。

雨に打たれる死者たちの姿が見えた。

なんてことだ。息を飲んだ。想像以上だった。人のシルエットが、大地から生える臍帯《さいたい》のようなものにつながれて、宙を漂っている。目を凝らすと、それらは微細な粒子の集合体だった。粒子がほろほろと不規則に蠢きながら、人のかたちを形成していた。奴らにはこちらの姿は見えない。生者が発する音や息遣いを感じることができるだけだ。だから、できる限り気配を殺して、捕まらないようにするしかない。幸いこちらにはBBがある。通常なら気配を感じることしかできない自分の能力を、BBは拡張してくれる。つまり、見ることができるのだ。

右手で口を覆い、息を殺して、焼却所から足を踏み出した。

滝のような時雨で、たちまち全身がびしょ濡《ぬ》れになる。頭を覆うフードもどれほど雨よけになるのか、おぼつかない。愚図愚図していたら、ポーターのスーツが劣化して、その下の皮膚は老人のようになってしまうだろう。それほどの豪雨だった。膝《ひざ》を落とし、焼却所の外壁に沿って移動する。

オドラデクの先端が、青白い光を放ちながらせわしなく開閉し、死者たちの漂う空間を探っている。まだ奴らには見つかっていない。このまま壁沿いに進んでいけば、奴らが密集している一帯を抜けられそうだ。

胸のポッドを撫《な》でた。頼むぞBB。それに応えるように、オドラデクがサムの前方を指した。十字になって、固まった。警告の赤い光を発している。目前に奴らが迫っているのだ。息を殺し、さらに身を屈める。うなじの髪が燃えるように熱い。生臭い刺激が鼻腔を突く。

頭のすぐ上で大きな衝撃があった。見なくてもわかる。そこには黒い手形がついている。動いてはならない。やり過ごすしかない。

ずっと呼吸を止めているせいで、目眩《めまい》がする。視界が歪《ゆが》み、雨の音が遠ざかっていく。地面は粘着質のタールのような状態にぬかるんでいる。手が壁伝いに降りてきて、サムの真横に手形を印した。その窪《くぼ》みに赤い筋が流れた。ブーツの裂け目から滲みでたサムの血液だった。

見えない手が戸惑っている。おずおずと手を差し伸べては、引っこめる。触れてはいけないものを恐れるように方向を変えて、遠ざかっていった。しばらくすると、オドラデクが十字を解いた。奴らは、ひとまず向こう側に戻っていったのだ。サムはわずかに片脚を引きずりながら時雨の中を移動しはじめた。


雨足が弱くなり、前方の空が白くなると、オドラデクが静止した。サムの五感も平常に戻った。座礁地帯を抜けたのだ。

ポッドの中のBBは、指をくわえてぐったりしている。眠っているのだろう。死者の大群に囲まれたあの場所で、この子が感じたストレスはどれほどだったのだろう。サムは労わるようにポッドを撫でた。自然と深いため息が漏れた。

〈サム、聞こえるか〉

デッドマンだった。

〈あんた、まさかそのBBと接続したのか〉

サムの返事も聞かず、興奮気味にたたみかけてくる。

〈そいつは不良品だ。それに、あんたのような能力者が、それを使うなんて聞いたことがない。能力者とBBの接続は危険すぎる。たしかにそいつはあんたの能力を拡張してくれる。でも、だからこそお互いの意識や記憶が干渉したり、共鳴したりするんだ。下手をするとBBは自家中毒を起こし、あんたはこっちに戻ってこれない場合だってある〉

それを無視して、サムは空を見あげた。時雨をもたらす雲はもうない。しかし太陽は曖昧な輪郭を見せるだけだった。この先には危険な場所はないはずだ。あとは帰るだけだ。そうしたらこの手錠の縛めを解いて、元のサム・ポーターに戻ればいい。

ただひとつの気がかりは、このBBだ。デッドマンが言うように、本当に不良品だったのだろうか。それを酷使してしまったせいで、こいつは壊れてしまったのか。胸に装着したままのポッドを覗く。相変わらず目を閉じて羊水に浮いているだけだった。

実のところ、BBを装備するのは、はじめてではなかった。非正規品のBBを使うフリーランスのポーターも、いないことはなかったのだ。止むを得ずに、そんな仲間から借りた経験はあった。だからデッドマンのいうことは納得できた。いや、デッドマンが思っているよりも現実は酷《ひど》いかもしれない。BBを装備したあとは、どうしようもない気分になるのだ。吐き気や悪寒だけならまだしも、鬱《うつ》状態になり自殺衝動にもかられる。それはサムが能力者であるせいだった。

しかし、このBBとの接続は例外だった。他のBBと違って、接続後の後遺症もいまのところ起きていない。一緒に結び目から帰ってきたからなのか、特別なつながりを感じる。だからこそ、助けてあげたかった。

あるいはブリッジズの技術でどうにかならないのか。

キャピタル・ノットシティへと通じるゲートが見えてきた。

〈ここまで保ったのが奇跡だ〉

デッドマンの無線が、サムの期待に水をさす。

〈ずっとあんたたちをモニターしている。あんたはなんともないが、そいつは〉

ゲートのオドラデクがサムをスキャンして迎え入れる。

〈残念だが、限界を超えていたんだろう。処分するしかない〉

その言葉がサムの足を止めた。このまま こいつを病棟に運べば、処分されてしまう。ポッドを拳《こぶし》でノックしてみる。BBは反応しない。声をかけても、ポッドを撫でても、揺っても、何の変化もなかった。

臍帯《コード》を解除して、胸のユニットからポッドをはずした。そうしてふたたび自分と接続すれば、リセットできるかもしれない。ポッドのウィンドウが暗転して、BBが見えなくなった。赤ん坊をあやすようにポッドを持ちあげると、黒くなったウィンドウに自分の顔が映った。泣き笑いのようなその表情が嫌で、目を背けてしまった。

笑い声が聞こえた。

気のせいではない、間違いなくポッドの中のBBが笑っていた。

もう一度つながるんだ。サムはBBと再接続した。

脳内に赤ん坊の笑い声がこだました。安心しきった、はしゃいだ笑い声だ。よかった。

サムは目を閉じてBBとのつながりを感じようとした。

だいじょうぶ、きみは——。

——BB、パパだよ。

突然、聞いたことのない声が、聞こえた。見たことのない顔が、こちらを覗いていた。

なんとも形容しがたい奇妙なビジョンだった。恐ろしさと懐かしさが同居している。

脳内に浮かんだその幻覚を追いだすために、サムは頭を振った。配送センターへのゲートが開く間に、ポッドと接続されている臍帯《コード》を抜き、胸からポッドをはずして、スロープをくだりはじめた。

EPISODE Ⅲ アメリ

ポッドを抱えて歩くサムの背中を、デッドマンは小走りに追いかけた。よくやった、ありがとう。あんたでなければできなかった。BBのこと、怒っているのか。追いついて声をかけてもなしのつぶてだった。

そこではじめて、サムは立ち止まった。

「おれは、おまえらの便利屋じゃない」

振り返ったサムは、デッドマンの腹にポッドを押し付けた。

「サム、こいつのおかげであんたは命拾いしたんだ」

「違う。おれもおまえも、こいつのおかげで命拾いした」

ポッドを抱いて、デッドマンは頷いた。サムの怒りの表情は変わらない。もっともだ、とデッドマンは内心で納得していた。ずいぶんと理不尽な荷物を背負わせているという自覚はあった。瀕死《ひんし》の大統領に再会させて、その遺体を運ばせる。そのうえ、BBの焼却までさせようとした。BBのことはイレギュラーだったが、すべてはサムにもっと大きな荷物を背負ってもらうためのシナリオだった。十年前、ブリジットが構想したにもかかわらず、破棄された計画を再現するためのシナリオ。

サムには旅立ってもらわなければならない。

「わかった。命の恩人のお世話は任せろ」

だからこの装備は、責任をもって修理しよう。デッドマンはサムの目をしっかりと見据えて宣言した。そしてサムを諭すように言ったのだ。あんたは疲れと汚れを落としたらどうだ。シャワーでも浴びてな。


デッドマンはサムを待っている。傍には長官がいた。サムを送り出した、あの病室だった。そこは、ホログラムによって、ふたたび大統領の執務室《オーバル・オフィス》に擬態していた。天蓋付きのベッドはもうないが、かわりに天井に届く窓には厚いカーテンがかかり、合衆国の国旗と国章が半旗になっている。大統領の死を悼むように、部屋は薄暗く演出されている。

サムはここに来るしかない。ミッションを終わらせた彼は、手錠端末を解除して、自分をポーターに戻すように要求するだろう。

扉のロックが自動解除された。サムの端末を認識したのだ。重厚な扉がゆっくり開いて、サムが入ってくる。

それを長官が迎えた。

「サム、ありがとう。任務は完了だ。アメリカ最後の大統領は還らぬ人となってしまったが、ブリジットの遺志は灰になったわけではない」

両腕を大きく広げた長官は、今にもサムを抱きしめんばかりだった。顔をしかめたサムは、踵《きびす》を返そうとする。

「サム、よく聞いてくれ」

サムの足が止まる。

「アメリカも、合衆国再建計画もまだ生きている」

「冗談はよせ」

怒気をはらんだ声。長官はそれが聞こえていないかのように指を立てて、左右に振った。

そして半身を開いて自分の背後に注意を促す。

「さあ、我々の新しい希望、新しいアメリカだ」

芝居がかった仕草だ。そう思ったが、デッドマンは長官に倣《なら》って視線を移動させた。

光があふれていた。光そのものが生きている。デッドマンにはそう思えた。

やがて光の中から一人の人物が姿を現した。鮮やかな赤い衣装をまとった女性だった。

厳かに一歩を踏み出すと、ダークブロンドの髪が揺れる。薄いグリーンのその瞳は、ただサムだけを見ていた。その女性こそが、この部屋で唯一《ゆいいつ》の光源だった。

「アメリ」

サムが問いかける。やはりサムは忘れていなかったのだ。忘れられるはずもないだろう。

長官がうなずいて、彼女に道を譲る。

「母は逝《い》ってしまった。でも私がいる」

サムの前まで進んだアメリは、微笑んで右手を差しだした。

「そしてサム、あなたも来てくれた」

顔をしかめたサムは、アメリの手を見ようともしない。軽い失望が彼女の顔を曇らせた。薄く息を吐いて、アメリは手をおろす。

「彼女とも十年ぶりだったな。もっとも彼女は十年前と変わらないが」

長官がとりなすように言う。ふたたびアメリは微笑んで、サムに語りかける。

「あなたも知っているでしょう。私の身体はビーチにある。だから歳をとることはない」

話には聞いたことがあった。ブリジットの娘であるアメリの、特別な誕生と身体の話だ。この世界の時間の軛《くびき》にとらわれないアメリは、ビーチの時間で生きている。だから歳をとることがないのだと。自分がブリッジズに迎え入れられたのは三年前だが、いまのアメリもそのときの印象となんら変わっていなかった。

「あなたは、いい歳のとりかたをしたようね」

アメリは眩《まぶ》しそうにサムを見ている。デッドマンには想像もできない、ふたりだけの特別なつながりが、その瞳と言葉に宿っていた。

「きみは、本気でこの世界をつなごうと考えているのか」

サムの尖《とが》った言葉が、アメリに向けられる。しかしアメリはそれに微塵《みじん》も動じることなく、サムを見つめ返した。怯《ひる》んだのはサムだった。助けを求めるように視線を泳がせた。

「誰かがつながなければならない。いや、誰かが大統領のあとを継いで、アメリカを再建しなくてはならない」

長官が、アメリの代わりに答えた。そしてアメリの隣に歩み寄り、宣言をするように声をあげる。

「サマンサ・アメリカ・ストランド。彼女こそが新たな大統領だ」

それを合図に、北米大陸のホログラムが出現した。部屋の端から端まで達する広大な地図だ。その中央に、アメリと長官が佇んでいる。大陸を見おろすふたりの姿は、建国の女神とその従順なしもべのようだ。

「孤立した都市と都市をつなぎなおして、アメリカを再建する。アメリを大統領に迎え、アメリカ都市連合《ユナイテッド・シティーズ・オブ・アメリカ》を創建する。それが我々のアメリカ再建計画だ」

それは、ブリジットと長官がブリッジズを組織し、何年もかけて実現しようとしてきたアメリカという神話の再現だ。

「そのために、サム、きみの力を借りたい」

長官がサムを見据えた。

「おれは、あんたたちとはつながっていない。ブリジットとも別れをすませたところだ」

サムはふたりに背を向けて、ホログラムの北米大陸から逃れるように、部屋の扉に向かった。

「あなたのことを忘れたことはなかった」

サムを引き止めたのはアメリだった。彼女はサムを追いかけて、大陸の中央部から東海岸へと向かった。歩くたびにホログラムの大陸が波打っている。

「あなたが私たちを見放した」

サムが立ち止まる。

「つながりを切ったのは、あなたよ」

「アメリはブリッジズの第一次遠征隊を組織して、大陸を横断したんだ」

振り向いたサムの表情がこわばっている。それが怒りによるものなのか、戸惑いなのか、デッドマンには判断できなかった。

そうよ、とアメリの口が動いた。

「私たちは、三年かけてこの大陸を横断した。そしてようやく、エッジ・ノットシティにたどり着いたの」

「まさか、西海岸まで行ったのか？」

サムが驚いた声をあげる。ここにいるアメリは、ホログラムだと気づいたのだ。

驚くのも無理はない。脆弱《ぜいじゃく》な通信インフラしか存在しない状況で、本人そのものが存在しているように見せる完璧《かんぺき》なホログラムが、どうして実現しているのか。それは、本部に蓄積された膨大なアメリについてのデータのおかげだ。遠隔地のアメリの音声と動きを、ローカルに蓄えられた表情や声、仕草などのデータによって肉付けし、再現している。

第一次遠征隊は先発隊と後発隊に分かれ、西へ向かった。その大きな目的は、大陸に点在している都市や人々のもとを訪れ、再建されるべきアメリカ、すなわちＵＣＡ

——United Cities of America への加盟を打診もしくは説得することだった。寄り添って社会をつくり、補完しあうことでしか生きていけない種である人類は、このままでは、いずれは絶滅する。だからアメリカという旗のもと、もう一度手をつなごう。そんなブリジットのメッセージをアメリは携えて旅立ったのだ。

当然、その道行は平穏なはずはない。分断をつくりだした元凶でもあるＢＴが出現する座礁地帯や、時雨を避けなければならない。それだけではない、分離主義、孤立主義を掲げ、過激な行動に走る集団もアメリたちを阻む。それらに対抗できるのは、ＢＴを感知できるアメリの能力であり、大統領の嫡子《ちゃくし》であるという血筋とカリスマであった。

アメリカ再建が人々に見せてくれる未来を説きながら、アメリたちは都市や施設にインフラを建設していく。それは、遠くない将来にＵＣＡの背骨となるカイラル通信の基盤となるものだった。結び目の都市《ノットシティ》という呼称は、ＵＣＡへの加盟の可能性が多少なりともある都市に対して、ブリッジズが付与したものだった。

その行程を、アメリたちは三年続けたのだ。あとは第二次遠征隊が出発するばかりだった。その直前の、ブリジットの死だった。それだけではない。

「遠征隊は全滅した。アメリは閉じこめられた」

長官が、現況を伝える。

「アメリたちはエッジ・ノットシティまで遠征したんだ。だが、そこは分離主義の過激派が事実上統治していた」

国家は人の自由を抑圧し、所与の権利を搾取するものだ。それが崩壊したというのに、再建するなど反動的だ。そんなイデオロギーを奉じ、暴力によってそれを表現しようとする過激集団は、秩序破壊者《ホモ・ディメンス》と呼ばれ、怖れられていた。人を殺してBTに変え、対消滅を起こすことも辞さない集団だ。アメリたちが目指したゴールは、いつの間にかそんな人々の巣窟となってしまったのだ。

「ここから出ることは許されてはいない。でも、身柄を拘束されているわけじゃないの。だからこうして、あなたたちと話すこともできる。通信設備も自由に使える」

「エッジ・ノットシティは、彼らの独立自治を保障するかわりに、アメリを監視下に置く。そう要求してきた。つまりアメリは彼らの人質だ」

長官の言葉に、サムの表情が硬くなった。

「みんながアメリカを求めているわけじゃないの」

ブリッジズが遠征隊を派遣し、アメリカ再建を具体化しようとすると、その反動で孤立派や分離派の行動も過激さを増すようになっていた。セントラル・ノットシティを消し去ることになった遺体、それは表向きには自殺とされていたが、都市に潜入した分離過激派によるものだというのがブリッジズの見解だった。アメリは西の果てで幽閉されているが、ブリッジズの本拠地である東の地もテロリズムの脅威にさらされているのだ。つながりを拒絶するならば、ひとり孤独に生きて死んでいってほしい。暴力やテロ行為もコミュニケーションの一種だとするならば、彼らこそ、つながりを欲しがっているんじゃないか——

それがデッドマンにとっての根本的な疑問だった。

「つながらず、孤立したままでも生きていける。そう主張する人間たちもいるんだ。彼らやサム、きみのようにな。アメリカ再建は、束縛でしかない。つながりは義務を要求し、自由を奪う鎖だ、と」

「これも束縛だ」サムは即座に反応した。手錠端末を見せつけるように腕を掲げた。

「テロリストと変わらない。おまえらもカルトの一種だ」

「それは違うわ、サム」

即座にアメリが否定する。

「それは私たちをつなぐ象徴《アイコン》」

デッドマンは思わず自分の右手首に触れた。長官が言うことも、サムが反発する気持ちも、アメリが説いた理も、どれも理解できる。完全な自由も、理想的な連帯も人間が人間である以上、存在しない。何かに目をつぶり、何かを犠牲にしなければ人間は人間として生きていけないのだろう。だからこの手錠型端末がブリッジズの象徴であることは、理にかなっていた。これを考えた人間は天才だ。デッドマンはそう思う。それは束縛の道具であり、コミュニケーションの手段だ。その矛盾を隠さない組織がブリッジズだ。

「いまのわたしたちに必要なのは、つながること。孤立することじゃない。そして、結び目をつくることよ」

「サム、北米大陸をもう一度、つなぎなおしてくれ」

長官も手錠端末を掲げて、サムに迫った。

「この大陸の各地に、第一次遠征隊のスタッフが駐留して、カイラル通信の設備を整えている。だがそれらは点でしかない。その点と点をつなげて線にしてほしいんだ」

長官は金属製の小ぶりなケースをサムの前に差しだした。もったいぶった仕草で、蓋《ふた》を開ける。チェーンで束ねられた六枚の金属片。それが重力を無視して、ふわりと浮いたように見えた。

それは、アメリカ再建にとって最も重要なアイテム、点でしかない設備をつないで線にする装置。

「Qpid《キューピッド》だ。カイラル通信を起動させるには、これが必要だ」

カイラル通信——その起源がどこにあるのか、デッドマンは知らなかった。彼がこの組織に迎え入れられた頃には、構想から実証の段階に突入していた。アメリカ建国の時代から、この国のインフラ建設に多大な貢献と関与をしてきたブリジットの祖先——ストランド一族の誰かが、デス・ストランディング現象の前後に構想し、それをブリジットがアメリカ再建のために現実化させた。そんな噂《うわさ》を聞いたことがあるが、真偽は定かではない。ただ、実現の陣頭指揮を執ったのがブリジットだったことだけは間違いない。

都市と都市を、空路や鉄道、ハイウェイなどで物理的に結ぶことは事実上不可能だ。せめてそれを代替するレベルの通信システムを構築し、実質的なつながりをつくるしかない。それを実現するのが、カイラル通信だとされていた。アメリたちは、その物理的基盤を設置した。設置の対象になったのは、ブリッジズが結び目の都市《ノットシティ》と名付けた都市や、それらを中継しサポートするための各施設である。

「このQpidで点をつなぎ、カイラル通信を起動させてほしいんだ。そしてサム、きみは配達人《ポーター》だ。つなぐと同時に、それぞれの拠点が必要としている物資を運んでほしいんだよ。そしてもうひとつ。アメリを——エッジ・ノットシティで囚《とら》われているアメリを救出し、還ってきてほしい」

「お願いサム。あなたが必要なの」

ホログラムのアメリが、サムの方に足を踏み出して懇願する。何千キロの距離を飛び越えて、彼女の意志がサムをたじろがせたのか、サムは首を横に振って後ずさった。

「おれは、サム・ポーター・ブリッジズだ。もう、ストランド家の人間じゃない。おれはブリッジズから放り出された人間だ。もう誰ともつながるつもりはない」

言い放って、背を向けた。

「待って！」と叫んだアメリが、サムに駆け寄り行く手を塞《ふさ》いだ。サムは悲しげな笑みを浮かべ、歩みを止めない。抱きとめるように両腕を広げたアメリの身体を、サムが通り過ぎた。

「ほら、おれたちはつながっていない。昔もいまも」

捨て台詞《ぜりふ》を残して、サムは廊下に逃げた。

「サム、待つんだ！」

長官が声を張りあげて、サムを追いかける。同時に、デッドマンの手錠端末が振動した。スタッフからの呼び出しだった。長官はサムを説得できるだろうか。デッドマンは、部屋にひとり残ったアメリのホログラムを一瞥《いちべつ》し、廊下に駆けだした。

「むりやり世界をつないでも、綻《ほころ》びが生まれるだけだ」

感情をむき出しにして、長官に食ってかかるサムの声を背中で聞きながら、デッドマンは廊下を二人の反対方向に急ぐ。

「わかった、サム。落ち着け。そう焦るな」

長官がサムをいなす声が、廊下に反響している。「返事はあとでいい。少し休んだらどうだ」

そうだサム、落ち着いてくれ。答えは決まっているじゃないか。あんたしかいないんだ。そうひとりごちたデッドマンの息は荒くなっている。胸を押さえたデッドマンを、赤い医療用スーツを着たスタッフが迎えた。ポッドを抱えている。

いまのサムが、唯一つながっているもの。身を挺《てい》して守ろうとしたものだ。ポッドを受け取ったデッドマンは、中を覗《のぞ》いた。血を薄めたような光を浴びて、人工羊水の中、ブリッジ・ベイビーがくるりと一回転した。サムとおれたちの命の恩人。サムをこちら側につなぎとめるたったひとつの存在。赤ん坊は復調した。これをサムに返してあげなければならない。

デッドマンは、まだ長官と揉《も》めているサムのところに踵を返した。

「サム、メンテは完了した」

長官の背中越しにそう告げると、不意打ちを食らったようにサムは沈黙した。

内部が見えるようにポッドを掲げる。

「あんたとのチューニングもしといたよ。まだ使える」

そう、こいつは使えるんだ、サム。

「あんたみたいな能力者と相性がいいBBは珍しい」

こいつは、あんたをサポートする。バケモノが跋扈《ばっこ》する土地を踏破するのには、このBBが役に立つ。わかるだろうか、サム。ということは、それ以外にこの装備の存在意義はないってことだ。ポッドの中で、BBがくるりと回転した。あんたはこの回転を止めてしまうのか？

そんなデッドマンの考えを必死で聞き取ろうとする表情を、サムはしていた。

「どうやらサム、あんたは、こいつとだけはつながっているらしいな」

デッドマンに同意するように、BBが笑う。

サムは唇を噛《か》んで、ポッドを受け取った。サムは再建計画に同意してくれた。デッドマンはそう信じた。

ひとつ目の中継拠点である中継ステーションを目指して、サムは歩いていた。

キャピタル・ノットから見て北西の方向、ブリジットを処理した焼却所を越えた先にそれは位置している。

踏み出した右足に鈍い痛みが走った。

そのせいで歩みが止まってしまう。もうずいぶん長い時間、歩きつづけてきた。

サムは首を巡らせて、後方を見た。キャピタル・ノットシティのシルエットはもうとっくに見えなくなっていた。ゆるやかにうねる大地が延々と続いている。巨人の背中にできた瘤《こぶ》のような岩塊が点在し、背の低い植物が織りなす緑のカーペットが地表を隠している。

遠くからは、さっき越えてきた急流の音が聞こえる。

――ここは違う惑星みたい。

幼いサムにブリジットがそう言ったのを、いまでも覚えている（**いえ、それはアメリだったのかもしれない**）。

どうして？　ぼくはここで生まれたんだ。そのときから、この世界はこんなだった。

しかし、ブリジットが見せてくれた動画には、別の世界が広がっていた。

天を突く建物の集合（**摩天楼っていうのよ**）、空を飛ぶ乗り物（**飛行機も飛んでたの**）、地面の下を走る直方体の乗り物（**それは地下鉄ね**）。トラックやバイクは、サムも見たことがあったが、それらがとんでもない速度で走るハイウェイは、動画で初めて知った。

都市と呼ばれる区域は人間の造ったものであふれていて、その隙間《すきま》に川が流れ、樹木が茂り、緑のアクセントを添えていた。いまはそれが逆転している。剝《む》き出しの自然の片隅に、人は遠慮がちに都市を建設している。

あの摩天楼はどこに消えたのか。飛行機や地下鉄やハイウェイは、どこに行ってしまったのか。その痕跡に出会うことは滅多になかった。人類が栄えた証拠すらきれいに消え去ってしまった。

ここは、生まれたばかりの世界だ。

人間が誕生する以前の、人間に汚染される前の原始の世界。だから、ここは人間には優しくない。目に見えないバケモノと、時間を奪う雨が容赦なく襲ってくる。おまえたちの場所はここにはない。

だから人間は、この風景にふさわしくない都市を建設し、閉じこもった。

ここが違う惑星だというなら、おれたちはたぶん地球を追放されたんだ。

ここは流刑者の星で、おれたちは流刑者の息子だ。そんなおれたちに、摩天楼が林立する巨大都市を再建する資格なんてない。いや、このおれに——サム・ブリッジズにその資格はない。十年前にそれを奪われた。それなのになぜ、こんな荷物を背負わせるのか。

ブリジットにそのことを問うてみたいが、かなうはずもない。

サムは背中のコンテナの重みを確かめて、歩きはじめた。

空気の臭いがわずかに変わった。時雨が降る兆しだ。どこか雨宿りできる場所を探したほうがいいだろう。しばらく歩くと、小さな洞窟が見つかった。背を屈《かが》めれば入れないこともない。

腰をおろして深く息を吐いた。キャピタル・ノットシティを出るときに履き替えたブリッジズ制式のブーツは、すでに汚れて細かい傷が無数についていた。紐《ひも》を緩めると、疲労が解放されていくような気がする。足の痛みも薄れていく。

遠くで雷鳴が聞こえた。胸のポッドを撫でてみるが、BBは無反応だった。肩のオドラデクも動く気配がない。時雨が降るかもしれないが、奴らが来ることはないだろう。ここで休んだら、残りの道のりを一気に踏破してしまおう――そしてサムは、眠りに落ちた。

懐かしい香りがした。

静かな歌。幼いころに何度も聞いた歌だ。

――**ロンドン橋、落ちた。落ちた。**

いつのまに眠ってしまったんだろう。両手で顔を叩いて目を覚ます。波の音が聞こえる。砂を踏みしめて近づいてくる足音も。

ロンドン橋、落ちた。落ちた。

鮮やかな赤が、視界を占領する。金色の髪が揺れている。

マイ・フェア・レディ。

ねえ、サム。真っ赤なドレスのアメリが砂浜に立っている。**ストランドには二つの意味があるの。**サムは頷いた。

そうだここはビーチだ。これは明晰夢《めいせきむ》で、おれはビーチにいる。このアメリは、いつか会ったことのあるアメリだ。

ひとつめは、絆。

アメリの背中に大波が襲いかかる。

もうひとつは、座礁。

アメリの頭上で、波頭が砕ける。

みっつめは、途方にくれる。

砕けた波が無数の雨粒になって、アメリに降りそそぐ。

アメリがサムの前にかがんで、顔を覗く。もう波の音は聞こえない。砂浜も消えている。ここは、サムが休んでいる洞窟だった。そう、これはおれが見ている夢だ。

聞いてサム。

「わたしはいま、西海岸で座礁したまま、途方にくれている。だけど、あなたとの絆は、いまもつながったまま」

アメリが両手をのばして、サムの首からドリームキャッチャーをはずした。いつのまにこれを？　眠っているとき以外に、この魔除けの呪具を首にかけることはない。そうだこれは、おれが見ている夢なんだ。

そんなサムの心を読んだかのように、アメリが微笑んだ。

これは、出発前にキャピタル・ノットシティでアメリと交わした会話だった。

それを夢で反芻《はんすう》しているのだ。

西へ行くことを承諾したサムに、出発の準備を整えるための時間と部屋が用意された。そこにアメリのホログラムが現れたのだ。瞳に涙を浮かべて、アメリはサムの名前を呼んだ。

「サム。あなたはサム・ストランド」

「いや、おれはもうストランド家の者じゃない。サム・ポーター・ブリッジズだ」

こぼれた涙がアメリの頬を濡《ぬ》らした。それがサムの手の甲に落ちた。いや、これは夢が見せた錯覚だ。

絆も座礁も、途方にくれることも、もうじゅうぶんに経験してきた。だからストランドを捨て、ポーターになった。だが、サムが考えたように運命は書き換えられなかった。

ブリジットがアメリカ再建という途方もない夢を捨てない限り、サムはその夢から逃れられないのだろう。自身のことを傍観する夢のロジックで、サムはそう分析していた。

長官であるダイハードマンと生前のブリジットが、アメリカをつなぎなおすという使命をサムに託そうとした。そのために彼女たちは、何らかの策を弄《ろう》したはずだ。

「あなたは自由よ。だけど、つながっている。それを否定しないで」

その言葉が何人ものアメリから発せられたように、何重にも響いている。アメリはサムの手をとって、ドリームキャッチャーを握らせた。立ちあがりかけて、膝をつく。サムを抱きしめて、耳元でささやいた。

「戻ってきて」

身動きすらできないサムに、もう一度、

「待っている」

言い残して、背中を向けた。巨人の手のひらのような大波が不意に立ちあがって、アメリを包みこんだ。波に呑《の》まれるアメリを呼び止めようと、サムは声をあげた。


自分の叫びで、目を覚ました。

狭い洞窟で、膝を抱えて眠っていた。その手にはドリームキャッチャーを握っている。夢を見ていた自覚はあるが、そのどこまでが自分の夢なのか確信はもてなかった。

ブーツの紐を結びなおし、サムは立ちあがった。

★

／／キャピタル・ノットシティ　西方／中継ステーション

中継ステーションは、物資とデータを伝達させるためのブリッジズの施設のひとつだ。第一次遠征隊は西へ移動しながら、大陸の各地に各種の施設を建設、もしくは整備した。ここは、そのなかでもキャピタル・ノットシティに最も近い施設だった。

地下に設けられた居住区画の部屋で、いつもと同じ時間に起床し、シャワーブースに向かったジョージ・バトンは、そこで一筋の血痕《けっこん》をみつけた。

うっかりすれば見過ごしてしまうような、ごくわずかなものだった。誰かが怪我でもしたのだろうか。嫌な予感がして、シャワーを浴びずに共用エリアに急いだ。ミーティングルームとキッチンを兼ねたスペースに、通常なら朝のルーチンを終えたスタッフが、集合しはじめている時間だった。しかし、誰の姿も見えない。空調の静かな音だけが聞こえていた。

無理もない。仲間たちはみな落胆しているのだろう。自分も今朝の目覚めが快適だったとはいえない。起きる気力が湧《わ》かないからといって、そのことを責める資格のある者はいない。アメリカが潰《つい》えた日の翌朝なのだ。みんなシーツにくるまって、現実から逃げている。きょうくらいは、それを許してあげよう。ジョージ・バトンは、白い天井を見あげて、息を吐いた。

第一次遠征隊の後発部隊の仲間とともにこのステーションに駐留してもうすぐ三年になる。その間、恐れていたような大きな事故や事件は起きなかった。ブリッジズの本部に近いこともあって、分離過激派に干渉されることもなかった。限られた人数で施設を維持し、運営する苦労はあったが、大過なく三年を過ごすことができた。

第一次遠征隊が出発してから三年後、第二次遠征隊が東のセントラル・ノットシティを出発し、Ｑｐｉｄを携えて西へ進む。Ｑｐｉｄの開発は順調で、遠征隊の編成にも問題はない。計画どおりに遠征隊は出発するはずだった。

ところが状況が急変した。

ブリッジズの本部があるセントラル・ノットシティが、対消滅によって跡形もなく消えたという連絡が入ったのだ。

中継ステーションのメンバーは誰も口をきかなかった。連絡を受けたバトンに何か質問をする者もいなかった。バトンは全員にスマートドラッグを支給し、休息するように指示した。しかし、うまく眠ることができた仲間はいなかっただろう。三年待てば、第二次遠征隊が本部とここを、さらにこの先をつないでくれる。その支えがなくなったのだ。真空の宇宙に放りだされたような気分だった。

大声で叫んでも、それはどこにも届かない。

その日、バトンは、誰とも顔を合わすことがなかった。みんな喪に服していたのだ。

次の日の朝、数人のスタッフがミーティングルームに現れた。みんな魂《カー》が抜け出てしまったような、うつろな表情をしていた。空気清浄機が正常に作動しているはずなのに、その部屋は饐《す》えた臭いがうっすらと漂っていた。我々は、これからここで何をすればいいんだろう。仲間のひとりが、誰にともなくたずねた。

さらに次の日の朝、瞼《まぶた》を腫《は》らし、頬に血の跡があるスタッフが、ミーティングルームに現れて、オキシトシンをくれ、と訴えた。別のスタッフも同じことを要求した。バトンがふたりを問い詰めると、殴り合ったのだと告白された。饐えた臭いは、ミーティングルームだけでなく、中継ステーションにも蔓延《まんえん》していた。それは、いまにして思えば、ビーチから漂ってくる死の臭いだったのだ。もうすぐここも終わる。バトンはその予感を否定できなかった。

その翌日。最悪の知らせを告げてから沈黙を保っていた通信装置が目を覚まし、福音をもたらした。本部からの無線連絡だった。途切れ途切れでひどい雑音が混じった音声は、告げた。

〈第二次遠征隊が出発した。アメリカ再建計画は死んでいない〉

泣きだす者、叫びだす者、抱き合う者、スタッフ全員が生き返った。満ちていた悪臭は、もうしなかった。

「こちらはUCA-01-155、中継ステーション。システム、メンバーともに異状なし。全員で遠征隊を待っています」

無線機に食らいつくように、ジョージ・バトンは叫んだ。

★

首にかけたQpidが乾いた音をたてた。ユニフォームの上から、六枚の金属片を押さえる。それらが浮きあがった気がしたのだ。

もちろんそれは錯覚だった。誰かに見とがめられているような気がして、サムは首をめぐらせた。目に入ってくるのは、岩肌をあらわにした背の低い台形の山並みと、鈍色《にびいろ》の空。そこを飛び交う鳥の影もなく、大地を駆ける獣の気配もない。深く息を吸いこんで歩きはじめる。

目指す先にぼんやりと天辺に球体を据えた建物のシルエットが見えている。キャピタル・ノットシティを出発してはじめて目にする人間のいる場所である中継ステーションだ。最初につなぐべき〝結び目〟が見えてきたのだ。はじめて見る景色ではない。十年も運び屋をしていれば、ブリッジズが管理する施設も何度となく目にしている——なるべく近づかないようにしていたのは事実だが。

——**サム、お願い。**

不意にブリジットの言葉が頭の中でよみがえった。胸のポッドでBBが動いたような気がした。頭を振ってそれを追い払う。ふたたび胸をおさえて、Qpidの感触をたしかめた。気がついたら大きな荷物を背負わされている。もう後戻りができないのならば、一歩ずつ西に近づくことで背負わされた荷物を軽くしていくしかない。BBを生かし、アメリカをつなぎ、アメリに近づく。

すべてつなげば、この忌《い》まわしいQpidからも解放され、アメリカの悪夢からも自由になれる。

そうだ、これはそのための一歩なのだ。

連なる丘の切れ間に見えてきたステーションを目指して、勾配《こうばい》を登りはじめた。不安定な岩場をゆっくりと慎重に移動する。いくら注意を払っても、誤った場所に足を着けてしまい、バランスを崩しそうになった。足元が崩れて、いくつもの岩塊が転げ落ちていく。

それはサムが移動した痕跡だった。誰かが歩けば、ほんのわずかだとしてもその印は残る。

やがて岩場が途切れ、足元が草地に変わると、ステーションはすぐ目の前だった。

見えない波が身体を洗った。腰の縄《ストランド》と背中の荷物がスキャンされ、サムはステーションのエリア内への侵入を許可された。左右を見ると、等間隔でセンサーポールが建てられているのがわかった。大陸に点在するほとんどの施設には、このようなセンサーが装備されている。訪問者を識別するためのシステムだ。あらかじめ認知された者と荷物には、IDが付与されている。中継ステーションの内部では、ブリッジズの認可を受けた配達人がやってきたことが認識されているはずだ。

納品所に通じる階段をのぼって、エントランス前の広場に立った。

足元のコンクリートは乾ききって、あちこちにひびが走っていた。広場の中央部には特に大きな亀裂があって、白く変色している。ここはブリッジズの第一次遠征隊によって、三年前に建設されたはずだった。しかし、十数年分は経過したように老朽化している。ステーションも同じだった。建物の表層には、時雨対策のコーティングがされていると聞いたことがあるが、それがどこまで効果をあげているのか疑わしい。たとえカイラル通信を全面稼働させたとしても、時雨が施設を溶かしてしまえば、つながりは途切れてしまうのではないか。

サムは、息をついて顔をあげた。

高台にあるステーションの南側は切り立った崖《がけ》だった。その真下の谷には、流れの急な川が流れている。その轟きがここまで聞こえる。おそらくこの川は、デス・ストランディングの前には存在しなかったはずだ。確かな根拠があるわけではないが、サムにはそう思えた。

この川に限らず、この大陸は生まれたばかりのような荒々しい姿をあちこちで見せていた。長年の風雪によって丸くなった岩ではなく、地球の内部から湧き出したマグマが固まったばかりのような尖った岩石。川べりにも、水流が削り取る前の厳しさがあった。大地が引き裂かれて、そこに水が流れてきたばかりのように見える。そこには老成した賢者のゆとりはなく、青年に特有の性急さと衝動ばかりがあった。

この地は若い。その若さに、人間は適応できない。時雨はこの世界をいち早く青年から大人へと導き、老いたる人類を死の淵へ追いやろうとしているのだ。

サムはもう一度、足元のコンクリートのひび割れを見た。

ここにも水が流れこんできて、いずれは真っ二つにされてしまう。人間のつくるものは、時代遅れなのだ。それがどんなにハイテクなものだろうと、それはこの世界の尺度には合っていない。

思わずため息をついた。自分もまた、老成はしていないが、まるで老人のようだ。サムは苦笑して、納品所に入っていった。

★

／／キャピタル・ノットシティ　西方／中継ステーション

ジョージ・バトンは地階の集荷場に設置されたモニターで、エリア内に配達人が入ってきたことを確認した。ブリッジズの青い制服《ユニフォーム》を着た配達人が、納品所のエントランスで周囲を見回している姿が映っている。

到来の通知音を聞いたバトンは、第二次遠征隊が来てくれたのだと浮き足立った。だがそれは彼の早合点だったようだ。配達人は隊《キャラバン》ではなく、ひとりだったのだ。通常の配送でも単独の配達人というのは珍しい。セントラル・ノットシティの悲劇が起きたばかりだから、人手も足りないのだろう。

それでもありがたい。ステーションの精神安定剤《オキシトシン》は、底をついていた。第二次遠征隊出発の知らせを聞いて、スタッフの精神状態は回復したとはいえ、不安はある。たったひとりで来てくれた彼には感謝してもしきれない。

納品所に入ってきた配達人は、手錠端末を操作して配送端末へのアクセスを要求してきた。彼の腰にあるストランドと荷物のタグが、センサーポールのチェック機構よりもさらに厳格に走査される。床に埋もれていた円筒形の配送端末が現れてくる。それを映しだしているモニターの片隅に配達人の情報が表示されて、バトンは首をかしげた。

きっとシステムのエラーだろう。

その男の名前は、サム・ポーター・ブリッジズ。ブリッジズの配達人であり、単独の第二次遠征隊だと表示されていたのだ。

遠征隊がひとりのはずがない。ジョージ・バトンが見つめるモニターは、サムが荷物を降ろして納品するようすを映していた。棚に収められた荷物は、ダメージや鮮度、分量はもとより細菌が付着していないか、爆発物が仕込まれていないかなどの走査をさらに受けて、地下のバックヤードに届けられる。実際に届けられた荷物コンテナのひとつを手にして中身をあらためると、完璧といっていい状態だった。ダメージもほとんどない。

ジョージ・バトンはホログラム装置を起動させて、配達人に語りかけた。

「サム・ポーター・ブリッジズ。よく来てくれた」

呼ばれたサムは無言でこちらをにらみ返してきた。サムの目の前には、低解像度のホログラムで再現されたジョージ・バトンの姿があるはずだ。外部から来る配達人と施設のスタッフとの直接の接触は禁じられていた。幾重もの確認を経ていても、ウイルスの感染や悪意をもった存在による攻撃は防ぎきれないからだ。表向きにはそう解説されていたが、実際の事情は少し違う。限定的で閉じた人間関係に馴染《なじ》んでしまうと、見知らぬ人間との接触がストレスになるからだった。

「ありがとう、サム。あんたが運んでくれたスマートドラッグで、私たちは平穏な時間を取り戻せる」

ジョージ・バトンはオーバー・アクション気味に礼をした。馴染みのない人間との対面はストレスを生むが、コミュニケーションはちゃんとできる。

「ところで、知っていたら教えてほしい。第二次遠征隊はいつくるんだろう？」

モニターのサムが不愉快そうに顔をしかめた。胸元をまさぐって何かを取り出す。数枚の金属片だった。

まさか。モニターの表示は間違っていなかった。

「まさか、あんたが？」

サムはうなずいて、鎖につながった六枚の金属片を掲げた。

「あんた、本当にひとりで？ ひとりで大陸をつなごうっていうのか」

ジョージ・バトンの声は興奮でうわずっていた。モニターのサムが催促するように金属片を揺らす。

「そうか、あんたがそうなのか。じゃあ、そのＱｐｉｄでここをつないでくれ」

サムが頷《うなず》く。ジョージ・バトンは唇を嚙みしめた。気づいたら涙が流れていた。拭っても止まらなかった。三年間、ここでこの瞬間を待ち続けた。三年分の涙が流れ、止まらなかった。

★

「じゃあ、つないでくれ」

ホログラムが、頭をさげた。ジョージ・バトンという名の、ブリッジズのスタッフだった。

サムはＱｐｉｄを首からはずし、端末の受容器にかざした。六枚の金属片は自身の重さを忘れたかのように浮きあがって、おぼろな光を発した。その光が端末とサムをくるむように広がると、サムの身体が浮きあがった。ＢＢとつながったときの感触に似ている。不快ではないが愉快でもない。生の世界から浮遊して、死者の世界に引っ張られる感覚。生者の世界から得られる現実感覚に、薄い膜がかかったような心許《こころもと》なさが、不安と同時に解放感をもたらす。ＢＢが小さく笑った。

何かから離れ、何かとつながり直す。

ほどけて、結ばれる。

「ありがとう、サム・ブリッジズ」

子供がつくった積み木細工のように荒っぽかったホログラムが、いまはリアルな三次元の像を結んでいた。Ｑｐｉｄによってカイラル通信が起動した効果だった。よく見るとバトンが涙を流しているのがわかった。

頭の芯《しん》に酔いのような感覚が残っていた。サムは両手で自分の顔を軽く叩いて、それを追い出す。

「あんた、本当に第二次遠征隊なんだな」

バトンの声はまだ少し震えていた。サムはその問いに無言で頷いた。ホログラムの涙と震える声に動揺している自分を抑えるためだった。荷物を届けた先の人間に感謝されたことは何度もある。泣いてお礼をいわれたことだって一度や二度ではない。そのときでも、いまほどには心を動かされなかった。

「おれたちは、つながったんだ。UCAとつながった。ここはアメリカの一部だ。なあ、サム、わかるかな？　おれたちは怖かった。おれたちは寂しかった。おれたちはどこにも行けなかった。でもこれでおれたちは、息をつける」

そんなに喜ばないでくれ。おれはただ荷物を背負ってここまで歩いて来ただけだ。ジョージ・バトンの歓《よろこ》びが大きいほど、サムは気後れしてしまう。西へ向かって進むのは、アメリカをつなぐためではない。アメリを救うことと、手放したら処分されてしまうBBを見捨てないこと。そんな自分で背負いこんでしまったこの荷物から解放されるためだった。西へ到着して、ブリジットとした約束を果たせば、自由になれるはずだ。徹底して自分だけの動機なのだ。

だからこうして感謝されることは、うしろめたいだけだった。サムは、厳しい表情を崩さずに立ち去ろうとした。

「待ってくれ、遠征隊の――サム・ブリッジズ」

だが、ジョージ・バトンの声がサムの足を止めた。

「あんた、次はここの西にある配送センターに行くんだろう？」

たしかにダイハードマンには、そう指示されていた。サムは振り返って無言で頷く。

「だったらこれを持っていってくれないか」

配送端末のモニターに配達人へのオーダーが映し出されていた。依頼人、配送先、荷物。フリーランスのポーターとして何度も目にしてきた配送依頼のメニューだ。

なるほど、手ぶらで次の拠点に行くわけにはいかないのか。むしろ配達人《ポーター》として西へ向かうほうが、気が楽だ。それが欺瞞《ぎまん》だと承知していても。

サムは端末を操作して、依頼を受注した。

床から棚《シェルフ》が現れる。ケースに収納された荷物が整然と並べられていた。カイラル・プリンター用の〝素材〟だった。事前に聞いたダイハードマンからの説明によれば、カイラル通信に接続した高機能の３Ｄプリンターは、遠隔地の物体のコピーを出力することができる。そのためには、原材料である〝素材〟が必要なのだ。棚に用意された〝素材〟は、重金属、軽金属、セラミック等、数種類がそれぞれのケースに収められている。こいつを全部持っていけというのか。総重量は、とんでもないことになるだろう。

やれないことはない。息を吐いて、サムはその荷物を背負った。

「ありがとうサム。わざわざあんたに教える必要もないが、この先にはミュールがいる」

それは配送に呪《のろ》われ、零落した配達人のことだった。

ああ、わかっている。サムはホログラムのジョージ・バトンに向かって右手をあげる。

「サム、気をつけて――」

バトンが何かを言いかけたが、サムはその言葉を聞き取れなかった。

納品所を出たサムは、薄曇りの空を見あげてため息をついた。

手錠端末の振動とメロディが、ダイハードマンが通信を求めていることを教えた。

〈サム、さすがだな〉

端末が表示するマップを見ながら、サムはぶっきらぼうに応じる。

「やはりおれは、運び屋のほうが気が楽だ」

〈そうだな。きみのその能力が、求められている。さあ、この先のプランをおさらいしよう〉

ダイハードマンはサムの都合を無視して、一方的にブリーフィングをつづけた。

〈まずきみに目指してほしいのは、ポート・ノットシティと、われわれの本部があるキャピタル・ノットシティとをカイラル通信でつなぐことだ。しかし、二都をダイレクトに結ぶことはできない。その間に点在するブリッジズの施設を経由する必要がある。いまつないでもらった中継ステーションと、向かってもらう配送センターが経由地だ〉

ダイハードマンの声を聞き流しながら、サムは中継ステーションの敷地を出て、丘陵をくだりはじめた。一歩踏みだすたびに、バックパックのストラップが肩に喰いこんでくる。限界重量ぎりぎりの荷物を背負ったせいで、はやくも汗をかきはじめていた。

〈ポート・ノットシティは、グラウンド・ゼロに隣接して建設された結び目だ。きみも知っているように、グラウンド・ゼロはこの大陸で最初に対消滅《ヴォイド・アウト》が起きた場所のひとつ

だ〉

きっと世界には、いくつものグラウンド・ゼロがあるはずよ。むかし、ブリジットが話してくれた(**あなたはまだ、小さかった**)。あるとき、世界中でいっせいに謎の大爆発が起きたの。アメリカだけじゃなくて、アジアやヨーロッパや、南米のあちこちでね。この大陸でも同時に爆発が起きた。東海岸、西海岸、南部、カナダ(**そういう国があったの**)との国境。なかでもいちばん大きな爆発が、大陸の真ん中に大きなクレーターをつくった。そこに大量の水が流れてきて、湖ができたの。誰かがそこを、グラウンド・ゼロ湖と呼んだ。アメリカの底が抜けて、いつか沈没する予兆だっていう人もいた(**そんなことさせないわ**)。

〈サム、聞こえてるか?〉

長官は少しばかり苛立《いらだ》っているのだろう、あるいは気が急《せ》いているのか。

〈グラウンド・ゼロの周囲の被害は、他の地域と比較しても、ひどかった。当時の政府は何もできなかった。かわりに支援物資を運び、人々を支えたのは、民間の輸送業者たちだった。だからグラウンド・ゼロの周辺には、いまでも輸送業から離れられない者たちがいる〉

「ミュールのことなら、よく知っている」

通信が確立してから、サムがはじめて言葉らしい言葉を発した。そのことに勢いづいたのか、ダイハードマンは饒舌《じょうぜつ》になった。

〈ああそうだな、きみのほうが詳しいかもしれない。昔もいまも、この世界が抱える難問は、リソースの分配、配送の不均衡だ〉

長官の演説は止まらなかった。

〈いいか、サム。燃料や食料のような、われわれの生存のために必要なリソースが、この世界から消えてしまったわけではない。それは充分とは言い切れないが、いまの人間の総量に見合うくらいは現存している。それらが、必要とされているところに配分されないことが問題なんだ。リソースの最適化。つまりそれは配送の問題なんだ〉

「だから、ミュールのようないびつな存在も生まれてしまう」

サムは長官の言葉を引き取って、先に結論を口にした。それでわれに返ったのか、ダイハードマンは、咳払《せきばら》いをして口調を整えた。

〈そうだ、サム。ミュールには気をつけてくれ。決して荷物を奪われないようにな〉

ノイズが走った。いつのまにかカイラル通信の有効エリアから離れていたらしい。そうなれば、通信手段は通常の電波に頼るしかない。だが時雨を降らせるカイラル雲や、カイラル濃度の気まぐれな変動の影響を受けて、通信は安定しないし、長距離の交信などはほぼ不可能だった。無線による通信のレベルは百年前のそれに後退したともいわれていた。有線のインフラも一部では使用されていたが、それも時雨や分離過激派の破壊行為のせいで、多くの人々を結びつける役には立っていなかった。

唯一の例外といえるのが、グラウンド・ゼロ湖を越えて大陸の東西をつなぐ旧世代の通信インフラだが、それもブリッジズの第一次遠征隊が西へ向かう過程で残存する有線と無線のシステムをどうにか継《つ》ぎ接《は》ぎして構築したものだった。それがいつまで保たれるのかわからない。遠征隊の進行は、分離主義者からは時代に逆行する西漸運動とも、狭量なアメリカ第一主義とも揶揄《やゆ》された。あるいは、復興の美名にカモフラージュされたテロ行為であるとも。

だがそういった批判は、ただの現状追認だ。そのままでは何も生まれない。それどころか、座して滅びを待つだけだ。

かつてブリジットやダイハードマンはそう主張して、アメリカの復活を強く説いた。若き日のサムもまた、それを受け入れていた。

カイラル通信という超絶的なシステムが完成すれば、すべて解決する。そうなればビーチの論理的な解釈や、現実的な対処方法もいまより明快になるはずだ。

ビーチのことがわかれば、自分たちは救われる。サムはそう信じていた。その「自分たち」とは、ビーチに囚われたままに生きているアメリとサムのことだった。

丘陵をくだりきって、左手に急流を見ながらしばらく歩きつづけると、踏みつけられた草や、ぬかるみについた足跡が見られるようになった。配達人としての勘が注意を喚起する。中継ステーションのジョージ・バトンが「気をつけて」と言っていたのは、この周辺にミュールの活動拠点がある、ということだった。

大地に残っているのは、おそらくミュールが移動した痕跡だ。

何度も彼らとは遭遇したことがある。BTとは違った意味で、配達人を悩ませる存在だった。かつては彼らも社会の復興のために物資を運んだ配達人だった。だが、そのこと自体が目的化し、いまや他者の荷物を奪うという衝動だけを宿す集団に成り果ててしまったのだ。

荷物の中身や目的には関心がない。純粋に荷物だけを奪う。

奪ったあと、その荷物をどうにかするわけではない。それを消費したり、別の集団と交換したりして、生活の糧《かて》にするわけでもない。ある種の動物がそうするように、荷物はただ溜《た》めこまれるだけだ。旧時代の富裕層が無目的にひたすら蓄財に励み、それを独占しようとしたことに似ている。

この周辺は、さきほどの中継ステーションと、これから向かう配送ステーションを結ぶ輸送ルートに相当する。ミュールたちはそれに惹《ひ》かれてここまで来たのだ。

川の向こうで、人影が移動するのが見えた。二、三人の小集団。急流に隔てられているうえに、まだ距離がある。焦る必要はないが、油断もできない。こちらは限界重量の荷物を背負っているのだ。おまけに身を隠すための遮蔽物《しゃへいぶつ》になるようなものもない。

彼らを避けるためには、降りてきた斜面をまた登ることになるが、右手前方にひかえている丘を越えていくしかないようだ。大きく息を吐いてサムは進みはじめた。

斜面は想像していたよりも足場が悪く、足を踏みおろすたびに岩塊が崩れて転がり落ちていった。荷物の重量のせいで、バランスを保つにもかなりの労力が必要だった。ときには手をついて転倒を防がなければならなかった。

距離にして数十メートル登ったところで息をつき、足を止めた。ここまで離れれば追ってこないだろう。そう予想して後ろを振り向く。だがミュールの集団は、急流を渡りきっていた。全員が頭から足先までを包んだ同じ装束をまとっている。四肢の生えた蛹《さなぎ》のような姿だ。迷いもためらいも見せずに走る姿勢も速度も、ほぼ揃《そろ》っていた。この同質性もミュールの特徴のひとつだった。目的も、それに到達するための手段や行動も同じ。

それゆえに彼らは、集団《ホモ・ゲシュタルト》人と呼ばれることもあった。だが蟻《あり》や蜂《はち》のように、役割を分担した社会構造を彼らはもっている。

先頭を走っていたミュールが探査装置を起動させた。極超短波のセンサーが放たれて、瞬時にサムの荷物を捕捉《ほそく》する。こうなれば一部の荷物を捨てて連中に拾わせるか、戦闘状態に突入することも覚悟して、荷物を守るために逃げ切るかしか選択肢はない。冷静に考えれば前者を選ぶべきだ。これまでもそうしてきた。

だが、すぐに決断はできなかった。

ジョージ・バトンの涙が頭をよぎる。

なぜあいつは泣いていたのか？　なぜあいつはあんなに喜んでいたのか。

背中の荷物は、そのバトンが託した荷物だ。だからそれを捨てるわけにはいかない。それは許されることではない。サムは頑《かたく》なにそう思ったのだ。

ちくしょう、と悪態をついて、サムは全身に力をこめた。

吐きだされる息を追いかけて、耳元を何かが掠《かす》めた。すぐ脇の斜面に突き刺さった槍《やり》が震えている。ミュールが投げたのだ。いったん荷物を降ろして、彼らに立ち向かうべきかどうか、逡巡《しゅんじゅん》しているうちにも次の槍が飛んできた。

あいにく飛び道具はもっていない。だが、もう逃げるという選択肢はないようだ。


そのとき、胸のポッドから、ぐずる声が聞こえた。

ウィンドウに両手を押し当ててBBがサムを見あげている。受胎後およそ七か月の時点でポッドに移されたこの赤ん坊は、視力も未発達のはずだ。それなのに、この子と目があった気がした。その表情から不安げな感情が伝わってくる。

空気の流れが変わって、錆《さ》びた臭いを運んでくる。西の空を見あげると、泥のように濁った雲がゆるやかに渦を巻いていた。その光景は神話でしか語られたことのない巨大な生物の誕生を思わせた。時雨を降らせるこの雲は、風には流されない。別の法則と力学で形成され、鳴動する。

渦の中心に閃光《せんこう》が走り、つづいて龍の咆哮《ほうこう》のような雷鳴が轟いた。逆さまの虹《にじ》が暗い空にかかる。BBが怯えたように震え、肩のオドラデクが起動した。それはBTが座礁してくる予兆以外のなにものでもなかった。目前まで迫ってきたミュールの集団は、慌《あわ》てて引き返している。彼らにとってもBTは、脅威そのものなのだ。

頬に雨滴の冷たさを感じた直後、滝のように雨が降ってきた。BBが泣きだして、オドラデクが激しく回転をはじめる。

酩酊《めいてい》したときのように意識がゆらぐ。頭を覆ったフードを叩く雨音が、不規則に大きくなったり小さくなったりする。世界は遠近法を忘れた画家が描いた風景のように歪《ゆが》んで見えた。生者と死者の世界が重なりあって、サムからあらゆる正常な感覚を奪おうとしていた。自分の身体と外界との境目がわからなくなりそうだ。

目をきつく閉じ、息を大きく吸って身体感覚を取り戻そうとした。雷鳴や雨音ではなく、内臓が発する自分自身の音に耳を傾ける。自分の身体は、ここにある。ふたたび目を開けると、意識も視界のゆらぎもなくなり、風景は正しい像を結んだ。

頼むぞBB。心でそうつぶやいて、ポッドをなでた。それに応えるようにオドラデクが十字架に変形した。それはサムの背後に忍び寄るBTを指し示していた。もはやここで動くわけにはいかない。とっさにそう判断して、腰を落とし右手で口を覆《おお》った。息を吸いこんで止める。首筋がちりちりと灼《や》ける。臆病な自分が、後ろを振り向けと急かしてくる。見えないから怖いんだ。振り返ってBTとの距離を測れ。見えない恐怖を振り払うためにBBとつながっているんだ。見ることができれば、冷静な判断ができるはずだ。だがその声に従ってはならない。少しでも動けば奴らは、それを察知して襲いかかってくる。

死者たちもまた、こちらの姿は見えないのだ。

彼らは、この世に、生者の世界に還ってきたがっている。だから闇雲に見えない両腕をふりかざし、見えない両手で生きている者たちをつかもうとしてくる。だから可能なかぎり息をひそめ、姿勢を低くして気配を消すんだ。おまえは帰還者だから、対消滅も怖くないんだろう？　だが、おまえのミスはこの地にクレーターを穿《うが》ち、多くの人命を奪う。思いあがるな。死んだこともないやつに、ＢＴの恐怖はわからない。まだブリッジズの一員だったころ、徹底的にそう叩きこまれた。もう名前も顔も忘れてしまったその教官も、もちろん死んだことなどないはずだった。

死ねない帰還者だからこそ、死と生の狭間を漂うおぞましさを熟知している。だが、それは誰にも伝えられないし、理解もしてもらえないことだった。かつては理解されることを望んだこともあったが、いまとなっては、諦念《ていねん》しかなかった。

視界の隅で地面が音もなく沈下した。眼球だけを動かしてそちらを見ると、巨大な手のひらの形が印されていた。右手、左手と探るように手形は進んでくる。肺が酸素を求めて暴れまわりそうになるのを、気力をふりしぼってなだめる。額の汗も、抗原抗体反応の涙も、時雨と一緒になって流れ落ちている。

手形が膝頭すれすれまで迫ってくる。時間が止まってしまったようだった。見えない手形の主とのにらみあいだった。

息を止め続けるのも、もう限界だった。視界が血の色に染まり、頭の芯で神経を逆なでする金属音が炸裂《さくれつ》した。それはサム自身の身体があげる悲鳴だった。無意識のうちに唇を嚙み締めていた。口腔に血の味が広がり、顎《あご》から血が滴《したた》る。

手形が戸惑ったような気配がしたかと思うと、後ずさりをはじめた。

やがて進行方向をかえて、BTはサムから離れていく。

そこでようやくサムは口から手を離し、息を吸いこんだ。酸素が身体を駆け巡り、脳が覚醒《かくせい》する。時雨は勢いを失い、空はわずかだが光を取り戻しつつあった。

ひとまず危機は去った。

あらためて吐きだすのは、安堵《あんど》の息だった。立ちあがろうとして、背中の荷物の重みを感じる。同時に身体の痛みが襲ってきた。それは生きてここにいることの証拠だった。

歩きはじめようとして、違和感で足を止めた。何かが足りない。それまで正確に噛み合っていた歯車が壊れたような欠落感。その正体は胸元にあった。

BB。そう声をかけ、ポッドを軽く叩く。

しかし、ポッドのウィンドウは暗いまま、なんの反応も示さない。BBもまた沈黙したままだ。おい、BB、おまえのおかげでおれたちは助かったんだ。BB、返事をしてくれ。おい。

赤ん坊の両手がかすかに動いた。意思で動かしているのではない、痙攣のような動きだった。

イゴールは、おまえをおれに託した。おれは焼却所でおまえを救った。デッドマンは、おまえとおれが一緒に大陸を横断するためにチューニングして、廃棄処分を延長してくれた。おれが西に行く理由のひとつは、おまえを延命させるためだった。いくつもの思いが頭を巡る。

その思いの循環を断ち切ったのは、手錠端末の振動だった。

〈サム、どうした？〉

無線の主はデッドマンだった。

「わからない。こいつが、ＢＢが動かないんだ」

そう答えてポッドのなかを確かめるが、ＢＢは死んだように羊水を漂っている。

〈だいじょうぶだ〉

デッドマンの声は、いたって冷静だ。

〈一時的に機能は停止するが、修復は可能だ。配送センターの設備でメンテはできる。まずは急いでくれ〉

あたかも故障した機械のことを話題にしているような口調だった。こいつらはＢＢを処分するだの、廃棄するだのと、あたかもモノのように扱う。そのことに腹を立ててサムは一方的に無線を切断した。

★

／／キャピタル・ノットシティ　西方／配送センター

河の向こう岸に、配送センターの偉容が見えてきた。

中継ステーションのジョージ・バトンと別れてから三日が経《た》っていた。オドラデクのセンサー機能を起動させて、河底の地形をスキャンする。比較的平坦《へいたん》な浅瀬を選び、河を渡った。

河の流れに沿うように、踏み固められた道ができている。緑の草地が禿《は》げて土が剝《む》きだしになっている、プリミティブな獣道だ。それはゆるやかなカーブを描いて、センターのエントランスに続いている。サムが来る前にも何人もの人間がここを歩き、土地を踏み固めたのだろう。原野に建てられたステーションやセンターなどの人工物よりも、こうした獣道と出会ったときのほうが、ほっとする。

誰かがここを通過したのだという痕跡、時間の積層がサムの孤独を慰めてくれる。いまここで目の前の人と手を結べない接触恐怖症の自分は、いつかどこかですれ違った人としかつながれないのか（**ねえ、サム。私とならば手をつなげるの？**）。

センサーの認証を受けて、センターのテリトリーに入る。

床を踏んだブーツの靴底が、硬い音をたてた。そのまま無人のスロープをくだっていくと、汚染物質の除去装置がサムと荷物をクレンジングする。集荷場の暗さに目が慣れる前に、サムを認知した配送端末が床を割って、そのシリンダー状の姿を現した。納品の手続きを開始するのももどかしく、背中の荷物をカウンターにおろした。両肩と背中を圧迫していた重量からは解放されたが、胸の中心に居座った心配の種はより重さを増していた。

ＢＢは相変わらずポッドの羊水を浮遊しているだけだった。

中空に投影されたモニターには、納品した荷物を検品するシークエンスの進行状態が映しだされている。やがて、地下のバックヤードでオペレートしているスタッフのホログラムが現れ、サムに語りかけてきた。

「ありがとうサム」

解像度の低い立体像。顔の細部もわからないが、喜びと興奮はじゅうぶんに伝わってくる。

「あんたがたったひとりの第二次遠征隊なのか。荷物もこんなに運んでくれて、感謝の言葉もない」

検品も無事に終わり、Ｑｐｉｄの接続を促す表示が現れる。スタッフはまだ話し足りなそうだったが、サムは上の空だった。

「ついにここもカイラル通信でつながるんだな。お願いするよ」

足がふわりと浮いて、水中にいるような感覚に襲われる。生と死の世界が隣り合わせになって、サムはその狭間を漂っている。抗原抗体反応のせいで、涙がこぼれた。あの中継ステーションで同じことをしたとき、ＢＢは小さく笑い声をあげた。しかし、今回はなんの反応も見せてくれない。

両足の裏で床の感触を捉《とら》えると、ＢＢを回復させるために、サムは端末にアクセスして地下のプライベートルームの使用を要求した。

ブリッジズのロゴマークが大きく描かれた床面が、サムを載せたまま静かに沈んでいく。

地上に見えている建物は、配送センターのごく一部でしかない。その大部分は、地下に埋もれているのだ。

軽い振動がして到着を知らせる。扉が開いて足を踏み入れれば、そこは配達人のために用意された個室だった。体力を回復し、次の道程への準備をするための設備だったが、いまはそうではない。

「デッドマン、どうしたらいい」

手錠端末の通信機能を起動させ、サムは無人の空間に呼びかけた。

〈サム、まずポッドをはずして、インキュベーターにつないでくれ〉

落ち着いたデッドマンの声が返ってくる。入口の反対側にトイレとシャワーブース。左手にはベッド、その反対側にはショウケースのような装備品の格納スペースが見えた。そこに隣接している医療機器のような装置が、インキュベーターなのだろう。

言われるままに、サムは胸のポッドをはずして、内部を透かし見た。スモーク状態のウィンドウの向こうにいるBBは、やはり動く気配もない。祈るような気持ちでポッドをセットする。

「そうだ」

不意に横から声が聞こえた。見るとデッドマンがサムと並んでインキュベーターを見ていた。カイラル通信がつながったおかげで、ここでもカイラル・ホログラムが使えるようになったのだ。デッドマンがサムの目を見る。視線があうと、本人が目の前にいるような錯覚におちいる。

「一時的な過負荷状態だ。自家中毒を起こしている。母親の子宮に戻してやれば、だいじょうぶだ」

　デッドマンは静かに息を吐いて、うなずいた。

「こいつの母親は、キャピタル・ノットシティの集中治療センターにいる」

　視線をインキュベーターに戻し、ポッドを指さす。

「脳死状態でな」

　脳死《スティル・マザー》母か。サムは独り言のようにつぶやいた。それなら聞いたことがある。

「そうだよ、サム。ＢＢは脳死《スティル・マザー》母の子宮を経由して、死の世界とつながっている。あんたは、そのＢＢと接続して、脳死母の子宮とつながる。だから、あんたもＢＴを感知できる」

　その説明は以前にも聞いたことがある。死の世界と人をつなげるＢＢだからこそ、能力者が装備することは推奨されていないのだ。

　だが、なぜそのような効果が生まれるのかは、誰からも聞いたことはなかった。

「このポッド内は、母《スティル・マザー》親の子宮環境の擬似状態を保っている。ＢＢには常に母親の子宮内にいると思わせる必要があるんだ」

　デッドマンの腕がインキュベーターの隔壁をすり抜け、さらにポッドのウィンドウを抜けた。手首をひねって、手錠端末を操作しているのが見えた。

「とはいえ、長時間は騙《だま》せない。物理的に離れているから、定期的に同期をとらなければならない」

言いながらもデッドマンの手はせわしなく動き、ポッドを遠隔操作で調整しつづけていた。

「以前は、同期するためにポッドを母親と有線でつながなければならなかった。だが、カイラル通信が稼働《かどう》しているエリア内なら、その必要はなくなった。ここもさっきあんたがつないでくれたからな」

ポッドの内部が発光しはじめ、インキュベーターから光が漏れる。鼻腔の奥に違和感を覚えたとたん、涙がこぼれてきた。デッドマンの姿が不自然に歪み、部屋の中に逆さまの虹がかかった。カイラル通信が、BBとキャピタル・ノットシティの母親とをつないでいるのだ。

「ポッド内の環境を最新状態に更新している。これの自家中毒は、母親の子宮にもどしてやることで修復される。こいつが赤ん坊だとしたら、まだお腹《なか》にいなければならない時期だからな」

BBを使った対BTセンサーのシステムは、BBをだますことによって成立しているというわけか。きみはまだ生まれていない、まだお母さんのお腹のなかにいて、お母さんとつながっている。そういう嘘をつきつづけて、この生者の世界を守ろうとしている。そうまでして守る意味があるのか。サムはため息をついて、ポッドのBBを見つめた。

だからといって、こいつを見捨てていいわけがない。

指先でポッドをこつこつと叩《たた》いてみた。するとBBが目を開けてかすかに笑った。思わず笑いかえす。横にデッドマンがいることを思いだして、笑みを消した。

「戻ったようだ」

そう言ったデッドマンに、サムは無言でうなずいた。

「オキシトシンの分泌《ぶんぴつ》量も再調整してみる。今後は、こんなに早く自家中毒を起こすことはないだろう」

ポッドのなかでBBがくるりと回転する。小さな手をウィンドウ越しに差しだしてみせる。サムの右手が、それに吸い寄せられるように重ねられた。デッドマンにどう思われようとかまわなかった。こいつは助かったんだ。

「サム、BBはあくまで装備品だ。あまり入れこむな。母親の子宮から切り離されているから、不安定で危険だ。ポッドはあくまでも擬似的環境を提供しているに過ぎない」

デッドマンの口調は、新人を諭すチューターのようだ。

「耐用期間の最長記録も、おれたちが把握している限り、一年以上の実例はない。だから、あんたの遠征の間も、もつかどうか」

「もたなければ、どうなる？」

つまりBBは消耗品にすぎないというのだ。デッドマンはサムの問いを無視して、立ち去ろうとしていた。

「助ける方法はないのか？」

「いまのところ、BBについては、ほとんど解明されていない。カイラル通信がつながって、過去の資料が復元されれば、何かわかるようになるかもしれない」

デッドマンは軽く肩をすくめ、つぶやいた。後半は、サムにではなく自分に問いかけているようでもあった。

デッドマンは立てた指を左右に振ってみせた。

「あんたも休んだらどうだ。BBが回復したら、こんどはあんたの番だ。疲れもたまっているだろう？　このあとは、ポート・ノットシティが目標だ。だいぶ歩かなきゃならないはずだ。ゆっくり休んで体力を回復してくれ。サム、おやすみ」

微笑《ほほえ》みを残して、デッドマンは音もなく消えた。

ひとりの――いや、BBと二人きりの部屋でサムは目を覚ました。ベッドに腰掛けたまま眠ってしまったらしい。どのくらい眠っていたのか、自分ではわからない。ほどいた髪が乾ききっていないから、それほど長い時間ではないはずだ。だが、ベッドサイドに設置されている生体情報のモニタリング装置は、手錠端末経由でサムの血液を採取したことを告げていた。眠っているわずかな時間に、採血されたのだ。

ここでサムが眠るたび、シャワーを浴びるたび、排尿や排便をするたび、血や老廃物、尿や便が採取され分析される。本部を出発する際に、そう説明された。サム自身の健康状態の管理が第一だが、帰還者という特異な体質を観察し研究することも目的のひとつだと。

――うまくすれば、その分析を通じて、この世界と結び目、ビーチ、死者の世界との相関が見えてくるかもしれない。

ハートマンと名乗った男は、そう説明してくれた。メガネの奥の両目には、恐ろしいほどの知性の光が宿っていたのをサムは思いだした。その瞳には、世界の果てを見てしまったような奇妙な諦念も同居していた。粗い解像度のホログラムと声でしか彼と接していないが――実はブリジットの臨終したあの部屋に、ホログラムとして臨在していたと教えられたが、サムには記憶がなかった――そのことだけは確信できた。

それが理解できるがゆえに、ハートマンに、サム自身が把握できない部分を覗き見されるようで、決していい気分はしなかった。自分の内部、奥深いところに眠っている何か。それが無数の血管や毛穴を通って表に溢《あふ》れでてくる。それはサムの身体を覆いつくして、サムをからめとり、がんじがらめにする。毒蜘蛛《どくぐも》が自らの網に囚われて、自らの毒に殺される。

そんな悪夢じみたイメージに息が苦しくなった。

気がつくと、首にかけていたドリームキャッチャーを握りしめていた（**それはわたしがあげたもの。それは悪夢をいい夢にかえてくれる魔除《まよ》けなの**）。

天井の照明が、一瞬、暗くなった。

見あげたときには、すでにもとの明るさに戻っていた。

ロンドン橋、落ちた。落ちた——。

ハミングが聞こえたような気がして、視線をもとに戻す。

サムの正面にアメリが立っていた。

「サム、わたしが見える?」

まぶしそうに目を細めたアメリが手をのばした。ドリームキャッチャーを握りしめていた手をほどいて、サムも腕をのばす(**わたしとなら手をつなげるの?**)。

わかってはいたが、その腕はアメリの身体をすり抜けてしまう。これはホログラムのアメリなのだ。リアルな、本物となんら変わることのないアメリがそこにいる。

ダイハードマンによれば、アメリを再現するためのローカル・データは、第一次遠征隊が西へ移動するたびに、ブリッジズの施設に残されていった。本来は司令官としてのアメリの指示を伝えるためのものだったが、いつしかアイコンとしてアメリを見ることがスタッフの目的になったという。いずれにせよ、そのデータのおかげで、カイラル通信がまだつながっていないエッジ・ノットシティにいるアメリのホログラムが再現できるのだ。

「そっちはどうなんだ?」

わずかなタイムラグののち、周囲をうかがうような顔をして、アメリは応えた。

「ここを出ることはできないけれど、見張りもいない。もちろん捕縛されているわけでもない。カイラル通信がここまでつながってくれたら、東に戻れる——あなたさえ来てくれたら」

アメリはサムの目を見つめる。

「人は孤立する生き物じゃない。寄り添って、おたがいを補完しあう生き物だから——だから、この国を生き返らせて、みんながもう一度つながらないと」

視線を逸らして遠くを見つめたアメリは、何かを探しているようだった。あるいは何かをためらっているのか。沈黙に耐えられず、しかしサムには何もできなかった。ただぼんやりと、アメリが首からさげている黄金のネックレスを見つめるだけだった。胸のあたりで分岐したいくつもの紐が揺らいでいる。キープと呼ばれる古代インカの装飾品だった。

「ブリジットが言っていた。絶滅、だって」

「アメリカを再建してもBTがいなくなるわけじゃない。絶滅は避けられない。BTがいる限り」

それはサムの正論だが、アメリは微笑みを返した。

「まだ希望はある——サム、待っている。あなただけを。私を助けて」

心電計の電子音が悲鳴のように鳴り響いた。

心電図はフラットラインを描いている。

ベッドの横に立つダイハードマンが、サムをにらみつけていた。遅かったじゃないか。大統領は死んだ。呆然《ぼうぜん》と立ち尽くすサムの背後で扉が開き、デッドマンが走り寄る。なんてことをするんだ。あんたのせいだ。

そうじゃない、反論しようとすると、ダイハードマンの左右に忽然《こつぜん》と男女が現れた。ハートマンとママーだ。償うしかない。償ってほしいの。

おまえが、あんたが、きみが、あなたが、ずっと逃げ回っていたせいでブリジットは死んでしまった。サム、その責任をとらなければ。

目眩を治めようと目を閉じる。

また逃げるの？

ブリジットの声が聞こえて、目を開く。叫んでしまいそうなのを、口をおさえて必死でこらえた。そこにいる全員が、ダイハードマンと同じ仮面をかぶっていた。ベッドのブリジットまでも。

あなたは何も悪くないわ。あなたを待っている。

扉のほうから、アメリの声が届いた。逃げよう。ここから、この悪夢から逃げよう。振り返って、そちらを見るとアメリがいた。しかしまた悲鳴がこみあげてくる。

さあ、サム。迎えにきて。

アメリもまた、あの仮面をかぶっていた。

絶叫が耳を聾《ろう》していた。それが自分のものだと気づいたのは、しばらくしてからだった。

目覚めると、右手が痺《しび》れるほど強くドリームキャッチャーを握りしめていた。

★

／／アメリカ合衆国東部

真夜中だというのに、南の空が赤く染まっていた。

もう一週間以上、都市が燃え続けているせいだと誰かが言っていた。

南に行けば、その燃えている都市の近くに行けば、暖かいのだろうか。

寒さのせいで感覚がなくなった指先をさすりながら、そんなことを想像していると、彼の脇の下に頭を突っこんで眠っていた弟が、小さく呻《うめ》いた。うなされているのだろう。弟は、首からぶらさげた宇宙飛行士の小さなフィギュアを握りしめたまま、かたく目を閉じている。ヴィクトールとおそろいのフィギュア。それは二人にとってのヒーローだった。兄弟が夢中になっているゲームの主人公、ルーデンスという名前の宇宙の騎士だ。

毛布のかわりにしている大人用のコートを顎まで引きあげた。腐った血と肉の臭いが鼻を刺激する。昨日、死にかけて動かなくなった男から奪ってきたコートだ。

ガス・ステーションの裏手にあるトイレは、扉も便器も壊され、水も出なかった。尿と糞の混じりあった臭いが充満していて、誰も近寄らなかった。だからここは、この夜を幼い兄弟がたった二人で過ごすには、うってつけの場所だった。朝が来るまであとどれくらいだろう。寒さをこらえるために奥歯を嚙《か》み締めて、ヴィクトール・フランクは、それだけを考えていた。六歳になったばかりのヴィクトールと、四歳のイゴールにとって、夜は永遠に続くように思われた。

朝を迎えて、ぐずるイゴールをひきずるようにして、ヴィクトールは東を目指した。東に行けば、東海岸まで行けばなんとかなる。誰かがそう言っていたのを彼は信じていた。どうして、何が「なんとかなる」のかは理解していなかったが。

朝のうちなら東はわかりやすい。太陽に向かって歩けばいいからだ。吐く息は白いままだった。太陽は昇ったが、薄い雲に覆われてその熱はじゅうぶんに地上には届かなかった。あの日からずっとそうだった。大人たちはそう言うが、あの日、というのがいつを意味するのか、ヴィクトールにはよくわからなかった。

たぶん、ネットもつながらなくなり、テレビも映らなくなった日のことだ。ゲームができなくなって、動画も見られなくなって、そのことがヴィクトールには不満だった。父と母は、ニュースが見られない、ソーシャルメディアもつながらない。何が起きているのかわからないと愚痴をこぼしていた。

数日もしないうちに、二人は大きな声でお互いを罵るようになった。

まだ四歳だった弟は、両親が怒鳴りあいをはじめると、怖がって泣いた。六歳のヴィクトールは、弟を泣かせる両親が嫌いになった。いまなら理解できるが、父と母は不安だったのだ。

アメリカの各地で原因不明の大爆発が同時多発的に起こり、政府機能が完全に停止してしまったからだ。北米大陸は断裂し、分断されてしまった。

しかし、奇妙な噂や、真偽を検証できない情報は、驚くべき生命力で都市の内部に侵入し、人々をさらに疑心暗鬼に陥らせ、不安の底に連れて行った。

いわく、爆発は某国の攻撃によるものだ。いや、地球規模の天変地異が起きたのだ。神の怒りだ。死者たちの復讐だ。死んだ人間を焼却しないと、この地は死者で満たされる。ここはやがて死者の大地になる。

自殺者が急増した。それと同じくらい、殺人も増えた。隣人が隣人を殺し、殺さない人は自死するか、どこかに逃げていくしかなかった。

ある日、ヴィクトールの父は、酒を浴びるように飲んで首を吊《つ》った。

浴室でそれを発見したのはイゴールだった。

半狂乱になった母は、父の遺体を引きずり降ろして浴槽に横たえ、お湯のかわりにガソリンを注いだ。兄弟が見ている前で、自分もガソリンをかぶり、火をつけた。

あのときの髪と肉が焼ける臭いがいまでも鼻の奥に残っている。

父と母を燃やした炎は、浴室を燃やし、ヴィクトールたちの家を焼いた。

家を失った兄弟は、手をつないで夜の街路をさまよい、やがて郊外の舗装されていない泥濘《でいねい》の道を歩いていた。何日歩いたのか、どうやって飢えをしのいだのか、その記憶はほとんどない。他人はすべて殺人者に見えたから、自然と街の外へと足が向いた。

ガス・ステーションを出発し、東を目指していた二人が歩く道は、枯れたトウモロコシ畑に続いていた。冬の太陽は空のいちばん高いところに昇っているが、気温はいっこうに高くならなかった。畑の向こうに黒い煙が見えた。

　つないでいた手の力がゆるんで立ち止まる。手をふりほどいたイゴールがしゃがむ。スニーカーの紐がちぎれていたのだ。少し休もうか。そういってイゴールの隣に腰をおろすと、嫌な臭いが鼻をついた。肉が焼ける臭いだ。ぎょっとしてイゴールに鼻を近づける。しかし弟からは、泥と汗と小便が混じった臭いしかしない。

　強い風が吹いて、異臭も強くなる。あのときの臭いだ。父と母の身体が焼ける臭い。つま先立ちして風上の方向を見る。あの黒い煙は、きっと遺体を焼いているんだ。そう思ったら、涙が止まらなくなった。怖くてたまらない。

　イゴールが手を握ってくれた。兄弟は来た道を引き返すしかなかった。

　足が痛くてがまんできない。靴底は剝《は》がれかかっていて、歩くのにもひと苦労だった。二人ともひと言も発することなく、ただ歩きつづけた。遺体を焼く臭いがしなくなったあたりでようやく立ち止まり、道端に腰をおろした。朝日の昇る方向に向かって進んでいたはずなのに、いまは沈む太陽を追いかけている。これじゃあもとの街に戻ってしまう。

　足の裏から寒さが染みこんできた。また夜が来るのだ。どこで寒さをしのげばいいんだろうと、頭を巡らせていると、東の方から車のエンジン音が聞こえてきた。

　さっきのトウモロコシ畑から来たんだ。

どうしたらいい？

イゴールの手を引いて走りだそうとしたとたん、転んでしまった。足首がおかしな感じにねじれた。泥の中に顔を突っこんだせいで、口の中に埃《ほこり》っぽい土の味が広がった。車のヘッドライトが二人の背中に襲いかかってくる。覚えているのはそこまでだった。

目を覚ましたとき、二人を包んでいたのは、腐った肉の臭いのするコートではなく、黴《かび》臭くて薄い毛布だった。しかし、寒さは感じなかった。講堂のような部屋の中央に置かれたドラム缶で、火が燃えている。その向こう側に祭壇が見えた。ここは教会なのだ。

横たわっていた堅い木の椅子《いす》から起きあがろうとして、足首に痛みが走った。見ると真っ白な包帯が巻かれていた。

おお、目が覚めたんだな。

野太い声。でものんびりとしていて、安心できる声。顔をあげると、手入れのされていない髪と髭《ひげ》に覆われた、熊のような男の顔があった。薄汚れたつなぎの服には、フェデラル・エクスプレスのマークが見える。

気分はどうだ？　腹は減ってないか？

男はそう言って、片手を差しだした。誘われるように伸ばしたヴィクトールの手は、すっぽりと大きな手に包まれた。

周りを見回す余裕ができると、その礼拝堂にはヴィクトールたちと同じように毛布にくるまっている人々が何人もいた。行政機能が停止し、自力で生きて行くしかなくなった人たちが、自発的に助け合うために集まった場所だった。

　そこは、ヴィクトールとイゴールの幼い命をつないでくれた場所になった。

//ポート・ノットシティ

★

　ヴィクトールは通信端末に向かって、もう一度繰り返してくれと、要求しなければならなかった。ひどい雑音が混じった音声だったので、聞き間違いなのかと疑ったのだ。しかし、返ってきた音声は同じだった。

〈セントラル・ノットシティはヴォイド・アウトで消滅した〉

　どういうことだ、という言葉を呑《の》みこむ。セントラルにはブリッジズの本部がある。つまりUCA再建の中枢が潰えたということなのか？　通信は、ヴォイド・アウトがテロ行為による可能性があることを伝えていた。ブリッジズの施設や、各ノットシティも警戒を怠らないようという勧告がつづく。

　にわかには信じられない。なんのために遠征隊に志願して、ここを守りつづけたのか。あの教会でイゴールと一緒に命を救われ、アメリカをよみがえらせるためにその命を捧げた人生も終わってしまうのか。

　だが、それは杞憂《きゆう》だった。

〈セントラルは失われた。だが我々の本部はキャピタルに移設された。安心しろ、大統領

の命を受けて第二次遠征隊も出発した〉

やはり雑音にかき消されそうな音声だったが、こんどは聞き返さなかった。いま聞いたことが覆《くつがえ》ってしまう気がしたからだ。

通信を終了して、ヴィクトールは大きく息を吐いた。三年ぶりにあいつに会えるのか。ずっと遺体処理というシャドーワークに従事していた弟のイゴールから連絡がきたのは、半年近く前だった。兄貴、おれも遠征隊に選ばれたんだ。知ってるか、おれたちはQpidでこの大陸をつなぐんだ。兄貴のところにもいくからな。時雨にさらされたせいで、だいぶ老けてしまったよ。兄貴よりも年寄りに見えるかもしれない。会っても笑わないでくれよ。でもおれたちが行けば、アメリカが復活するんだ。

誇らしげにそう告げたイゴールの声がよみがえった。

そうだ、アメリカはそう簡単になくならない。

ヴィクトールは大陸の地図を思い浮かべた。第二次遠征隊が出発したばかりだとすれば、あとどれくらいでこのポート・ノットシティに到着するだろう。遠征隊の計画ルートに変更がなければ、中継ステーションから配送センターを経て、このポート・ノットシティに向かうはずだ。途中には、複数の座礁地帯が確認されている。そこを回避しても、ミュールの活動地域が彼らを阻《はば》むだろう。両方をうまく避けたとしても、険しい原野を抜けなければならない。

隊の全員が、無傷でここに来る可能性は高くないだろう。

イゴールが無事に来てくれるにこしたことはないが、そのことを祈ったり、願ったりすることをきつく戒めた。うっかりすると、イゴールとの再会を空想してしまう。だが、いまはそんな時期ではないのだ。目の前のささやかな幸福に目をつぶり、遠くで実るはずの大きな果実のことを考えなければならない。

ヴィクトールは、ブルーの制服に記されたブリッジズのマークに手を触れた。あの日、自分たちを助けてくれた熊のような男の服にあったフェデラル・エクスプレスのロゴを思いだしていた。

★

／／キャピタル・ノットシティ　西方／配送センター

右手を開くと、縄の網目がくっきりと残っていた。ドリームキャッチャーを握りしめていた跡だ。

プライベートルームのベッドに腰かけて、サムは、この大陸の先住民族が使っていた護符をながめていた。アメリは、悪夢をいい夢にかえる魔除けだと言っていた。こいつにどれくらいの効果があるのか、わからない。

ずっと悪夢ばかり見ているような気もするし、そもそもずっと夢の中にいるような気もするのだ。アメリのことも、ブリジットの遺体を運んで焼いたことも、荷物を背負わされて西へ向かっていることもすべて、母の胎内でまどろむ胎児が見ている夢のように思える。

夢ならばそれでいい。確固たる現実なんてものはなくてもいい。

〈サム――〉

ダイハードマンの声が静寂を破った。カイラル通信がここまでつながったせいで、眼前に彼がいるかのような明瞭《めいりょう》な音声だった。仮面越しの息遣いまで耳に届く。

〈よく休めたか？〉

本部でバイタルをモニターしているくせに、わざわざ聞くこともないだろう。

〈この先、きみに向かってほしいのは、ポート・ノットシティだ〉

長官はサムの返事など待たずに、ブリーフィングをはじめた。壁のモニターにマップが表示される。東端のキャピタル・ノットシティから中継ステーション、この配送センターまで、サムの足跡が正確にマップに描かれている。そこから西側へ向けて、大陸の中央部にある大きな湖まで直線が伸びる。グラウンド・ゼロと呼ばれる巨大な湖に寄り添うような位置にある結び目の都市。そこがポート・ノットシティだった。

マップで示されたように、まっすぐに進めるわけはない。装備がなければ踏破できない地形を避け、座礁地帯を避け、ミュールの活動領域を避けて進まなければならない。いったいどれくらい時間がかかるのだろうか。

〈いいか、サム。そこまでカイラル通信がつながっていけば、その先の展望も見えてくる。点と点が結ばれて線になるだけじゃない。それは面になってカイラル通信の稼働領域を広げていく。そこは情報が行き交うだけでなく、無機物を遠隔コピーするカイラル・プリンターによって物体も実質的に〝送る〟ことができる領域になるんだ。きみが先に進むために有用な装備や装置を提供できるようにもなる〉

だからカイラル通信をつなぐことに意味はあり、アメリカを再建することは有意なのだ。長官はそういう意味のことを理路整然と述べると、一方的に通信をオフにした。

シャワーブースに入った。身体が万全だったことなどない。いつもどこかが故障していた。それをだましながらものを運ぶ。いままでもそうだったから、これからもそうするだけだ。熱い湯が肩をたたき、背中から腰を伝って足を濡《ぬ》らす。左足の親指に鈍い痛みがあった。爪《つめ》が剝がれかかっている。かがんでそれを引き剝がした。あふれた血は、爪と一緒に湯に流されて排水口に消えた。

ブースを出たあと、止血剤をスプレーして手当てをする。アンダーシャツの上にユニフォームを着て、出発の準備を進めた。

インキュベーターに収められたポッドの中、BBは目を閉じて漂っている。接続を解除してポッドを取りだすと、赤ん坊が身じろぎした。眠りから起こさないように、慎重にポッドを胸のユニットに取りつける。なるべくストレスを感じさせないように、なるべく安らかにいられるようにと、ポッドを優しく撫《な》でてやった。

部屋を出て、地上へとつながるエレベーターに乗る。

上昇する床の振動を足元に感じながら、サムはBBのポッドと自らを臍帯で接続した。重い貧血の症状によく似た感覚に襲われた。耳の奥で、金属同士をこすりあわせたような嫌な音が響き、視野が狭まっていく。背骨が抜かれたように、自分の身体の境界がわからなくなる。この不安定な感覚は数十秒でおさまるはずだ。

だが、そうはならなかった。

狭まる視野はますます狭くなり、色彩が欠落していく。モノクロになった世界はブラックアウトした。失神したのかと思ったが、そうではなかった。意識はあるし、思考も止まっていない。サムの世界は純粋な闇に支配された。身体がその闇に溶けだして、サムは意識だけで存在していた。

――BB。

囁《ささや》きが聞こえる。誰だ、と問いかけたいが、口は動いてくれない。すべてを遮っていた幕がとりのぞかれるように、光が射した。

――BB。

また声が聞こえる。男の声だ。その男がこちらを覗きこんでいた。

――パパだよ、BB。

光が消える。視界を男の手のひらが覆い隠したのだ。逃げたい。そう思ったが、身体の感覚がない。どうにもならない。目を閉じることも、逃げだすことも、何もできない。主のわからない手のひらが迫ってくる。その手にすべてをつかまれて、すべてを奪われてしまう。かんべんしてくれ。それだけは嫌だ。そんな感情だけがあって、しかしサムには何もできない。

そのかわりにＢＢが泣きだした。

迫ってくる手のひらを恐れてＢＢが泣いている。

ＢＢ、おれが守ってやる。おまえを誰にも奪わせない。

その意識が、サムの身体感覚を回復させた。失われていた輪郭が際立《きわだ》って、視界にも色彩が戻ってきた。

「ＢＢ、だいじょうぶだ」

そう言葉を口にして、サムは我に帰ることができた。

エレベーターは地上階に到着し、ＢＢも泣きやんでいた。


背中の荷物は、重量を増していた。ＢＢと接続したときに見えた不可思議なビジョンのことも、サムの気を重くさせていた。あの男は？　パパとは？　あんなものが見えるのは、能力者である自分とつながったせいなのか？

背中にはポート・ノットシティ宛《あて》の支援物資と対ＢＴ兵器。それが荷物の中身だ。長官の説明によれば、それは重量以上に、重要なのだという。支援物資の大半を占めるのは保存された精子と卵子。人の移動がほとんどない都市においては、外部の血を取り入れる必要がある。そうしなければ何世代にもわたる交配の結果、遺伝子は同質化していき、多様性が失われ、種としての生命力が弱くなるからだ。支援物資の〝支援〟とは、人類という種の将来への支援なのだ。

さらに重要なのが、対ＢＴ兵器だった。

それは、サムから排出された血や体液を使用した兵器なのだという。論理的なバックボーンを構築したのはハートマン、それを現実化するために設計したのはママーだと説明された。ママーはブリッジズの主要メンバーであり、第一次遠征隊のひとりでもあった。理論物理学のエキスパートであり、Ｑｐｉｄやカイラル通信の開発の陣頭指揮を執ったと聞いていた。いまはグラウンド・ゼロを越えた西側、大陸の中央部に位置するサウス・ノットシティの近郊のラボにいるそうだ。髪を後ろでまとめ、細いフレームの眼鏡をかけ、上半身はタンクトップのプロフィールを、長官から出発前に見せられたのを思いだした。

帰還者であるサムの特別な体質が、やはり〝特別な死者〟ともいえるＢＴになんらかの効果を発揮する可能性がある。それを実証するためのものが、その兵器だ。これまでの経験で、その可能性の片鱗《へんりん》を予感していたこともあり、サム自身はそのことを抵抗なく受けいれられた。イゴールとともにＢＴと遭遇したとき、ブリジットを運んだ焼却所、嚙んだ唇から流れた血。それ以前にも、奴らがサムの体液を忌避していると思えることが何度かあった。

だが、あくまでもそれは可能性の域にとどまっている。実証すらされていないそれを、荷物として届けることには無理がある。その矛盾をもサムは背負わされていた。

誰も経験のないことをなさねばならない。カイラル通信も、ＢＴへの対抗策もそうだ。だから、この西へ行く行程そのものが壮大な実験でもある。

その意味で、サムの身体は任務を遂行するための道具だ。ブリッジズはそう考えているのではないか。しかしサムがそう意識する前に、身体はそのように順応していた。歩幅が広くなり、足の水ぶくれは破れて固まり、足の裏は分厚く硬くなっている。摂取したエネルギーは脂肪や筋肉に変換される前に、歩くための燃料になった。

サムは、自分の身体が機械になったような思いにとらわれた。BBも、ブリッジズにとってはそうなのだろう。だからデッドマンはBBを装備品と呼んだのだ。

風が吹いてきてサムの顔を撫でた。心地よさに目を細める。BBも笑ったような気がした。遠くにそびえる山の稜線が、珍しくくっきりと見えた。それはサムの道行きの障害になるものではあるが、ここから眺めていると崇高で美しくさえ思える。それが、決して人間の手では造作できない、壮大さをたたえているからだ。

矛盾した思考だが、それじたいが、自分が機械ではなく人間である証明ではないのか。笑ったり、怯《おび》えたり、ストレスで自家中毒になるBBも、装備ではなく、やはり人間なのだ。

昔、運び屋《ポーター》の仲間から聞いたことがある。配達人が仕事に挫折《ざせつ》するほとんどの原因は、身体の故障ではなく、精神的な理由だというのだ。多くの仲間が、黙って何百キロも歩くことに心が破れてしまう。身体も故障するが、致命的でなければ治癒は可能だ。それ以前に、精神が壊れ、歩くことができなくなってしまう。だから通常は、配達人はペアになるか隊を組むことが推奨されていた。サムのような単独者は少数派だった。

手錠端末がデッドマンからの無線の着信を知らせた。

〈ＢＢの調子はどうだ？〉

ここはまだ、カイラル通信の稼働領域だったから、音声は明瞭だ。

「ひとつ聞いていいか？」

胸元のＢＢを覗きながらそうたずねた。

「ＢＢをつなぐとき、何かが見えた。人の顔だ。こちらに話しかけてくる。そう、パパだよ、と」

デッドマンの芝居がかったため息が聞こえる。

〈だから言っただろう？　それはＢＢの記憶が逆流しているんだ。それがあんたに幻覚《フラッシュバック》のようなものを見せているんだ。いいか？　ＢＢは受胎してから二八週前後で脳死母《スティル・マザー》から摘出、そのままポッドに移される。生命として誕生する前にな。その段階で成長が止まる〉

ＢＢがサムを見あげた。一瞬、目と目が合う。成長が止まるだって？　信じられない。

〈だが、その時点で視覚や聴覚などの五感はほぼ形成されているんだ。ＢＢが受容していた刺激や情報の記憶が、あんたに逆流してきた。そう考えられる〉

「それで、おれが見た男は誰なんだ？」

〈医療スタッフか、製造時の関係者かもしれん。それは装備として何度も使われている。多くの人間に接触しているから、特定するのは難しいだろう〉

「おい、何もわからないのか？」

思わず口調が厳しいものになってしまう。

〈すまん、おれが来たときには、すでにそいつ、つまりBB－28はブリッジズにあった。BBはずいぶん昔に研究されていたらしい。だが、長い間、封印されていた。装備として使うには危険だ、という理由でな。いずれにしろ、BBの中身は完全なブラックボックスだ。いまのところは〉

デッドマンは、早口にそう弁解する。その話は、サムも以前に聞いたことがあった。運び屋稼業をしていれば、真偽が定かではないさまざまな噂は耳に入ってくる。分離過激派が、旧政府のシンクタンクに保存されていた記録を入手し、BBの技術を再現、それを危険視したブリッジズが、逆に技術を盗用したというのも、その噂のひとつだった。しかし少なくとも、サムがブリッジズに所属していた当時は、BBの技術が話にのぼることすらなかった。

〈おれなりに研究をしているんだが、なにせ過去の記録もほとんどない〉

そう話すデッドマンの声に、嘘は感じられなかった。

〈今後も、BBのことは調べる。何かわかったらあんたにも報《しら》せるよ〉

生命として誕生する前に母胎から取りだされるBB。死者との親密さをうそぶくデッドマン。帰還者である自分。三者には通じるものがあった。だれもまともな生者ではない、という共通点が。

丘陵を越えると視界が開けた。遠くに人工物のシルエットが見える。グラウンド・ゼロに隣接したポート・ノットシティにようやく近づいてきたのだ。壁に囲まれた都市。外部との接触を極力避けた閉じた場所。あそこで暮らしている人々が、この世界でまともに生きている生者なのだ。

サムは、大きく息を吐いて歩きはじめた。

★

／／ポート・ノットシティ

ここは宇宙ステーションと同じだ。

ヴィクトール・フランクは、ポート・ノットシティの外縁部に建設された配送センターのことを、そう考えていた。

閉ざされた内部での暮らしは、手放しで快適だとはいえないが、生きていくことはできる。扉を開けて外に出るためには、それなりの装備が必要になる。他の生存圏とは物理的に離れていて、交流も容易ではない。そんなところが似ているのだ。

もちろん、宇宙に行ったことなどない。子供のころに見た映画やドラマで知ったことだ。フィクションの世界のアストロノーツたちは、宇宙のフロンティアに挑む開拓者の精神と使命を背負ったヒーローだった。ヴィクトールにとって、ブリッジズが編成した遠征隊に参加するということは、宇宙飛行士になることと同じ意味をもっていた。

かつてこの国の父祖たちは、東から西へとフロンティアを開拓した。西の端までたどりついてフロンティアが消滅すると、それを大陸の外に見出《みいだ》そうとした。それは水平の運動のみならず、垂直の運動としても現れた。フロンティアを宇宙に見出したのだ。しかし、デス・ストランディングによって、宇宙への途を閉ざされた人類は、上昇するフロンティア・スピリットを、かつてのような水平の運動として復活させた。

以前と決定的に違っていたのは、それが領土の拡大ではなく、この地を新天地《フロンティア》として再創造する、つまり未来を創造する運動だったことだ。それがブリジット大統領とブリッジズによるUCA再建計画の精神だった。

幼いヴィクトールとイゴールの兄弟に宇宙の魅力を教えたのは、クラウドから配信されるドラマだったが、思えばそのころから人々は閉じこもっていたのかもしれない。部屋から一歩も出ることもなく、古今のフィクションを楽しむことができたし、情報を得ることもできた。ソーシャルメディアで他人との交流も可能だった。生活必需品や嗜好品《しこうひん》の購入もオンラインで済ませていた。

しかしデス・ストランディングは、それらを破壊した。

人々はつなぎあう手も、歩く足も切断されて、胴体だけの存在になってしまった。動けないまま腐っていく身体をよみがえらせるためには、なによりも精神《スピリット》の力が必要だった。それを体現するのがUCA再建計画であり、具体的な手足の再生になるのがカイラル通信だった。

それが実現するまで、この原野を配達人がつないでくれている。それは細くて脆《もろ》く、すぐに折れてしまいそうな手足かもしれないが、動けない人々を腐らせない生命維持装置だった。あのとき、兄弟を救ってくれた熊のような大男も、アメリカの一企業の配達人だったのだ。

ブリッジズのメンバーとなってアメリカの精神の一端を背負うことは、兄弟にとって、幼いころの夢を回復し、切断された人生をつなぎなおすことだった。

モニターが発する電子音がヴィクトールの思いを中断した。配送センターのセンサーが、エリア内に足を踏み入れた存在を知らせたのだ。それは警告音ではなく、侵入を許す歓迎の音色だった。ブリッジズの配達人が到着した。モニターが属性を表示している。配達人の名前はサム・ポーター・ブリッジズ。所属は――ヴィクトールは目を疑った。第二次遠征隊。人員はひとり。そんなばかなことがあるものか。

ここに来るまでに遠征隊は、たったひとりになってしまったのか。これじゃあ、ほぼ全滅じゃないか。まだ大陸の半分にも到達しないうちにこの状態ならば、再建計画など絶望的だ。そしてイゴールも。

そう思案しているうちに、サム・ブリッジズはセンターのエントランスを通過して、配送端末を起動させていた。彼が運んできた大量の荷物が、次々と集荷場に降ろされてくる。地下のモニターで総量を確認したヴィクトールには、それらがたったひとりの配達人によって運ばれたとは、とても信じられなかった。

この場所では入手困難な建設用素材、薬品、保存された精子と卵子。どれもノットシティを維持するのに必要な支援物資だ。検品結果の表示を確認していたヴィクトールは、見慣れない荷物に気づいた。〝対BT兵器〟と表示されている。いままでに聞いたこともない。文字どおりに解釈すれば、BTに効果がある武器のことだ。そんなものが開発されたとは、知らされていない。本部に問い合わせるか、配達人のサムに聞いてみるしかないだろう。

それ以外に、聞いてみたいことは数えきれないほどある。

ヴィクトールは、地上階との通話回線を開いた。目の前の受像機にサムのホログラムが出現する。同時に、サムの前にはヴィクトールのホロが現れているはずだ。

ねぎらいの声をかけようとして、息をのんだ。

ホログラムのサムが幽鬼のように見えたのだ。後ろで縛っていた髪は、ほとんどほどけて、乱れた前髪が顔の半分を隠している。その髪には幾筋もの白髪が混じっていた。そげ落ちた頬は、やはり白髪交じりの髭に覆われている。目は落ちくぼんでいるが、怜悧《れいり》な光をたたえていた。外見はまったく似ていないが、あのとき兄弟を救ってくれた熊のような配達人を思いださせた。ブルーのユニフォームは薄汚れていて、ところどころに血痕と思われる染みが付着していた。これがホログラムでなければ、野生の獣の臭いもしたはずだ。

もしもこの男が第二次遠征隊の唯一《ゆいいつ》の生き残りだったとしたら、奇跡は起こるのではないか。だからこそ、この男に話を聞かなければならない。唇をかみしめて、ヴィクトールはあらためて襤褸《ぼろ》切れのようなサムをみつめた。

「それは？」

思考がかたちをなす前に、口が動いていた。

「それをどうしたんだ」

ヴィクトールは、サムの胸元、BBポッドを指さした。サムは怪訝《けげん》な表情を浮かべて、ポッドを見おろす。

「その人形だ」

ズボンのポケットをまさぐって、あのフィギュアを取りだし、サムに見えるように掲げた。宇宙飛行士ルーデンスのフィギュアだ。

「こいつだよ！　見てくれ、あんたがもっているのと同じだろう？」

サムが目を細めて、ヴィクトールのルーデンスと、ポッドのルーデンスを交互に見ている。

「これは、最初からついていた。このBBポッドを受け取ったときから」

「誰から受け取った？」

サムの視線が宙をさまよい、顔が苦しそうにゆがんだ。

「死体処理班のイゴールだ」

「イゴールはおれの弟だ」

サムは遠征隊とは言わなかった。それは弟が、死体処理班の所属のまま死んだことを意味する。セントラルを消し去った対消滅《ヴォイド・アウト》に巻きこまれて。当初の計画にあった第二次遠征隊も消滅し、再編された。それがこの男、サム・ポーター・ブリッジズ。単独の遠征隊なのだ。

「最期のとき、一緒にいた」

言葉を選ぶように、ゆっくりとサムが話しはじめた。

「イゴールと遺体を運んでるとき、BTに囲まれたんだ。それで、イゴールが捕まった。彼は、最後まであきらめなかった。ヴォイド・アウトを起こさないように自分を犠牲にしようとしていた。それで、最期におれに〝逃げろ〟と」

気がついたらルーデンスを握りしめていた。声が震えないように、ヴィクトールはゆっくり口を開く。

「それきりか」

サムの無言は肯定のしるしだ。もうあいつには会えないのか。

しかたがない。そうつぶやくと、波が引くように動揺が去っていった。消えたわけではない。それはしかるべき時間を経て、返ってくるはずだ。悲しんだり、悔やんだり、悼《いた》んだりは、そのときにすればいい。

「それで、あんたは？」

サムに問いかける。

「そんなことがあってから、すぐにまた、こんな役目を？」

ヴォイド・アウトの現場に立ち会ったにもかかわらず、遠征隊の名を背負ってここまで歩いてきた男がいる。やはりそれは奇跡だ。

だから、そうか。この男は——聞いたことがある——帰還者のサムなのか。十年ほど前までブリッジズに所属し、UCA再建を実現してくれることを誰よりも期待されていた男。サム・ポーター・ブリッジズが帰ってきたのならば、遠征隊がたったひとりでも奇跡は起こる。

ヴィクトールのそんな思いを知るはずもないサムが、無言で首にかけたネックレスのようなものを掲げてみせた。六枚の金属片が、サムの手のひらの上で浮いている。Qpidだ。ひと目で理解したヴィクトールは、端末を操作した。

「やっぱり、あんたが第二次遠征隊なんだな。そいつも完成していたんだ。さあ、カイラル通信で、ここをUCAにつないでくれ」

この瞬間を何度、夢に見ただろう。

管制塔までこの声が聞こえるだろうか。虚空を漂っていたこの場所が、故郷とつながるのだ。その都市名のとおり、ここも結び目となる。サムは、ただの配達人ではない。この原野を征《ゆ》く宇宙飛行士なのだ。

「そのフィギュアは、あんたが持っていってくれ。イゴールのかわりだ。それも第二次遠征隊のメンバーに加えてくれないか」

サムの顔がほころんで見えたのは、自分の思いこみだったのかもしれない。それならそれでいい、ヴィクトールはそう納得した。ポッドにぶらさがったルーデンスのフィギュアを手のひらに乗せて、サムは「わかった」と応《こた》えてくれたのだ。地獄の底から帰ってきた幽鬼の顔ではなく、天上の富をもたらす熾天使《してんし》の声で。

しかし、ヴィクトールが聞いた天使の声は、幻ではなかった。

〈サム、ありがとう〉

天上の音楽の響きをさせるその声を忘れたことはなかった。ヴィクトールたちの遠征隊を率いたアメリの声だった。

★

ホログラムのアメリをサムは見あげていた。彼女が幽閉されているエッジ・ノットシティとここは、カイラル通信がまだつながっていない。だからサムが見ているのは、西の端からここまで、有線と無線を継ぎ接ぎして送られてくる信号をリブートし、この配送センターのストレージに記録されたアメリのデータをベースに再計算した像だった。ノイズに邪魔されて、その姿は崩れ、声も乱れた。だが、仕草や声の響きは、まぎれもなくサムの記憶にある彼女のそれだ。

〈ポート・ノットシティは、ＵＣＡの一員になった。ここはもう孤立した場所ではない。ここはカイラル通信と、ＵＣＡが提供できるすべての恩恵を享受できる。でもサム、そのかわりにここは、〝アメリカ〟を憎む分離過激派《ディメンス》のターゲットにもなる。でもそれはしかたがない。引き離されたままでは滅びるけれど、つながれば可能性をこの先につないでいけるかもしれないから。いまを犠牲にしても、つくらなければならない未来もある〉

アメリの声を聞きながら、どうしても縮められない距離を感じていた。もちろんそれは、ここと西の彼方の物理的な距離ではない。

〈ねえサム。それでも、みんながあなたのことを待っている。あなたがつないでくれることを〉

ああ、そうか。違和感の正体をつかんだときには、すでに通信は途絶していた。アメリは消えた。アメリはこの短い通信で、一度も「わたし」とはいわなかった。みんな、というだけだった。

遠くから雷鳴が聞こえた気がして、後ろを振り返る。半地下のここからは、外の様子はわからない。だが、都市部で時雨が降ることはないはずだ。

いくつかの気がかりを残して、サムは地下のプライベートルームへ降りていった。下降する感覚とともに、猛烈な眠気がやってきた。

眠りから戻るのは、海の底から浮上する感覚に近い。

結び目から帰還するときとは逆だ。海の底に繋留《けいりゅう》された身体のイメージを求めて還ってくる。

目覚めること、現実に帰ってくることとは、どんな意識の運動なのだろう。ビーチは個人の意識に紐づいていると定義されている。覚醒するときの上昇の感覚と、よみがえるときの下降の感覚。ビーチと無意識。それはクラインの壺《つぼ》のように、ねじれて背中合わせになった関係を結んでいる。

プライベートルームで目覚めたサムは、軽い頭痛と吐き気を感じていた。手錠端末が計測しているバイタルは、正常値のままだ。だからサムが感じている体調不良も誤差の範囲だ。

たしかに、眠る前のひどい身体の痛みも、全身の燃料が尽きてしまったような虚脱感も、ほとんど消えていた。

眠りに落ちたこともほとんど覚えていない。ベッドに腰掛けたまま、ヴィクトールからの状況報告を聞いているうちに眠ってしまったのだ。

悪夢を見ることなく、深く眠った。頭痛と吐き気は、この薄汚れた身体のせいかもしれない。自分でも全身から饐《す》えた臭いを発散させていることがわかった。

シャワーブースに向かう途中で、インキュベーターに収めたポッドを見る。BBはまだ眠っている。

熱いお湯が、汚れと老廃物を流していく。剃《そ》った髭も排水口が飲みこむ。これらはすべて、BTが忌避するものだ。眠っている間に、いつものように血液も採取されているはずだ。それらは、サムが運んできた対BT兵器に使用される。ヴィクトールによれば、それはノットシティに納品されたあと、サムに支給される段取りになっていた。まだ有用性が検証されていないから、試してみないことには、どうにもならない。無効なら廃棄されるだけだ。

しかしヴィクトールは、その効果に大いに期待しているようだった。たったひとりで第二次遠征隊の責務――ヴィクトールはそう表現した――を背負ったサムの存在そのものに自らの夢を託していると、そう言ったのだ。しばらくのあいだ途絶してしまった、グラウンド・ゼロを渡る航路を復活させることもできるだろう。ここは孤独な衛星ではないんだ、地球と外宇宙をつなぐ結び目なんだ。サムが眠りに落ちる前、ヴィクトールは興奮気味にそう語ってくれた。

それらを思い返しながら、サムは髪を乾かし、アンダーウェアを身につけ、新たなユニフォームに袖《そで》を通す。ダイハードマンに指示を背負わされるのではなく、ヴィクトールのようなスタッフの期待を託されるほうが、サムの心身は軽くなる。少し前までは、一介の運び屋《ポーター》として大義ではなく個人的な依頼に応えていたのだ。

バックパックを背負い、インキュベーターからポッドを取りだす。

部屋を出て、エレベーターでアッパー・フロアを目指した。

雷鳴の轟きがサムを待っていた。スロープで外界とつながっているこのフロアの構造のせいで、鳴り響いている雷の低音が床も壁も震わせ、サムの身体をわしづかみにして、ゆさぶる。背筋が粟立ち、脳の芯《しん》に電流が流れる。胃液が逆流して、口腔が酸の苦味に満たされ、涙が流れてきた。

ノットシティは時雨が降らないエリアに建造されている。そのために離れた場所に衛星《サテライト》のように焼却所が建設され、カイラリウムの汚染を排除しているのだ。ところが、その常識を否定して、豪雨が降っていた。

あきらかな異常事態なのに、警報も警戒を促す無線も鳴らない。世界中の人間が、これから起こる異変を前に逃げだして、安全地帯に閉じこもってしまっていたかのようだ。

スロープから突風が侵入してきて、サムはとっさに支柱につかまった。放置されたままの集荷用のパレットが壁に叩きつけられた。BBがそれに驚いて泣きだす。これは自然現象ではない。この風も、雷鳴も、悪意をもってサムに向かってきている。理由はわからないが、そう直観した。オドラデクが狂ったように回転している。その源、その悪意の主が誰なのか、あるいは何なのかはわからない。だがこの場所は、サムを飲みこんで強烈な酸で溶かそうとする、鯨の内臓に変わっていた。ここから出なければならない。

吹きこんでくる暴風に抗《あらが》って、サムはスロープをのぼる。

BBが泣き叫んでいる。恐怖を訴えているのではなかった。サムは両腕でポッドを抱きしめた。それに応えてBBがくるりと回転する。この子は怒っているのだ。正体不明の悪意に向かって、BBは敵意を剝きだしにしていた。サムは傾斜を一気に駆けのぼった。

外には誰もいない。吹き荒れる風と、闇《やみ》。その闇に裂け目を入れる雷光。空間を満たしている悪しき意思。風も闇も雷光も、その意思のしもべだった。

顔をあげて真っ暗な空を見た。雲が波打って津波になる。波は雷の電光を発し、サムの頭蓋《ずがい》を直撃して爆発する。目の奥で小さな爆発が起きて、視界が真っ赤に染まる。見あげる空は血よりも暗い色の底なしの海だった。その空に吸いこまれる。海に吸いあげられて、サムは空で溺《おぼ》れそうになる。

虹《にじ》が見えた。逆さまの虹だ。あの世とこの世を結ぶ架け橋だ。空が割れて、海が割れる。洪水のような、津波のような豪雨が襲ってきた。時雨に打たれた大地は、たちまちぬかるんで粘着質なタールのようになる。涙が止まらない。

歪んだ視界が海岸になる。蟹《かに》や珊瑚《さんご》の死骸《しがい》が打ちあげられる。ここはいつのまにか座礁地帯になっていた。サムの足に真っ黒な死者がしがみつく。ああもう終わりだ。サムは覚悟を決める。その死者はBTだ。あのときのイゴールと同じだ。これにつかまれたら、あとは一気に飲みこまれるだけだ。そして対消滅が起きる。

ヴィクトールの顔と声がよみがえる。すまない。弟ばかりか、あんたのこともおれは救えない。セントラルの次はポート・ノットだ。おれはいくつ都市を消すことになるのか。アメリカの再建どころじゃない。だから言っただろう。アメリやデッドマン、ダイハードマン、そしてブリジットの顔が浮かんでは消える。おれにできるようなことじゃなかったんだ。さようならアメリカ。

BBが絶叫していた。獣のように叫んでいた。それがサムを覚醒《かくせい》させた。足はまだ、ぬかるみに没している。しかし、その足を引っ張る力は消えていた。サムは目を凝らす。闇の中、雨はまだ激しく降っている。

その雨に打たれるシルエットが見えた。人の形をした、それは悪意の主だった。

この空間を満たしている主人だった。

「おれはヒッグス」

主人が口を開く。その周囲では岩が浮いている。さまざまな海洋生物の死体が浮遊している。腹を上にした魚、甲殻類、珊瑚。

「宇宙を満たす、神の粒子」

声が満ちる。この空間に、主人の声が満ちる。しかし、声の主の口も顔も黄金の仮面に隠されている。

ヒッグスと名乗った男のことは、何度か耳にしたことがあった。この大陸の中部を根城にして、過激きわまりない破壊活動を先導している分離過激派。誰よりも情け容赦ない破壊を実践するテロリスト。

ヒッグスは重力の法則を無視して、タール状に変貌《へんぼう》した大地を歩いて、サムに近寄ってきた。タールのなかから巨大な岩塊が現れて、ヒッグスがそれに足をかける。音もなく浮上した岩に載って、ヒッグスがサムを睥睨《へいげい》した。無慈悲な皇帝の、冷徹な視線がサムを射抜く。

その眼差しを受け止めて、サムは息をつめる。だが、先に目を逸らしたのは、ヒッグスだった。雨に打たれた配送センターの上部に人影があった。ヒッグスはそれをみつけたのだ。稲妻の光が、人影の正体をあらわにした。金色の髪が暴風で乱れ、アシンメトリーな形状の傘は吹き飛ばされそうだ。首から下の漆黒のボディスーツは濡れて、両生類の肌のようだ。その肩から、いくつもの棘《とげ》が隆起していた。

あの女だ。洞窟でサムを待ち伏せていた女。フラジャイルだ。

「なるほど、こいつはおまえが運んできたのか」

ヒッグスがフラジャイルに問いかける。その言葉の意味は、サムにはわからなかった。わかったのは、その声にわずかに潜んでいた怒気だった。

ヒッグスが指を立てて、フラジャイルに向かって振ると、突風が彼女の傘を吹き飛ばした。雨が彼女の顔を容赦なく叩《たた》く。フラジャイルは、次の瞬間、どこにもいなくなっていた。

「まだ壊れていないようだな」

ヒッグスの声がいきなり耳元で聞こえ、振り返ると黄金の仮面が目前にあった。その仮面の奥で、鼻をひくつかせている。

「んー。ブリジット・ストランドは死んだな」

サムの目の奥に刺すような痛みが走った。とめどなく涙があふれてくる。強烈な抗原抗体反応だった。ヒッグスから身を離そうとするが、身体は自分のものではないように、言うことをきいてくれない。

「ついに、アメリカ最後の大統領は死んだ」

サムの反応を楽しんでいるように、ヒッグスがさらに顔を近づける。

「そうか、おまえたちは彼女を次の大統領に」

涙が止まらない。硬直した身体は、ヒッグスの声に反応して細かく震えている。

「しかし、それは違うな。彼女は政治向きじゃない。だろ？」

身体が自由になる。ヒッグスが消えたのだ。

「心配するな。彼女はおれが見つけだす。おれが彼女を保護する」

次の瞬間には、ヒッグスがサムの正面に出現していた。ふたたび自由を奪われたサムは、歯嚙《はが》みして黄金の仮面をにらむことしかできなかった。そのさまを嘲笑《あざわら》いながら、ヒッグスはサムの脇《わき》を通りすぎる。

「おれはデス・ストランディングの正体をつかんだ。だが、おまえたちはまだ知らない」

サムはヒッグスの声を背中で聞いている。身体は硬直したままだ。

「彼女は能力者とは違う。あれこそが、世界を絶滅させる絶滅体なのだ」

絶滅体――世界を絶滅させる存在。はじめて聞く言葉だ。彼女が絶滅を導く？

テロリストたちのなかでも常軌を逸した過激な行為を行うものたちは、錯乱者、あるいは逸脱したもの《ホモ・ディメンス》と呼ばれる。ヒッグスはその代表格だ。賢人《サピエンス》たる人間に対して、その負の仮面に従って思考し、行動するもの。ヒッグスの目には、彼女のことがそう見えているのか。そんなばかな。それはディメンスの妄想であり錯誤にすぎない。

サムは全身に力をこめて、ヒッグスの言葉を振り捨てようとあがいた。

ヒッグスがそんなサムの前に、忽然《こつぜん》と現れる。動けないサムに黒い手袋で隠された両手を差し伸べると、指先に炎が生まれた。それはたちまちヒッグスの手を包む。

「この手をつなぐことはできないが」

炎は燃えさかって、手袋を焼き尽くす。だが燃え尽きた手袋の下には、何もなかった。ヒッグスの両手首から先には、何もなかったのだ。

「おれは、あの世とつながっている」

空間が目に見えない力でたわめられて、ヒッグスの手首から微細な黒い粒子が生じていた。それらが凝集して、何本もの紐状に編みあげられる。息を大きく吐くと、無数の紐が手首からタールの面をめがけて、生き物のように伸びていく。

「おまえが架け橋《ブリッジ》なのではない」

タールに吸いこまれた紐を引くと、カーペットをめくるようにタールの海が波打った。BBが泣きじゃくり、オドラデクが壊れそうなほどに回る。BBの感じている恐怖がサムに伝播《でんぱ》して、嘔吐《おうと》しそうになる。

「おれこそが、あの世とこの世界、彼女との架け橋《ブリッジ》だ」

隆起した海面が割れる。ヒッグスの宣言に従って、あの世との通路が開かれたのだ。巨大な海蛇のような生物が何匹も頭をもたげる。滴《したた》るタールは、飢えた獣の涎《よだれ》のようだ。あの世から来た亡者が、生きているものを求めて、闇雲に宙をまさぐっている。

「こいつに喰われるがいい」

ヒッグスが叫ぶと、亡者は真の姿を現した。鯨のブリーチングのように海蛇がのたうつと、海面の下に潜んでいた本体をひきずりあげたのだ。海蛇に見えたそれは、亡者の本体から生えている何本もの触手だった。亡者の咆哮がサムの内臓をわしづかみにする。それは、いままでに見たことのない巨大な座礁体だった。触手を束ねる中心には、海洋生物の進化の過程を凝縮したようなグロテスクな塊が息づいていた。鱗《うろこ》と鞭毛《べんもう》と甲殻が錯綜《さくそう》して体表を覆い、不規則に蠢《うごめ》いていた。それはディメンスの想像力が造形したこの世にあらざる生命だった。

「ヴォイド・アウトが起きれば、この都市ごと消えてなくなる」

ヒッグスが片手をサムに振りおろすと、サムを縛っていた縛《いまし》めがほどけて、身体が自由になった。飛びかかろうとするサムの前に、タールの波がそびえ立つ壁となって立ちはだかる。それが崩れたときには、ヒッグスの姿は消えていた。

そのかわりに、降る雨を薙《な》ぎ払って迫る座礁体の触手が、サムに襲いかかってきた。身をかがめてそれをかわそうとしたが、別の一本に背中を直撃された。落雷のような激痛が延髄を走り抜けて、全身の血液が沸騰する。BBが泣き声をあげて、サムに次の危機を教えてくれた。全身の力をこめて体勢を立て直し、振りおろされる触手をかわした。

BBの泣き声がひときわ大きくなった。その声に導かれて顔をあげると、タールの黒い飛沫をあげて座礁体《BT》が迫っていた。

——逃げろ。

頭のなかで声がよみがえった。あのときの、イゴールの声だ。

彼は最期までセントラル・ノットを守ろうとしていた。自分の命を絶ってまで、ヴォイド・アウトを回避しようとしていた。第二次遠征隊として大陸を横断することを、兄と再会することを願っていたはずなのに。それを犠牲にしてまで、他人の生命を守ろうとしたのだ。

あのとき託されたのは、このBBだけではない。イゴールの成就《じょうじゅ》できなかった未来も背負うことになったのだ。ポッドにぶらさがるルーデンスが目に入った。

バックパックから、グレネードをつかみだした。

対BT兵器と称されていた荷物だ。誰も効果を実証したことのない、曖昧《あいまい》な兵器。安全装置を解除すると、右手首に痛みが走った。手錠端末がサムの手首を噛んだのだ。リングの内側に仕込まれていた針に皮膚を突き刺されて、血液が吸いあげられていく。それにともなってグレネードが変色していく。

自分の心臓を握り締めているようだった。

これを使って、サムの血液を浴びせる。帰還者の命をぶつけるのだ。効果がないはずがない。根拠のない確信かもしれないが、そうでも思わなければすべてが終わってしまうような気がした。

怪物の雄叫びがサムの耳を裂こうとする。その声の源に向けてグレネードを投げた。爆発の閃光。数多の死者の無念と恨みが積み重なり、もつれあった声。BTを倒すということは、この世に未練を抱いて迷い出てくる彼ら死者たちを、あるべき場所に還すということだ。サムはそのことに思い至った。

ここはもう、きみたちのいる世界ではない。死者は死者の世界に、生者は生者の場所に。もつれあった糸を解きほぐして、世界をあるべき姿に戻してやるのだ。だがおれは——おれのいる場所はどこなのか。通常の死はおれには訪れない。

グレネードの爆発の余韻が消えた。

しかし、死者はまだこの世界に居座っていた。BTが吠《ほ》えた。それは還るべき場所を見失った子供の泣き叫ぶ声のように聞こえた。対BT兵器は、やはり机上の空論、帰還者の特異性にすがった願望や妄想にすぎなかったのか。兵器が無効だったことへの落胆と、BTへの哀れみと同情がサムの中で入り混じる。おまえたちもおれと同じ、あるべき世界からはじきだされた存在なのか。

BBが訴えるように泣いた。そうだ、この子もおれたちと同類だ。

サムはあらたなグレネードをつかんだ。

死者を葬送しなければならない。このBTがヒッグスによって呼ばれただけなのだとしたら、かれらには罪はない。かれらの無念と妄執をヒッグスが利用しているのだとしたら、それを浄化してあげなければならない。ほとんど義憤に近い感情で、サムはグレネードを握りしめた。

心臓が脈打ち、血液が送りこまれる。グレネードがもうひとつの心臓になるまで、血液を絞りだす。貧血を起こしかけて、視界が狭くなる。弾ける寸前にまで血が充塡《じゅうてん》されたグレネードを、祈りとともに投げた。さようなら、安らかに。死者は死者の国に。サムの心臓が、BTの口へ吸いこまれ、咀嚼《そしゃく》される。

BTの中心から鈍い光が放出された。サムの分身たる血液がBTの内部に浸透して、死者を調伏しているのだ。生者の世界にまだしがみつこうとするかのように、断末魔の絶叫を轟かせながら、触手が暴れまわっている。やがて、その先端が粒子状に細かく崩壊していく。本体には無数の穴が生じ、そこからやはり崩れはじめた。

タールの面に波紋が現れて消えると、そこは見慣れた原野に戻った。分解していくBTがタールのなかに消えていくのと引き換えに、この世は元の姿を取り戻しつつあった。

激しかった時雨も勢いを失い、闇が後退する。

死者たちもまた、BTという拘束から解放され、自分たちの場所へ還っていったのだ。世界は静けさを回復した。いかなる音も聞こえない。静けさが恐怖だということをサムは理解した。その世界で、サムはひとりで立ち尽くしていた。

〈サム！〉

その静寂を破り、サムを安堵《あんど》させたのはヴィクトールからの通信だった。

〈あんた何者なんだ。わかってるのか、あのバケモノを倒したんだ〉

洪水のように、ヴィクトールの言葉がサムを呑みこんでいく。いつもならそれに耐えられなくて無線を切ってしまうところだが、いまはその饒舌《じょうぜつ》が心地いい。声が世界に生まれた亀裂を埋めてくれる。生きている人間の声が、その隙間《すきま》をふさいで、死者の侵入を防いでくれる。

ＢＴを倒したあんたならば、グラウンド・ゼロの湖を渡って大陸をつなぐこともできる。イゴールの死も無駄じゃなかった。このポート・ノットシティもカイラル通信のハブになって、西へとつながる要になるんだ。

瓦礫《がれき》に腰をおろして、サムはヴィクトールの声に耳を傾けていた。安心したのだろうか、ＢＢは眠っている。ポッドにぶらさがったルーデンスのフィギュアを、サムは指で弾いた。

ありがとうサム。ありがとうサム・ポーター・ブリッジズ――。

ヴィクトールの声には、すすり泣きが混じるようになり、やがて嗚咽《おえつ》をこらえることができなくなった。

〈サム、聞こえるか〉

なじみのない声がヴィクトールにとってかわった。

〈ハートマンだ〉

端末が男の姿を投影する。それでサムは思いだした。プライベートルームで会話を交わしたことはある。

〈やはりわたしたちが予想したとおりだった。帰還者の体液はBTに効果がある。それが証明された〉

　笑顔だが、眼鏡越しの瞳は笑っていない。どこか遠くを見ているような光をたたえている。サムはなぜかそれを恐ろしいと感じた。それはサムの手錠端末に内蔵されたハートマンの肖像だった。通話者を示すただのアイコンなのに、サムはそれが怖かった。

〈だが、なぜそんな効果を発揮するのかは、わからない〉

　一方で、カイラル通信がまだつながっていないエリアから送られてくるハートマンの音声は、途切れ途切れでひどく聞きとりにくい。

〈きみも知っているとおり、デス・ストランディングという現象は、死者がこの世に座礁《ストランド》してくることから名付けられた。死者は反物質と似た性質を帯びて、生者に触れると対消滅《ヴォイド・アウト》を起こすといわれている。だが、これまでの報告や観測にもとづくと、ただ触れあうだけでは、それは起こらない。BTつまり座礁体《ハー》の内部に人間が取りこまれてはじめて起こる。おそらくきみの特殊な体液は、奴らの肉体を向こう側に押し返すんだ〉

　電子音がハートマンの音声を途切れさせた。電子的に加工された声がそれに続くが、ノイズのせいでほとんど聞こえない。

〈サム、すまない。時間切れだ。またあとで話そう〉

　通信が確立したときと同じ唐突さで、ハートマンは消えた。

なんだったんだ。

サムは大きなため息をついた。そうしてはじめて、自分の身体が壊れかけていることを自覚した。

ここが湖だとは、とうてい信じられなかった。

ポート・ノットシティを出港してから数時間がたつというのに、サムは驚きをうまく消化できないでいた。

グラウンド・ゼロを渡る輸送船の甲板からは、水平線しか見えない。分断の象徴でもある亀裂《きれつ》、北米大陸に穿《うが》たれた巨大な穴。湖なのだとは到底信じられない。これがデス・ストランディングの最初期に起きた大爆発で、一挙に形成されたことも。いったいどれほどの人間が消え、どれほどのエネルギーが費やされたのか。

途方もなく大きな分裂がこの大陸に刻まれたのだ。

誰かが、あれは海だって言っていた。

ブリジットが昔、サムにそう話してくれた（**ねえ、それはアメリかもしれないのに**）。

この大陸は、その中心に海を抱えこんでしまった。海の底からビーチを渡って、死者が座礁《ざしよう》してくるようになった。この大陸とこの国は、その真ん中で死者の世界とつながってしまったの（**誰かが言っていた。現実世界に現れたディラックの海だって**）。

海がこの大陸の外にあるのならば、防波堤でもなんでも造って、海からの侵略者を防げばいい。でもね、サム。海は、この世界の中心にあるの。そしてそこにつながるビーチは、わたしたちの中にあるの。うっかりしていると、わたしたちは、自分の海に呑まれてしまう。だから、防波堤では防げない。壁ではなくて、この海を渡るための橋を造らなければならないの。

わかる？ サム。

溺れないように、溺れた人を助けるために、みんなで手をつなぐの。

「西に着くのは明日よ」

隣にいつのまにかフラジャイルが来ていた。甲板の手すりを握る彼女の手は、黒い手袋で覆《おお》われている。

この輸送船を用意したのは、彼女だった。ポート・ノットシティが所有している船は、激化したテロ行為のせいで壊滅状態だった。現役の船は、彼女たちフラジャイル・エクスプレスが所有しているものしかなかった。クルーはフラジャイルたちが、燃料などのリソースはブリッジズが負担する約束で、この船は動いている。その約束のベースにあるのは、旧時代の経済原理ではない。国家が機能不全に陥っている以上、金《マネー》は、人を動かさない。マネーは共通言語として人をつなげるが、それは信頼するにたる共同体のバックボーンがあってこそのものだ。それが消滅して、つながりは原初的なものに先祖返りした。

人と資源。目に見えるもの。手に触れられるもの。それが交換のアイテムになった。ただ、原始的な交換経済が行われても、人は人であることをやめられない。

「食べる？」

彼女がサムにクリプトビオシスを見せる。甲虫の幼虫のような小さな虫が指に摘まれてうごめいている。あのときの、洞窟と同じだ。

サムは息をついて首を横に振る。微笑んで、フラジャイルは虫を頬張った。

ヒッグスの一撃を避けて消えたあと、フラジャイルはポート・ノットシティのドックにふたたび現れたのだった。サムが座礁体を倒すことを確信していたかのような顔をして。フラジャイルの行動と思惑が読めないまま、こうして船を提供してもらっている。信用していいのか、利用されているだけなのか。サムにはその状況がまだ消化できなかった。

「あの男を、あんたも見ていただろう？」

ヒッグスとフラジャイルは、明らかに何かの因縁があるように思えたのだ。

「分離過激派のリーダー、ヒッグスと名乗っている。そう呼ばれることに満足もしている」

「あいつ、BTを操っていた」

サムが知る限り、そんな能力者はこれまで存在していなかった。

「ええ、とてつもない能力をもっている」

フラジャイルはサムを見あげた。訴えかけるような視線に耐えられず、サムは手すりから離れた。

「元は同業者だったの」

フラジャイルの声が、サムを追いかけてくる。

「いえ、一緒に荷物を運んでいた」

「テロリストとも組むのか？　それが配送のためになるのか？」

声が尖《とが》っている自覚はあったが、抑えられなかった。

「前は、あんなじゃなかった」

「あんた、世界を救いたいのか？　それとも壊したいのか？　どっちなんだ」

フラジャイルが息を呑むのがわかった。あきらかに言いすぎた、と後悔する。

「嫌なの。わたしも、わたしの組織も、このまま壊れたままじゃ」

声が硬く小さい。だが、それは決して沈んだものではなく、自らに言い聞かせるような口調だった。彼女とヒッグスとの間に何があったのか、いまの自分にはそれを詮索する資格はない。サムはバックパックをおろし、甲板に固定された錆《さ》びだらけのベンチに腰かけた。

忘れていた疲労と痛み――BTの触手による打撃のあと、爪がはがれたままになっている足指の疼《うず》きが、よみがえってくる。ブーツの紐《ひも》をゆるめ、BBポッドを解除した。スーツの合わせも緩め、縛った髪をほどいた。少しでも身体を楽にしてやりたい。

「ねえサム、言ったでしょう。過去は捨てられないものよ」

フラジャイルがサムを覗きこんで、紙切れをかざした。

元気だった頃のブリジットを中央に、こわばった顔のサムともうひとりの女性がたたずんでいる写真だ。何かの拍子にスーツから落ちてしまったのだろう。またあの洞窟のときと同じだ。

ありがとう、とフラジャイルに目顔で応《こた》え、それを受け取る。

時雨に打たれたせいで、ブリジットの脇にいる女性の顔は潰《つぶ》れているが、サムの脳裏にはその顔が鮮明によみがえった。しかし、彼女の下腹部の膨らみには視線を合わせられなかった。そして、片隅に記された手書きのサインにも。

〝絆《ストランド》とともに　ブリジット〟

どうして時雨は、これを消してくれなかったんだろう。

――**言ったでしょう、過去は捨てられないって。**

「あなたにお願いがあるの、サム」

フラジャイルの声が聞こえていたが、サムは写真から目を離すことができなかった。

「さっきのあの男――ヒッグスは――」

強い風が吹いて、サムの髪を乱す。フラジャイルの傘がくるくると回った。

――**サム、聞こえる？**

甲板を叩く硬質な足音に気づいて、サムは目を開けた。いつのまにか眠ってしまっていたようだ。

なぜかこぼれた涙を拭って、顔をあげた。鮮やかな赤が目に飛びこんでくる。

「サム」

ベンチの前に、赤いドレスを着たアメリが立っていた。サムの疑問や質問を封じるように、彼女は微笑み、見つめる。その手には、サムが落とした写真があった。

いつのまにか空は鈍色の雲に覆われ、湖面も濁った光を反射していた。色彩がぬけおちたような世界で、赤い衣装のアメリだけが生きているようだった。

――サム。

もういちど囁いた。その声に導かれてサムは立ちあがり、デッキの手すりまで歩いていく。鯨の群れがすぐそばを横切り、金色の火花がそこらで散っていた。

ああこれは夢なのだ。

船は海岸に向かって進んでいる。ここはグラウンド・ゼロではない。このまま進めば、船は座礁してしまうだろう。

「覚えている?」

アメリが海岸を指し示した。波打ち際に、いくつもの鯨やイルカが腹を見せて横たわっている。その傍らに、小さな人影がうつぶせに倒れているのが見えた。男の子だ。

あれはおれだ。大人のサムは、波打ち際で倒れている自分自身を見ていた。いや、幼かった自分と、アメリのことを思いだしていたのだ。

——そろそろ帰る時間よ、サム。

アメリに呼びかけられて、小さなサムは目を覚ました。

砂浜で眠っていたせいで、顔の半分に砂がこびりついていた。アメリがサムの腕をとって、抱え起こしてくれる。そして、アメリの体温を背中に感じて、はじめて自分が寒さに震えていることに気がついた。そして、その小さな身体からはみだしてしまいそうな寂しさにも。震えているサムをアメリは抱きしめてくれる。

あったかい。思わず漏らした声にアメリが微笑んで、サムを包む両腕に力をこめてくれた。

「あなたが教えてくれるまで、知らなかった」

サムに頬を寄せてアメリが耳元で囁く。彼女の髪の香りを感じて、サムは海を見た。フラジャイル・エクスプレスの船はどこかに消えてしまっていたけれど、幼いサムに不安はなかった。

「わたしは生きているということ。それをあなたが教えてくれたの。ひとりでいたから、わたしは生きているのか、死んでいるのかわからなかった」

突然、涙が止まらなくなった。アメリの言葉でサムは急に怖くなったのだ。生きていることと、死んでいることのどちらかに分けられてしまう。だから自分はここから出ていかなければならない。そんな予感に襲われたのだ。

「かえりたくない」

誰にともなくサムは懇願した。涙が砂に混じって、サムの顔がまだらに汚れている。それを拭ってくれようとしたアメリの手を振り払って、サムは立ちあがり、海に向かって走りだした。

「かえりたくないよお」

言葉は海に吸いこまれる。波がサムの細い声をかき消してしまう。

サムに追いついたアメリが、しゃがみこんでサムの目を見つめる。その右手に何か握られているのにサムは気がついた。

「ドリームキャッチャー、魔除《まよ》けよ。もう怖くない」

アメリがそれを首にかけてくれる。蜘蛛の巣のように、あるいは星のかたちのように編まれた素朴な装飾具。触れてみると不思議と心が落ち着いた。

「眠るときにつけて。わたしが悪夢から守ってあげる。わたしは、あなたといつもつながっている」

アメリの手のひらが、ドリームキャッチャーを握るサムの手を包んでくれる。手の中のドリームキャッチャーが大きくなって、はみ出してくる。その網の目はサムの手を覆い、アメリの手を覆い、やがてふたりの身体を覆い尽くす。ふたりは繭《まゆ》に呑みこまれる。そのなかでサムはアメリと溶けあって、あらゆる悪意から守られていた。母の子宮の中で、生まれても死んでもいない。世界とひとつになった甘い感覚に満たされていた。

「帰りかた忘れたの」

アメリのその声が、甘やかな世界に切断の線を引いた。生と死の世界を分かつ声。しゃがんでいたアメリが立ちあがって、サムの手を引いた。帰らなければならない。この生と死のあわいから、生者の世界へ。

「途中まで一緒に行ってあげる。そうしたらあなたはひとりで帰れるの」

サムはアメリを見あげて、歩きだした。

「あったかい?」

その問いに大きくうなずいたサムの手を、アメリが握りなおした。

「ビーチで待っている。わたしを助けてね」

二人は歩いている。海に向かって。そしてサムはアメリと離れて、ひとりで帰っていく。アメリはひとり、このビーチに残される。

それを何度繰り返したのだろう。海と陸を明確に分かつ海岸線が現実には存在しないように、幼いサムと現在のサムの境界も曖昧だった。だからここは、フラジャイルの貨物船の上ではない。ここはビーチだった。

――二人でよく、ここで遊んだ。

海に消えていこうとする幼いサムとアメリを見送って、アメリがつぶやいた。

「きみが連れてきてくれた。ひとりでここに来ることはできない」

「そうね、還る肉体《ハー》がある限り、あなたはひとりでここに、ビーチに来ることも帰ることもできない」

そのかわり、アメリは人生の時間のほとんどを、このビーチで過ごしている。現実世界の時間の軛《くびき》から解き放たれたこの超空間で。

ある意味でこのビーチは、アメリという人格の具現化でもあった。

「きみはビーチを通って、西から戻ってくることはできないのか？」

アメリがかぶりを振った。

「あなたがここまでつないでくれないと、わたしは戻れない」

不意にアメリの身体が、黒い影に包まれた。彼女の背後の海面を破って、巨大な鯨がブリーチングしてきたのだ。宙を跳ぶ鯨は、アメリを呑みこもうとする。助けようとして差しだしたサムの腕は、アメリの身体をすりぬけてしまう。影はますます黒く、暗くなって、サムにはアメリの服の赤しか見えなくなってしまった。

「ビーチで待っている」

その声は、鯨の鳴き声にかき消される。鯨の巨体が海に落ちて、アメリにのしかかっていた影も消える。海面が波打って、飛沫を雨のように降らせた。髪も服も全身ずぶ濡れになって、アメリは涙を流していた。

ふたたび海面が山のように盛りあがって、鯨の頭が現れる。だがそれは、鯨ではなかった。フラジャイル・エクスプレスの貨物船が、ビーチに座礁しようとしていた。海面を激しく波立たせて船はアメリに襲いかかろうとする。

「わたしを、助けて」

アメリ！

サムの叫びは、アメリには届かない。サムの腕は、アメリには届かない。サムが触れることができるのは、虚しい闇《やみ》の感覚だけだった。

★

//レイク・ノットシティ

闇から振り落とされて、サムは今度こそ、目を覚ました。

甲板に振動が伝わってくる。ベンチに腰かけたまま眠ったせいで、背中が固まっていた。筋肉と背骨を軋《きし》ませて、立ちあがる。船はすでにグラウンド・ゼロを渡りきって、港に到着していた。下から人の声や、重機の音が聞こえる。荷物を降ろしているのだろう。眠っているうちに流していた涙をぬぐう。鼻の奥にかすかに感じた異臭に、顔をしかめた。カイラル物質の臭いがしたのだ。

そのことに違和を感じた。おれはどこにいたんだ？

「よく眠っていたわね」

そうだ、おれはフラジャイルの船でここまできた。

きっと寝ぼけた顔をしていたのだろう、フラジャイルは呆《あき》れた表情で、サムの鼻先にクリプトビオシスを突きだした。

「食べる？」

少し安堵して、サムは首を振る。心得たようにフラジャイルが、それを自分の口に入れて嚙み砕いた。何度目かの繰り返しになるこのやり取りが、サムを現実に目覚めさせてくれた。

「レイク・ノットシティへ、ようこそ」

フラジャイルが微笑む。ようやくここまで来た。ここは夢の世界でも、アメリのビーチでもない。それを確かめるように、サムはブーツを踏み鳴らした。いつこれを履いた？背中にバックパックの硬さを感じる。これはいつ背負った？

夢心地のまま、ルーチンと化した準備を整えていたのだろうか。胸元を探ってみる。いつもそこに忍ばせている写真がない。あのとき落として、フラジャイルが拾ってくれた写真。捨てられない過去。それが消えていた。スーツの収納を探り、甲板を見回しても見あたらない。

「どうかしたの？」

過去を捨てたくて、しかしそれと切れてしまうと不安になる。子供じみた感傷だと自覚していた。だから、それを悟られたくなかった。

何事もなかったように「いや」と、つぶやいて歩きだす。

「行きましょう」

傘を開いて、フラジャイルがサムを先導した。彼女の背中をぼんやりと見ていたサムは、それが思っていたより小さくて、華奢《きゃしゃ》なことに気がついた。

こわれもの《フラジャイル》という呼び名の由来は、この背中にあったのか。

「あそこにあるのが、ポート・ノットシティで積んだ荷物。あなたが届けてくれた荷物も。忘れずに届けてね。配送センターはこの先にあるから」

船から降ろされたコンテナが整然と並んでいる。

「わたしは先に行くわね。やることがあるから。また会いましょう」

傘を軽やかに回しながら、フラジャイルは歩きはじめた。配達人のサムは、荷物を確認するためにコンテナに向かった。


「サム、ありがとう」

配送端末が投射するアメリのホログラムは、不安定にゆらいでいた。

グラウンド・ゼロを越えて西側に大きく近づいたはずなのに、アメリの姿は不鮮明だった。

「ここから先は、きっといままで以上に厳しい道のりになるはず。わたしたちがここにきた頃は、まだましだった」

ノイズが集荷場に反響する。思わず耳を塞《ふさ》ぎ、目を閉じる。目を開くと、誰もいなかった。アメリはどこにもいない。

「レイク・ノットシティに、ミドル・ノットシティ。そしてサウス・ノットシティ。この三都は、昔からわたしたちを支持してくれていた」

アメリの声だけがする。かわりに現れたのは、簡略化された北米大陸の2Dマップだった。向かって右端に、船で渡ってきたグラウンド・ゼロの虚ろな穴が表示されている。その左端、つまり湖の西側の岸にレイク・ノットシティ、その北西にミドル・ノットシティが示されていた。ミドル・ノットシティから南下した先に、サウス・ノットシティが位置している。

「この三つの都市と、いくつかの施設でQpidを起動させて、カイラル通信をつなげば、中央部は通信の安定性を確保できる。そういう計画だった」

マップの地と図が一瞬反転して、あらたな図が現れる。

図示されていた都市のひとつ——ミドル・ノットシティが消えて黒点に変わっていた。小規模なグラウンド・ゼロが新たに書き加えられたようだった。よく見ると、地図には、さらに小さな黒点がいくつか増えている。それらは、テロ行為、もしくはUCA再建を阻《はば》む活動が行われた場所を示していた。

なにか手を打たなければ、こうしてこの大陸には黒点が増殖し、いつかすべてが真っ黒に塗りつぶされてしまう。

「分離過激派が、わたしたちの計画を壊しはじめた」

アメリの声は震えている。だがそれは、通信が不安定なせいかもしれない。

「最初は、ミドル・ノットシティが消された。旧世代の核兵器が使われたの。運ばれた荷物の中に、巧妙に仕込まれていた」

さらにアメリの声は沈む。それに同調するように、ノイズがまたひどくなる。

「それだけでは終わらなかった。いえ、わたしたちには終わらせることができなかった。サウス・ノットシティも狙われた。幸いといっていいのか、全壊はまぬがれたの。でもたくさんの犠牲者が出てしまった」

このエリアは、すでに虫食い状態でボロボロなのだ。第一次遠征隊が整えたインフラをＱｐｉｄでつないでいけば、カイラル通信は稼働するが、その前提が破壊されている。それを修復する手段も、リソースもサムにはない。それ以前に、ブリッジズにもそれはないのだ。でなければ、こんな状況が放置されているはずはない。マップに散らばる黒点は、この大陸に生まれたブラックホールの群れだ。それらがつながって、不吉な星座を地上に描く。きっとそれは、この世界をまるごと呑みこむ怪物の姿をしているだろう。ヒッグスの笑い声と黄金の仮面が、不意によみがえった。

「もともとこのエリアは、フラジャイル・エクスプレスの手を借りて配送をしていたの」

その言葉に応えて、マップにいくつもの白い輝点が現れた。

「フラジャイルたちは、以前からこのエリアでの配送を引き受けていた。わたしたちは、彼女たちと契約を交わして、ブリッジズの荷物を運んでもらっている。ここでの物資の流通は、フラジャイル・エクスプレスによって成立している。だから生きていくためだけなら、ＵＣＡのような国家はいらない。そう考える人も多くいる。それが、小さな孤立主義者ともいえるプレッパーズたちなの」

もちろん、プレッパーズのことは知っている。運び屋《ポーター》のサムにとって、彼らは馴染《なじみ》深い存在だった。フリーのポーターにとっては、依頼人がプレッパーズだろうが、どこかの組織だろうが関係はない。そもそも、国家などという概念をいまでも大事に守っているのは、ブリッジズくらいのものだった——そしてその概念に反対するということは、分離過激派もブリッジズと表裏一体といえる。国家に拘泥《こうでい》しているのはブリッジズと反対派だけで、プレッパーズたちはその圏外で生きている。

ただ、彼らは他者の援助を完全に断ち切っているわけではなく、フラジャイル・エクスプレスのような組織やポーターにライフラインを依存している。だから言葉の正確な意味での孤立主義者ではなかった。

「いまこの状態で、ブリッジズの施設だけをつないでも、カイラル通信はこのエリアをカバーできない」

「どうすればいい？」

マップが消えて、ふたたび生成されたアメリのホログラムを見あげてたずねる。

ならばやめてしまえばいい。無理につなぐことはない。少し前の自分なら、そう口にしていたかもしれない。

テロ行為は看過できなくても、それほどまで〝アメリカ〟の再建を忌避している連中がいる。それに抗してまで、通信をつなぐ必要があるのか？　破壊と建設。ベクトルは正反対でも、大きな力でこの世界の現状を変えようしているのは、両者ともかわらないのでははないか。そんな複雑な思いは、まだサムのなかでわだかまっている。

——あなたがここまでつないでくれないと、わたしは戻れない。

サムがＱｐｉｄを携えて西に向かうのは、アメリのためだった。

「ＵＣＡに加盟する意思のないプレッパーズ、彼ら孤立主義者たちの手を借りるしかないの」

アメリの胸元で、金色の装飾具が光を反射した。その光だけが妙に生々しい。

「そんなことが——」

——できるのか。最後まで言葉にすることができなかったのは、直後に通信が途絶え、アメリが消えてしまったせいだった。呑みこんだ言葉はアメリには届かない。

「サム、聞いたとおりだ」

その言葉を受け取るのは、ダイハードマンだった。黒い鉄仮面の長官のホログラムが生成された。

「ミドル・ノットシティの消滅、度重なる破壊行為。そのせいで、当初の計画を変更せざるをえなくなった。新たな結び目《ノット》を建設する余力は、いまのわれわれにはない。アメリが言ったように、プレッパーズのシェルターを代替の通信拠点として使うしかない」

「そんなことができるのか」

「彼らがＵＣＡへの加盟を、そう簡単に承諾することはないだろう。このあたりのプレッパーズのほとんどは、フラジャイル・エクスプレスと契約をしている。ブリッジズの配達人のきみがシェルターに行っても、セキュリティではじかれてしまうだろう。だがな」

長官のホログラムが消え、さきほどのアメリのときのように、マップが現れる。白い輝点がプレッパーズのシェルターを示しているのも同じだ。

「われわれは、フラジャイル・エクスプレスとは以前から協力関係にあった。プレッパーズそれぞれの思惑がどうであろうと、配送のためのシステムは共有している。それに、カイラル通信が稼働したときのことを踏まえて、第一次遠征隊が、シェルターの配送端末をQpidに対応できるように更新している。人間が人間である以上、必ず死ぬ。主義や思想がどうであろうと、その死体を適切に処理しなければ、BTになる。UCAの一員になってくれるに越したことはないが、少なくとも彼らの死だけは管理、いや把握したい。そのための対応でもあったんだ」

サムは右手の手錠端末に触れた。これと同じだ。死によって、おれたちはつながっている。ホモ・ディメンスたちを例外として、死への恐怖、BTへの嫌悪、対消滅の脅威は誰にとっても共通だ。UCAが提供したシステムは、死を基盤に成立している。

長官たちブリッジズは（もしかしてアメリも？）、その原初的、本能的な感情を利用したのだ。つながることは希望かもしれないが、やはり束縛でもあるのだ。

手錠はコミュニケーションの道具でもあり、UCAというシステムも、結束であり束縛なのだ。

「いずれにせよ、フラジャイルは協力を約束してくれた」

長官の声は自信をにじませているように聞こえた。

「それで、彼女の見返りはなんだ？」

「それはわからない。だが、ヒッグスへの復讐心は本物だ。組織を崩壊させ、彼女からすべてを奪ったのは、ヒッグスだからな。憎しみや恨みは、どれだけ時間が過ぎても壊れることはない」

復讐心。おれにそれはあるのだろうか？　サムはダイハードマンから目を逸らし、天井を見つめる。槍《やり》のように尖った感情、あるいは地下のマグマのように燃えたぎる感情。なにもない。それは負の感情ではあるが、それを向ける他者を必要とする感情だ。自分にはそれがない。後悔の念はあるが、それは誰かと途切れたことで生まれる感情だった。

誰ともつながっていない。だからおれは運び屋なのだ。誰かとつながるのではなく、誰かをつなげるのが、おれの役割なのだ。

巡る思考から覚めたとき、サムの周囲には誰もいなかった。長官のホログラムは消え、荷物を降ろしていたスタッフの喧騒《けんそう》も、潮が引くように聞こえなくなっていた。

振動が足の裏から伝わってくる。昇降機が作動し、サムを載せた床がゆっくりと沈み、プライベートルームへと運んでいく。

波の音がサムを眠らせ、海に導く。

――ねえ、サム。

この地球の生き物ぜんぶが、海から生まれて、海に還っていくの。だから海には、この星の記憶が眠っている。そしてこの星の命を守ってくれている。波打ち際は、生と死を分かつ場所。海に棲《す》むものにとって、波打ち際の向こうは死者の国。地上の生き物にとって、ビーチの向こうは死者の国。

——ねえ、見て。サム。

ビーチに沿って一列に死体が並んでいる。鯨、イルカ、カニ。名前も知らない小さな魚。あれは海からやってきた死体。ビーチの砂もみんな死体。貝殻や珊瑚や、とても小さな生物の死骸なの。

昔、アメリが教えてくれたことだ。

波の音が、サムを目覚めさせる。顔や身体についた砂を（**死骸を**）手で振り払い、立ちあがる。遠くに死体が見える。人間の子供の死体だ。

波に運ばれて、打ち上げられた死体。だからそれは、過去の記憶だった。過去が現在に座礁する。ビーチでは起こりうる現象だった。

死体の子供が起きあがる。記憶が立ちあがり、口を開く。

「これ」

サムはアメリを仰ぎ見て、両手を差しだした。手のひらに乗った、金色の首飾りのようなものを見て、アメリが眩《まぶ》しそうに目を細めた。

「わたしに？」

金色のチェーンに、金色のチャーム。何本もの細い編みあげられた紐がぶらさがった、プリミティブなネックレスだ。

「キープっていうの。むかしの言葉で、結び目っていう意味なんだって。数をかぞえるのにも使うんだ。友だちができたら、これに結び目をつける」

「じゃあわたしは、サムと会うたびに、結び目を増やしていくわ」

サムが歓声をもらす。しゃがんだアメリにキープをかけてあげた。彼女の瞳が濡れている。泣いていたんだ。子どもの自分があのとき気がつかなかったことをサムは今知った。

「ここには、大切なものしかもってこられないの。わかる？　自分につながりのあるものだけ」

「大切なものだよ！」

サムは飛び跳ねて、キープを指さした。

「ありがとう、サム」

アメリがサムを抱きしめた。**ありがとう、サム**。子どものサムの頬に顔を寄せていたアメリが、その顔をあげる。そして、ビーチで二人を傍観するサムを、まっすぐに見つめた。過去が現在を射抜いた。心臓をわしづかみにされて、息ができない。握っていたドリームキャッチャーを放して、胸に手をあてたが、痛みは消えなかった。

これもビーチではよく起きることなの。

「ねえ、サム」

フラジャイルがサムを目覚めさせた。ドリームキャッチャーを握った左手が、不自然な角度で左胸にあてがわれている。大きく息を吐いて、上半身を起こした。汗で濡れたアンダーウェアが背中に張りついている。顔を両手で叩いて、夢を追いだす。

「食べる？」

いつものクリプトビオシスが、サムの鼻先にあった。いつものようにサムは首を横に振る。

「どうしてここに？」

配送センターの地下、配達人のためのプライベートルームだ。サムが眠っているあいだに、彼女は入室したことになる。

「あなたのボスに頼まれた」

フラジャイルに、というよりも、入室を許可したダイハードマンに腹が立つ。やはりブリッジズには、プライバシーという概念が欠落しているらしい。

「あなたに届け物があるの」

気持ちを察したのか、フラジャイルが微笑んでサムを諫《いさ》め、手のひらをひろげてみせた。

「ここから先、あなたに必要なものよ」

赤と白の繊維で編まれたミサンガが乗っている。

「わたしの血と、カイラル結晶が編みこまれている。これがあればこのあたりのプレッパーズのシェルターのセキュリティはパスできる」

それは、フラジャイル・エクスプレスのＩＤだった。配達人の生体情報を混入させた通行許可証。物資の配送があり、配達人が移動するということは、望まれない異物が運ばれる可能性が高まるということでもある。その危険性を少しでも抑えるために、このＩＤは必須のものだった。フラジャイルのＩＤを借りることは、サムが身分を偽ることにならないのか。それがサムをためらわせた。

「このあたりは、わたしたちの独占的な配送エリアだった」

ミサンガに手をのばそうとしないサムに気分を害したのか、フラジャイルがサムの隣に勢いをつけて腰をおろした。体温が伝わってくるくらい近くに。

「でもあいつに、ヒッグスに、めちゃくちゃにされた。組織もわたしも、つながりも、信用も」

フラジャイルの怒りは、サムにではなく、ここにはいないヒッグスに向けられていた。

「それでヒッグスに」

復讐心《ふくしゅうしん》という、長官が言った言葉がよみがえる。そのためならば、フラジャイル・エクスプレスの信用を担保にして、ブリッジズに協力するというのか。彼女のＩＤを借りてサムがプレッパーズにアクセスすることは、これまでの〝協力〟関係とは、根本的に異なる。サムがやらねばならないのは、荷物を運ぶことだけではなく、プレッパーズにアメリカ再建を要請することとなのだから。それは、これまでフラジャイル・エクスプレスが支えてきたプレッパーズの生存の仕組みを書き換えてしまうことにもなるだろう。それは彼女たちの組織の理念を捨てることにもつながるはずだ。

それを避けるためには、フラジャイルが個人として復讐を成し遂げるしかない。どちらにしても組織を裏切ることになるが、そうまでしてサムたちから何を引き出そうとしているのか見当がつかない。

「きみひとりで？」

フラジャイルは、いいえ、と軽く首を振って「ひとりじゃないわ」と微笑む。

「あの洞窟、ポート・ノットシティ、そしてここ。どうやって来たと思う？　ＢＴが徘徊《はいかい》する原野を、ヴォイド・アウトの危険を冒さずに」

魔法のように、頭上で傘が開いた。

「わたしはここにいる」

傘がふわりと浮く。

その直後、フラジャイルは溶けて消えた。ただ傘だけが、持ち主を失って浮遊していた。

「わたしはここよ」

背後で声がした。ごく短い距離ではあるが、瞬間移動したのだ。こんなことができる存在を、サムはもう一人だけ知っていた。アメリだ。自らのビーチを往還できる、桁《けた》はずれの能力者。

「知っているでしょう？　人にはそれぞれ独自のビーチがある。わたしは自分のビーチを通って」

フラジャイルの微笑みだけが残る。

傘を手にしたフラジャイルが、ふたたびサムの正面に立っていた。

「空間を移動できる」

「ヒッグスと違って、BTを呼ぶことはできないけれど、あいつを追うことはできる。あいつがビーチにいてもね」


フラジャイルはクリプトビオシスを噛み砕いて、呑みくだした。心なしか、顔色がよくないように見えた。

「続けて飛ぶのはきつい。物理空間の距離は関係ない。ジャンプするたびにエネルギーを消耗する。だからこれを食べて、増血しないとダメなの」

フラジャイルの能力は、彼女の血か、血中成分を消費するのだろう。アメリにはそんな様子はみられなかったから、違うタイプの能力なのかもしれない。どうして、という疑問はあまり意味がないだろう。どうしてアメリはビーチで生まれたのか、どうして自分は帰還者なのか。どうして自分の血液はBTに有効なのか。数えきれないどうしてが、複雑に積みあがって、いまのこの世界は成り立っている。

〝どうして〟を解きほぐす以前に、生存することが優先される世界だ。飛んできたボールを打ち返すのでも、受け止めるのでもない。徹底して避けることで、いまの人類は生き延びてきた。その結果が、高い壁で囲まれた都市だった。

「あなた、エッジ・ノットシティまで行くんでしょう？　あそこはテロリストの巣窟《そうくつ》。ヒッグスとの衝突は避けられない」

「おれは、運び屋だ。バケモノやテロリスト退治の専門家じゃないんだ」

「ねえ、わたしと組まない？　この力をあなたに貸す。生きる目的は違っても、つながることはできるはず。そう思わない？」

そう簡単に肯定することはできない。かといって、否定もできなかった。

「わたしは、あなたを飛ばすこともできる。わたしのビーチを使えば。ただし、飛ばせるのはカイラル濃度の高いところ。つまり、カイラル通信の稼働エリアに限られる」

「その見返りは」

傘をたたんで、フラジャイルはサムのすぐ横に腰かけた。ほとんど肩が触れあいそうな距離。反射的に身体を逸らせようとするサムに顔を寄せる。逃げないで。そう無言で伝えてきた。

「考えておいて」

差しだされたミサンガを、受け取らないわけにはいかなかった。

「きっとあなたの役にたつわ。必要になったら、わたしを呼んで。これが、わたしとあなたをつないでくれる」

フラジャイルは立ちあがって、壁ぎわに進み、傘を立てかけた。

「また会いましょう」

声の残響と微笑みだけを残して、彼女は消えた。

★

アップフロアで起動した端末が、マップを表示している。その向こう側から、コンベアやソーターの稼働する重い音が聞こえ、大小の荷物ケースがサムのもとに運ばれてきた。

思ったより大量だ。これを一度に運ぶのは、かなりの労力が必要になる。ここから三箇所のシェルターを巡るのだから、当然なのだが。マップには、そのシェルターが輝点で表示されていた。このレイク・ノットシティから南西の方向に、点在している。

それぞれのシェルターに、エンジニア、クラフトマン、エルダーという呼称が表示されていた。本名ではなく、記号にすぎない。少し前までは、サムもプレッパーズへ配送をしていたから、馴染みがあった。なぜこんなふうになったのか、もっともらしい説があった。

デス・ストランディングが発生後、年月が経過し、人工物は時雨で溶け、地形も変わり、大陸が原野に戻っていくに従って、プレッパーズにとって住所《アドレス》は無意味になった。地理的に離れた人々の交流が完全に途絶えたわけではなかったが、対面のコミュニケーションはほとんどなくなった。それに馴染むうちに、本名よりも住人の特徴を表す記号的な呼称が定着した、というものだった。旧世代のネット文化の復活だ、という意見も聞いたことがあるが、サムにはその時代の感覚はわからなかった。

荷物の大きさと重さを考慮して、バランスをとりながらバックパックに積んで背負う。肩紐がくいこみ、腰に全重量がかかる。爪が剝がれたままの足先に、刺すような痛みが走る。この痛みと荷物の重さが、サムが記号ではないことを教える。しかし、それは誰かには伝わらない。人はサムを待っているのではなく、荷物を待っているのだ。その人にとって、サムは配達人という記号だ。しかし、それでいい。それはむしろサムが望むことでもあった。

レイク・ノットシティの配送センターを出て少し歩くと、そこかしこに破壊の痕跡が目についた。放置されたEV車やバイクからはエンジンが抜き取られ、輸送用トラックは、焼け焦げた腹をみせてひっくりかえっていた。大きな裂け目がいくつも走っている舗装道路は、ところどころで寸断されながら南の丘陵へのびている。道の傍には、旧世界のガス・ステーションの残骸が建っていた。貝殻が描かれた看板は、赤茶けた錆びに覆われている。この地域は本来、乾燥地帯で時雨の影響がなかった。だから、デス・ストランディング初期の破壊と、数か月前に起きた破壊の跡が共存している。バイクやトラックを破壊したのは分離過激派たちだが、旧世界の破壊をおこなったデス・ストランディングの正体は、いまだにわからない。

プレッパーズたちが多く居住しているのも、時雨が降らなかったからだ。BTが出現することもなく、物資の配送さえ保障されていれば、生存はそれほど困難なことではなかった。ところが、頻発するテロ行為のせいで、安息はできなくなった。破壊活動のせいで死者が増え、死者はBTとなり、時雨を降らせるようになった。分離過激派の行為は、この一帯の生存環境を一変させてしまったのだ。いまはまだ旧世界の名残のあるこの舗装道路やガス・ステーションも、いずれは時雨に打たれて朽ち果ててしまうかもしれないのだ。

道をたどって丘陵の頂に到着すると視界が開け、四方が見渡せるようになった。

北東の方向に、巨大な廃墟が見える。運びこまれた核爆弾で壊されたミドル・ノットシティだ。その上空には、黒ずんだ雲の塊が浮かんでいる。

〈やあサム〉

手錠端末の無線機が起動した。音声のみの通信をつないだのは、ハートマンだった。彼のいるところまでは通常回線しかつながっていないせいもあって、雑音だらけだ。

〈ミドル・ノットシティは核爆弾によって一瞬で破壊された。そこから見えるんだろう？ああ、きみの位置情報は本部で把握している。そこはまだ、カイラル通信の稼働エリアだからな。本部経由で教えてもらった〉

サムの返事も待たずにハートマンはしゃべりはじめた。

〈核爆発で、ほとんどの人の肉体は焼かれた。だから彼らの魂《カー》は、ビーチを彷徨《さまよ》うこともなく、あの世に行った。しかし、不謹慎な言いかただが、死にきれなかった人たちもいた。彼らの肉体は壊れたが焼却されず、BTになってしまった。

都市の上の黒雲は、BTとなった市民の表象なんだ。廃墟では高濃度のカイラリウムが測定できるだろうし、時雨も断続的に降っているはずだ。やがて廃墟は消えて、そこは原野になる。人が近づかない限り、BTも出現しない。ヴォイド・アウトも起こらない――〉

ひどい雑音がして、サムは耳を塞いだ。

〈サム、聞こえているかな?〉

その声さえも途切れている。もう、ハートマンの音声はほとんど聞き取れない。

〈――してください。五、四、三〉

かわりに機械音声がする。ハートマンの慌てる声がそれを遮る。

〈ああ、サム。すまない〉

その一言を最後に、機械の発するビープ音がして、無線は一方的に切れてしまった。

端末を操作して、ハートマンとの回線を回復しようと試みたが、どうにもならなかった。

ミドル・ノットシティには、なにがあっても近づかないでおこう。廃墟と黒雲をもう一度見て、サムはうなずいた。


丘陵をくだっていくうちに、舗装道路は砂に覆われて見えなくなってしまった。それにともなって、旧い世界も消えてゆく。人類が存在した痕跡は消えてゆく。進むたびに、砂地がごつごつとした岩石地帯に変わっていく。少しずつ人類の世界から遠ざかってゆくような錯覚に陥る。

鯨の脳髄のような物体が転がっている。

それは、大地の珊瑚と呼ばれているものだった。フラジャイルが好むクリプトビオシスと同様に、デス・ストランディング以前には存在しなかった。時雨もそれを降らせるカイラル雲も、ビーチも同じだ。それらは新しい環境であり、それに適応できない生命を淘汰《とうた》する機能を果たしている。その結果、誕生したのがサムのような能力者である。そんな説を何度も聞かされた。ブリッジズの主要メンバーは能力者であることが求められ、アメリカ再建と同時に、人類の先導を託される。

以前は、その使命を素朴に信じたこともあった。だがいまでは、その純朴さも懐かしい。人類はそろそろ潮時なのだ。能力者は、消えていく人類が最後に咲かせる徒花《あだばな》だ。

いつしかサムは、そんな諦念に囚われていた。接触恐怖症を克服しようとした時期も、ブリッジズの一員としてアメリカを再建しようと命を捧げた時期もあった。だが、もはやそんな若い情熱は消えている。諦念を背負って、ただひたすら誰かと誰かの間を歩く。それをいつまでも繰り返す。この地に人類がいなくなるまで、歩きつづける。そうしているうちに身体がすり減って、最後の人間に最後の荷物を届け終えたら、おれは死ねるのだろう。

だからこれは、死ぬための一歩なのだ。

ようやくプレッパーズのシェルターが近づいてきた。

//アメリカ合衆国中部

★

目の前で炎が揺れている。

灰皿の上で、パスポートと社会保障番号の記されたカードとクレジットカードが燃えている。火をつけられた小さな生き物がもがいているようだった。顔を近づけて煙草《たばこ》に火をつける。二年ぶりの喫煙だ。はじめて紫煙を吸った十四歳のときのように、くらくらする。健康のことを気に病むのはやめよう。それに、新しい煙草はもう手に入らないかもしれないのだ。

炎が消えて灰だけが残った。残骸に、煙草の灰を落とす。煙を逃がすために窓を開けても、外から何かが焼ける臭いが入ってくる。

南の夜空が赤く染まっている。遠くで街が燃えているのだ。もう何日つづいているのだろう。天にのぼる、どす黒い竜巻のような煙がここからも見えた。アメリカを終わらせる炎だった。

あの炎を越え、国境を越えたところに老いた父と母がいる。

こんなことが起こる前から、家族がふたたび集まることはないとわかっていた。

アメリカは、彼が故郷に帰る道をとっくに閉ざしてしまっていたからだ。アメリカに望みを託し、国境を越えてこの国にやってきた両親は、国籍を与えられず、彼を生んだ。アメリカ人の子供と、アメリカ人ではない親は引き裂かれた。

あの炎はいつ消えるのだろう。彼の疑問は、やがて解消された。

空が割れて、洪水のような大雨が降ってきた。それは街を焼く業火《ごうか》を瞬《また》く間に消し、街の残骸を急速に朽ち果てさせた。時雨が降ってきたのだ。

のちにデス・ストランディングと呼ばれるようになった大異変のはじまりだった。


曇り空を見あげて煙草に火をつける。

パスポートやクレジットカードを燃やしたあの夜から、もう何年も青空を見ていない。煙草はもう吸えないかと思ったが、青空が見えなくなるとは想像すらできなかった。両親よりも長く生きているとは思ってもみなかったし、あの大異変を生き延びられるとも考えていなかった。

シェルターの地下室に備え付けられたモニターが、配達人の来訪を告げた。煙草をくわえたままで返事をして、エントランスのロックを解除する。階段をおりてくる足音とともに、髭面《ひげづら》の男が入ってきた。馴染みの、フラジャイル・エクスプレスを率いる配達人だ。彼の唯一の話し相手、もしかしたら最後の友だち。

男は顔をしかめ、大仰に腕を振って煙草の煙を追い出そうとする。いつもの儀式だった。床におろしたバックパックから、中型のケースを両手で抱えてテーブルに置く。

「もう煙草はやめたほうがいい。あんたはもう、このあたりじゃ最年長の年寄《エルダー》なんだ」

それを聞き流して、エルダーはケースの中をあらためる。煙草が数箱に、ストレス緩和のスマートドラッグ、レトルトパックの保存食。いつもの倍近い量だった。

「あんたのところに来るのがしんどくなった」

配達人の男は、差しだされた煙草に火をつけて笑う。

「こんな崖《がけ》の上に、よくもシェルターなんかつくったもんだ。みんな嫌がって、ここには来たがらない」

「だからリーダーのきみが来てくれる」

「近場に住んでたとしても、ひねくれ者の所には来ないよ」

エルダーは右脚を引きずりながら貯蔵庫に向かい、アクア・ヴィターエの瓶とグラスをもってくる。

「それで、何かニュースはないのか？」

「あるよ、ふたつもだ」

配達人がグラスを掲げて、一息で飲みほした。空のグラスに注いでやりながら、エルダーも口をつける。ジャガイモでつくったスピリットの薫りがひろがる。

「ブリジット・ストランドは、本気でアメリカを再建するつもりらしい」

舌に残った酒が途端に苦くなった。大異変から十年以上過ぎても、まだあきらめていないのか。アメリカ最後の大統領だと、いまでも名乗りつづけている誇大妄想の指導者。

「ブリッジズという組織を編成したらしい。アメリカ再建を実現するための組織だそうだ。

もともとは、デス・ストランディング直後の混乱を収束させるための大統領直轄の実働隊が、ブリッジズと呼ばれていた。噂だが、当時は暗殺や破壊工作も厭《いと》わない組織だったらしい。しばらくすると災厄を乗り越えるための対策や研究に軸足を移した。いまのところ、その成果がでているとは聞いていないが。最近になって、能力者と呼ばれる特別な能力をもった人間の研究をはじめているようだ。ビーチや死への感覚が常人離れしていて、BTを感知できるような能力者の研究を」

「われわれは、壁をつくりすぎた。だが橋はまだ足りない」

「なんだそれは？　あんたの名言か？」

配達人は自分のグラスいっぱいに酒を注いだ。

「誰かの言葉だよ。昔のアメリカはほんとうに壁をつくろうとしていた。わたしのような移民が入ってこれないように。おかげで家族と生き別れだ。前にも話しただろう？　アメリカなんかろくなもんじゃない」

「だからブリジットは橋をつくるブリッジズを組織した、と」

「言葉遊びだ。ずいぶん高級だが。橋を架けたって、誰もが渡れるようにしてくれなければ意味がない。それに橋はもうある、あんたたちが架けてくれたじゃないか」

エルダーは配達人の胸にあるマークを指さした。フラジャイル・エクスプレス。小さな箱を骸骨《がいこつ》の両手が包んでいる。

「これは、こわれやすい橋だ。おれたちが倒れたら、橋もこわれてしまう」

「でもきみたちは、あのときからずっと、わたしたちを助けてくれた。移民だろうが、旅行者だろうが、貧乏人だろうが、立ち往生している連中をわけへだてなく。戦争ばかりしていた軍も、取締りばかりしていた警察も、指揮系統がボロボロになって役に立たなかったじゃないか」

「アメリカっていうのは、ただの国じゃないと思うんだ。だから国に銃を向けることも許される。かわりに、依存するだけじゃなく、自分で生きる権利が保証される」

「合衆国憲法修正第二条だな。そいつのおかげで、大勢の市民が、市民の手で殺された」

配達人は、腰にぶらさげた梱包《こんぽう》用のロープを手にして、自分の右手首に巻きつけた。さらに魔法のような速さで、エルダーの左手首とつなぐ。

「おれとあんたはつながった」

エルダーの腕が引き寄せられる。

「あんたのその脚がもっと悪くなって歩けなくなっても、すぐに気づいて助けてやれる。あんたが誰かに襲われても守ってやれる。だが、あんたはおれと一緒に歩かなければならなくなる」

「人間は生まれながらにして自由である。しかし、いたるところで鎖につながれている。自分こそが主人だと思っている人も、実は奴隷であることに変わりはない」

首をすくめて、配達人はロープをほどいた。

「それも誰かの名言か？」

「ルソーって知っているか？」

エルダーは残り少なくなった酒を注いでやる。

「プレッパーズにそんなやつはいないな」

笑ってグラスに口をつけた。

「もうひとつ、いいか？」

答えるかわりにエルダーは、新しい煙草に火をつける。

「しばらくあんたのところには来られない。実は、父親になるんだ」

照れているのか、また酒を口に運ぶ。

「その、いろいろ事情があって、おれが育てなくちゃならない。だから、すまない」

「おめでとう、気にしないでくれ。これだけあれば、当分生きていける」

空になったふたつのグラスに最後のアクア・ヴィターエを注ぎ、乾杯をした。

「ありがとう、女の子なんだ。名前は、フラジャイルにした」

★

／／レイク・ノットシティ近郊／エルダーのシェルター

センサーが右手首のミサンガの生体情報を読み取って、サムの侵入を許可してくれた。エントランスはすでに開いている。設計思想はブリッジズの施設と同じだ。配達人をはじめとする外部の人間が入れるのは、荷物の授受をするこのエントランスだけで、住居部分は地下に隠れていて、そう簡単には侵入できない構造になっている。住人も地上にあがってくることは滅多にない。

開口部に据えられたセンサーもクリアすると、配送端末がせりあがってきた。

しばらくすると、端末が起動して住人のホログラムが投影された。老人《エルダー》という俗称のとおりの男が、サムの眼前に現れた。脚の具合が悪いのだろうか、右半身を傾けて立っている。

「ああ、きみがフラジャイルの代理人なのか。ブリッジズの配達人、サム・ブリッジズだろう？」

その表情も声も、ひどくくたびれていた。それよりも、フラジャイルの代理人が来るという情報がすでに届いていることに、驚いた。孤立なんかしてないじゃないか。

「悪いが、荷物だけ置いて帰ってくれ。きみに恨みなんかない。むしろこんな崖の家まで来てくれたことには感謝している。きみがただの配達人なら、それに越したことはないんだが」

バックパックを床におろして、エルダー宛《あて》の荷物が入ったカーゴを取りだす。彼のための常備薬が入っているのだ。数か月間、配送が止まっていて、そろそろストックが尽きるらしい。彼にとっては死活問題だ。

「きみはＱｐｉｄをもってきている。アメリカを再建するためにな。わかっている、このシェルターをカイラル通信の拠点にするんだろう。きみがもってきた常備薬は、そのための取引材料だ。わたしが接続を拒否するようなら、きみはそいつを持ち帰ると脅せばいい」

それはできない。そんなことをしたら、自分がブリッジズの尖兵《せんぺい》に成りさがったことを認めることになる。おれはあくまでも、配達人なのだ。だからサムは、無言で荷物を棚に納めた。

「いいのか、わたしは接続をしないぞ。きみたちのUCAにも加盟しない」

意外そうにそうたずねるエルダーの声を聞き流して、サムは無言でバックパックを背負う。アメリカを望まない人に強制できるはずがない。荷物だけ置いて、カイラル通信の接続を依頼することもなく、サムはシェルターをあとにする。おそらく長官たちは、本部でこのやりとりを把握しているだろう。配達人としては申し分ないが、ブリッジズの隊員としては失格だ。しかし、彼らは解放してはくれないだろう。それにサム自身、カイラル通信によって大陸をつなぐ必要に縛られてしまっていた。アメリを救うというただそれだけの目的のために。

しかし、いまの自分に、あの老人を説得してUCAという大きな鎖で縛る資格はないような気がしてならなかった。

★

／／レイク・ノットシティ近郊／エンジニアのシェルター

エルダーのシェルターを後にしたサムは、崖をくだって、もうひとつのシェルターに向かうことにした。エンジニアという俗称で呼ばれているプレッパーズだ。

ブリーフィングで得た情報によれば、親の世代からシェルターで生活している第二世代だという。つまり彼は、生まれてからこのかた、シェルターを中心としたごく狭い圏域で生きてきたことになる。エントランスに入り、端末が起動するのを待った。納品をすませると、ホログラムが生成した青年の像が浮かびあがった。

「あなたは、フラジャイルじゃないみたいだが」

落ち着いてひかえめな声。だがその底には拭《ぬぐ》いがたい不信の響きがあった。表情もこわばって見える。当然だ。ブリッジズのスーツを着てフラジャイル・エクスプレスのＩＤをもった配達人が来たのだ。

「ああそうか、きみがフラジャイルの代理人なのか」

サムが説明をする前に納得してくれたようだ。こちらにとってはありがたいが、テロ行為や破壊活動が頻発しているという情勢では、いかにも管理意識が甘いのではないのか。

「きみのことは疑ってないよ。フラジャイルのことも。きみが来ることは聞いていたからね。フラジャイルたちがきみのことを事前に知らせてくれた。ブリッジズの配達人が、開発中の装置を運んでくれると。そいつを使わせてもらえるなら、ブリッジズの要求にも応じるって答えた。取引成立だ。そうだろう？」

ホログラムのエンジニアが、サムが運んだケースを開けている。厳重な梱包を解いていていくうちに、その顔に喜びがあふれてきた。

「そうだ、きみにはまだやることがあるはずだ」

声のトーンが高くなっている。同時に端末が低い起動音をたてた。

「Ｑｐｉｄだろう？　きみはそれでカイラル通信を稼働状態にするんだ。それがきみの目的だろう？」

拍子抜けするくらい簡単にＵＣＡ加盟を受け入れてくれる。

「信じられない、って顔だね。エルダーは加盟をしなかったって聞いたよ。あの人は筋金入りのプレッパーだから。でも、ぼくのような第二世代には、あんまりこだわりはない。アメリカのことなんか知らないからね。きみもそうだろう？」

ホログラムが消えて、音声だけしか聞こえなくなったのは、彼がスキャナーの有効範囲から外れたせいだろう。

「カイラル通信の構想を聞いて、ものすごく興奮したよ。大容量無時間通信。そいつはただの通信インフラじゃない。ビーチを経路として使うんだろう？　そのおかげで、過去のあらゆるデータとつながることもできる。カイラル・プリンター、カイラル・コンピュータ。ぼくにも理解なんかできないけど、すごいよ。ある任意の過去にある情報の断片から、その履歴を結びつけて全体を再生することも研究されているって聞いた。それが、きみが届けてくれた試作品のユニットだ。エボデボ・ユニット。これの実証実験をさせてくれるっていうから、ぼくはＱｐｉｄの接続も大歓迎なんだ。さあ、お願いだよ、サム」

一気にそうまくしたてると、上気した顔で戻ってきた。おそらくエボデボ・ユニットとやらをプリンターに組み込んだのだろう。シェルターの小さな空間しか知らないエンジニアにとって、カイラル通信がもたらしてくれる広大な時空は、無限の好奇心を満たしてくれるに違いない。大陸の原野や、ビーチや結び目のような、理不尽な領域を体感しているサムには、その好奇心は危険なものにも思えたが、それは口にはできなかった。そして何よりも、ブリッジズが提供したモノとの交換でUCAに加盟するという行為が意外でもある。彼は確固たるポリシーのもと、孤立しているわけではないのだ。

首元からQpidの束を抜きだして、端末の受容器にかざす。

「ありがとうサム！　これでここもアメリカの一部になったんだ。そしてきっと、アメリカは世界へつながる橋頭《ブリッジ・ヘッド》堡になるはずだ。過去にもつながるし、もっと広い世界にもつながる」

それはアメリカの明るい面だった。かつてのサムも見ていた向日性の未来でもあった。

「聞いてもいいかな？　フラジャイル・エクスプレスのことだよ。彼女たちはテロリストと手を組んだっていう噂がある。ミドル・ノットシティの核爆弾テロも、サウス・ノットのテロ未遂事件も、フラジャイルが指揮をしてたっていう。荷物のタグやIDを操作して、荷物に爆弾を紛れこませた。そしてそれを自分で運びこんだ。でもね、それはデマだ。ぼくは少なくともそう信じている。あんたたちブリッジズと手を組んで、アメリカ再建にも協力しようっていうんだ。そんな組織がテロなんかをするわけがない」

おそらくエンジニアの考えが正しいのだろう。フラジャイル本人に聞いた話や長官の話からも、フラジャイルたちがテロ活動に手を染めているとは考えにくかった。だが、潔白だとも思えない。次に訪れたクラフトマンのシェルターで、その直感を裏づけるような、新たな噂を耳にすることになった。

★

／／レイク・ノットシティ近郊／クラフトマンのシェルター

「フラジャイルが潔白だなんて、誰も思ってない」

非殺傷の武器製造業者を名乗る男、通称クラフトマンは、サムにそう語った。

「フラジャイル・エクスプレスはやりすぎたんだ。フラジャイルの能力を利用されたって噂もある。それにあんた聞いてないか？　ブリッジズなら調査済みだろう？　サウス・ノットシティに爆弾を運んだ張本人はボスのフラジャイルだ。配送センターのカメラが、爆弾をもちこんだ彼女の姿を捉《とら》えていた。あの顔は、テロリストの代名詞だとも言われているんだ。あの事件のあと、フラジャイルはこのエリアで見かけないという話も聞いた。つまり、あいつは逃げているんだ。そうじゃないのか？

そもそも、こんな世界で、人を殺せる武器があるのが間違ってるんだ。

たしかにミュールやテロリストは危険だし、厄介だ。だからと言って、あいつらに対抗して殺傷系の武器を持つ必要はない。あいつらの動きを阻止できる程度の武器、いや道具があればいいんじゃないか？　とにかく武器をこの世界からなくすことが必要なんだ。事故や病死はしょうがない。人は必ず死ぬからな。だけど暴力で突発的に死ぬことはなくさなきゃいけない。そのためにおれは、人を殺さない自衛のための道具をつくってるんだ」

そう自説をまくしたてたあと、クラフトマンはUCAの加盟こそ拒んだものの、カイラル通信の拠点としてシェルターを使わせることには同意してくれた。

孤立主義者を称しているが、そもそも非殺傷系の武器を開発している人間である。自分が完全に世界から独立し、乖離《かいり》して生きているわけではないことを、彼は知っている。だからこそ、フラジャイルの疑惑のことにも関心があるのだろう。

クラフトマンのシェルターをあとにしてしばらくすると、手錠端末が小さな電子音を立てて、メッセージの着信を知らせた。レイク・ノットシティの配送センターからの連絡だった。それはエルダーからサムを指名する配送の依頼なのだった。

★

//レイク・ノットシティ近郊/エルダーのシェルター

ふたたび崖を登ってエルダーのシェルターを訪れた。サムの訪問を待ちかねていたかのように、端末がせりあがってくるのと同時に、彼のホログラムが出現した。

「サム・ブリッジズ、ありがとう」

空っぽのバックパックを背負った棒立ちのサムを見て、エルダーが破顔する。笑い声が若いのが意外だった。

彼のシェルターから、あるものをピックアップして指定の場所へ搬送してほしい。期日は未定。しかるべき時が来たらすみやかに実行してほしい。それが彼の依頼だった。しかも特別な条件がついていた。荷物を回収する前に、シェルターをカイラル通信の拠点としてアクティベートすること。この実行についての期日は問わない。サムを指名した限定の依頼だった。

プレッパーズを訪ねるためにレイク・ノットシティを出発して、すでに一週間以上が過ぎていた。共用のセーフハウスを発見して過ごした一晩を除いて、あとはすべて野宿だった。ヒッグスが呼んだBTとの交戦の傷も完治していないばかりか、はがれた足指の爪もそのままだった。座礁地帯が近くにはなく、ミュールとも遭遇しなかったのは幸運だった――もっとも、クラフトマンのところに納品した時点で荷物がなかったおかげで、襲われる可能性は低かったのだが。

この依頼を実行できれば、少しは身体を癒すことができるはずだ。

「夢を見たんだよ。一度だけじゃない。何度も何度も。毎晩だ。昔聞いたことがある。きみたちのような能力者は、絶滅の夢を見ると。もちろんきみたちの絶滅夢とは違う。わたしが絶滅する夢だ」

険しい顔をしてしまったのかもしれない。エルダーがいなすような仕草をした。

「わたしはもうじゅうぶんに生きた。アメリカ合衆国が健在だった時代も、それが跡形もなく崩壊してしまった厳しい時代も。この世とお別れの時期がきたんだ。いや、早まらないでくれ、この命はまっとうするよ。でもきっと長くない。そうなったとき、わたしは何を残せるだろうか。そう考えた。なあサム、お願いだ。昔話につきあってくれないか。そうしたらここにカイラル通信をつないでくれ」

そしてエルダーは語りはじめた。

それは、ブリッジズの第一次遠征隊がこの地にやって来た頃の話だった。

★

／／レイク・ノットシティ近郊／エルダーのシェルター

「ちょっと待ってくれ」

エルダーは、男に声をかけた。シェルターから出ようとしたフラジャイル・エクスプレスの制服を着た痩《や》せた男が、足を止める。ユニフォームの背中に描かれている、骸骨の手が荷物を包んでいるロゴマークが、薄くなっている。あの髭面のリーダーが死んでから、フラジャイル・エクスプレスは、ずいぶんと変わってしまった。

「その、話を聞かせてくれないだろうか」

数日前、北の方で大規模な破壊行為があったと聞いた。ミドル・ノットシティで核爆発が起こり、都市がまるごと消えてしまった。

プレッパーズたちの通信網に流れてきた情報で知ったのだ。ブリッジズの遠征隊が来て、レイク・ノットシティ周辺のインフラを整えてくれた。そのおかげで、以前に比べて、外部の情報を知る機会が増えた。フラジャイル・エクスプレスへの配送依頼も精度があがった。しかしエルダーは、これまでにない不安を感じるようになっていた。情報は増えたが、ことの断片しかわからない。デマや噂、信憑性《しんぴょうせい》のない情報も増えた。

「サウス・ノットシティのテロは、本当なのか？」

ためらいがちに問いかけた。フラジャイル・エクスプレスの男は、背中を向けたまま凍りついたように動かない。それが事実を雄弁に語っていた。少なくともエルダーにはそう思えた。

「核爆弾だったのか？　あんたのボスが運んだというのも本当か」

男が振り返る。

「それは全部間違いだ。おれたちと、おれたちのボスはだまされ、利用されたんだ」

「だが運んだことは事実じゃないのか？」

「誰が仕組んだのか、わからない。分離過激派がやったことは間違いない。巧妙なやりかたで荷物に紛れていたんだ」

エルダーはモニターに映った男の表情を仔細に読み取ろうとした。嘘をついているようには見えない。ほとんど怒りしか感じられない。だが、その怒りをどこにぶつけたらいいかわからない。そんな表情だった。エルダーは深く息を吐いて、コンソールをながめる。この装置も、ブリッジズによって持ちこまれたものだった。

それをわたしは受け入れたのだ。

ブリッジズの連中が、この地に大勢でやって来て以来、分離主義者たちとの小競り合いが起きるようになっていた。最初はブリッジズのキャラバンから物資が盗まれた程度だったが、やがて配送部隊が襲われるようになった。ミュールによる行為だと思われていたが、都市近郊の施設が爆破されたことがきっかけで、一連の行動は分離主義者によるテロ行為だとされた。

このまま傍観していれば、人々や都市の紐帯《ちゅうたい》はさらに途切れ、自滅へと至るだろう。だから早急につながる必要がある。ブリッジズの大部隊――遠征隊はそう声明を出してUCAへの協力を訴えた。

最初に加盟を表明したのは、グラウンド・ゼロに接している都市ボンネビルだった。馴染んだ名前を捨てて、ポート・ノットシティという記号を受け入れた。ブリッジズはインフラ建設を行い、滞りがちだった物資の再配分を行った。ブリッジ・ベイビーという装備でBTを回避する配送部隊がそれを担《にな》う。さらに遠くない将来に、カイラル通信による通信網と配送網を構築することを約束した。

それは、国家がここに再登場することを意味した。大異変の前、若い頃のエルダーにとって決して優しくなかったアメリカがまた現れる。

だがわたしは、そのアメリカの欠片《かけら》を受け入れてしまった。忸怩《じくじ》たる思いは、いまも消えない。

ブリッジズがこの地で再建に血道をあげるほど、破壊行為も熱を帯びた。都市や近郊の施設だけでなく、プレッパーズのシェルターも破壊の対象になったのだ。

ブリッジズは、プレッパーズの保護という名目で、各シェルターにもカイラル通信のための基礎システムを導入、来るべき再建の日にUCAへ加盟することを促した。フラジャイル・エクスプレスによる配送も滞りがちになり、もともと貧弱だった情報流通も途絶え、不安にかられたエルダーも、システムの受け入れに同意した。

一度根をおろした不安を完全に消すことはできなかった。

「ブリッジズが来てから、ここは物騒になった」

エルダーは、コンソールに刻まれたブリッジズのマークから目をそらした。フラジャイル・エクスプレスの配達人もうなずき返す。

「あんたのいうとおりだ。だが、この状況は過渡的なものだと、連中は言っている。カイラル通信とかいうものがつながれば、分離過激派の行動も阻止できるってな。そいつがあれば、ミドル・ノットシティみたいな悲劇も事前に防げる。通信網による壁ができるんだ」

壁か——昔、アメリカは壁をつくろうとした。移民だったエルダーは、そのせいで故郷に帰れなくなった。だからプレッパーズとして生きることを選んだのだ。

「それにおれには理屈はよくわからないが、カイラル通信は、遠隔地の物体の情報をスキャンして、3Dプリンターで出力できるらしい。そうなれば、ミュールやらBTやらに怯《おび》えて配送する必要もなくなる。まあ、そのときはおれたちの役目もなくなるがな」

たしかにいまは、過渡期なのかもしれない。カイラル通信の構想が本物ならば、これまでにない国家が生まれることになるだろう。そうなるまでには時間がかかる。それまでに決めればいいのだ。ふたたび国家に帰属するかどうかを。

「じゃあ、またな。今日納めた物資があれば、当分のあいだ、生きていけるだろう？　こんな崖の家に何度も来るのはつらいからな。次に来るときまで、お互い長生きしよう」

それがフラジャイル・エクスプレスの配達人に会った最後になった。その数か月後、彼は、サウス・ノットシティ近郊で起きた爆弾テロに巻きこまれて死んでしまったのだ。


話し終えたエルダーは大きく息を吐いて、煙草に火をつけた。

煙のせいなのか、ホログラムのエルダーが陽炎《かげろう》のように頼りなくかすんで見える。座礁地帯を浮遊するBTのようだった。ポッドのBBがぐずったような気がして胸元を見たが、目を閉じて眠っている。

「わたしを助けてくれたのは、フラジャイル・エクスプレスだった。あの大混乱の時代に、避難場所をつくり、食糧や薬や着るものを調達して、どこにも行けない人間たちを生かしてくれたのは、あのリーダーだった。そう、フラジャイルの親父さんだ。アメリカなんかじゃないよ。だがな――」

エルダーが急に咳《せ》きこんだ。しばらくむせたあと、また煙草をふかす。

「リーダーが急死した。そのあとをフラジャイルが継いだ。あの娘は、わたしのところにもしょっちゅう来てくれたよ。その頃には、この一帯もだいぶ落ちついてきた。わたしたちみたいなプレッパーズと、都市を建設した人たちとに生活圏は分離した。そのあいだをつないでくれたのも、フラジャイルたちだったんだ。でも彼女は変わってしまった。父親が死んで、組織と使命と理念を全部背負わされた。父親が見ていたアメリカの亡霊にとり憑《つ》かれたんだ。プレッシャーだったと言うのは簡単だ。

あの娘はそれをひとりで背負いきれなかった。だからあの男に、ヒッグスに転んだ。そうしたら、どうだ。わたしのところにも来てくれなくなった。

ヒッグスは、アメリカにかわる共生圏をこの地につくるといって、西からやってきた。この時代の問題は、エネルギーや食糧の資源の枯渇ではない。それが適正に配分されないことだ。すべて配送の問題だと主張した。西には豊富な資源がある。それをこの地に運び、よみがえらせると。

BTを避けることも可能だといった。技術はすでにある。さらに能力者も存在する。ブリッジズは、その能力者たちを集め、独占しようとしている。それが配分されていないことが問題だ。フラジャイルはそれを信じた。なぜなら、彼女自身がとんでもないレベルの能力者だったからだ。その力をすべての人間のために使えると信じた。

しかし彼女はその大いなる力を、自分ではなく、ヒッグスの制御にゆだねた。

最初はうまくいっていたよ。

フラジャイルの能力は、自分のビーチを無尽蔵のストレージとして使うことを可能にした。

フラジャイルとヒッグスは、荷物をビーチに大量に預け、必要な場所で必要なモノを取り出せばよかった。自分たちがこの世の物理空間を移動しなければならないという枷《かせ》はあったが、荷物を運ぶ手間はなくなった。まさに配送革命だった。

革命のあとには、新たな権力の恐怖政治《テロリズム》がはじまる。歴史の必然だ。ヒッグスが変節した。共生圏の建設ではなく、破壊に転じたんだ。

あの顔を黄金のマスクで隠すようになったのも、その頃からだ。

権力にふさわしい衣裳《いしょう》がほしくなった。

なぜやつが真逆の思想に走ったのか、それはわからない。配分は独占に転じ、わたしたちには何も知らされなくなった。

そしてフラジャイルの能力はミドル・ノットシティの核テロに使われた。さらに、未遂に終わったとはいえ、サウス・ノットシティも破壊しようとした。彼女の意思がどうだったとしても、彼女はその能力によってテロに加担したんだ」

復讐心。またその言葉がサムの胸によみがえった。

フラジャイルの復讐心とは、ヒッグスだけに向けられたものではないのかもしれない。

自分自身の過ち、自分自身の能力もその対象だったのではないのか。この世界に能力をもって生まれてきてしまったことを、罰しようとしているのではないか。それはサム自身に通底する感情だった。

だからこそサムは、フラジャイルの潔白を言い立てたり、擁護したりすることはできなかった。自分の意思から離れたところで、自分の能力が世界に作用している。それをどうやっても止められない絶望。

「しかし、サム。わたしも同罪なんだ。わたしも核テロの犯人だ。生半可に独立を気取り、わけ知り顔で国家を否定し、中途半端に国家に頼った。テロや破壊行為におびえて、ブリッジズのシステムを導入し、それによってフラジャイルたちの配送システムをレベルアップさせた。しかしそれが、都市やプレッパーズたちの物流を活性化させ、セキュリティに隙をつくったんだ。わたしたちの甘えが、都市を壊したんだ。つながりが壊れやすいから強化するんじゃない。壊れやすいからこそ、大切にしなければならない。あいつが、組織と娘にフラジャイルという名前をつけたのは、そのためだった。いまさらそんなことがわかっても、遅いのかもしれないが。

わたしは、わたしから家族を奪ったアメリカという国に、復讐したかったのかもしれない。だがそれは甘ったれた復讐ごっこだ。フラジャイルたちに依存し、アメリカが崩壊したという事実に依存した。国家に復讐し、国家を否定するということは、ひとりで生きてひとりで死ぬことだ。

それはできない。少なくともわたしには。死んだあとも、誰かの手を借りて、死体を焼いてもらわなければならない。死期が近づいて、それに気づいたんだ。

わたしはプレッパーなのではない。ただのパラサイトだ。

だからこれは、せめてもの罪ほろぼしだ。

ここをカイラル通信の拠点として使ってほしい。きみたちがつくる新しい〝アメリカ〟の礎《いしずえ》のひとつとして」

ふたたびエルダーが激しくせきこんだ。ホログラムも激しく波うって、見えない手に引きずられるように収束し、消えた。サムは、エルダーにかける声を永遠に失ってしまった。

頬の涙を拭って、サムはエルダーのシェルターをあとにした。老人のためではない、カイラル・アレルギーのせいだ。ここがカイラル通信の稼働エリアとなり、UCAの領土となったのならば、老人のバイタル・データは常時モニターされる。システムの一部になった以上、サービスが提供される。

その一方でUCAは、老人の死を管理できるようになる。ネクローシスの危険を事前に察知し、BTになってしまうことを回避できる。人間は死によって爆発する爆弾なのだ。それを管理して、この世を安定させる。それも大きな目的のひとつのはずだ。

つまりおれは、死の管理人たちに雇われた尖兵なのだ。

一度だけ、シェルターを振り返った。

★

／／レイク・ノットシティ

レイク・ノットシティのプライベートルームでシャワーを浴びても、両肩と背中に染《し》みついた疲労は流れなかった。ここに帰還する数日間で身体にこびりついた老廃物は、シャワーブースの回収装置が余すことなく収集して、対BT兵器の資源に加工されるはずだ。ハートマンやママー、ダイハードマンたちは、さぞ喜んでいるだろう。サムが汚れるほど、武器が増えていくのだ。

ベッドに横たわってみても、眠れる気がしなかった。背中はこわばり、両脚は他人のもののように感覚がなかった。それでも目を閉じて、ドリームキャッチャーを握る。いつもの入眠儀式だ。その手の甲に水滴が落ちた。

目を開き、息を呑《の》んだ。ひからびてしわだらけの老人の手がそこにあった。

むきだしの腕には筋肉もなく、みじめにたるんだ皮膚がまとわりついている。落としてしまったドリームキャッチャーを拾うためにベッドから腰をあげようとしても、両脚に力が入らない。頭から倒れこんだそこは、砂浜だった。鼻からも口からも砂が入ってくる。折れそうな腕に力をこめて半身を起こして、砂を吐き出した。ぶちまけられたのは、どす黒いタールのような血だった。その血だまりに、黄色く変色した何本もの歯が混じっている。

周囲を見渡そうとして顔をあげると、空が割れて豪雨が降ってきた。打ちつける雨のせいで顔に張りついた髪を払おうとすると、抜けた白髪が束になって指にからんだ。叫ぼうとして息を吸ったとたんに、喉《のど》が収縮して咳きこんでしまった。

雨で煙る波打ち際を歩く人の影が見えた。右脚を引きずっている。エルダーだ。

いや違う。エルダーがこちらを見た。その顔は、老人になったサムのものだった。


ベッドから転げ落ちそうになる。

支えるために縁をつかんだ腕に力がこもった。その感覚が、サムを現実に帰す。雨音に聞こえたのは、シャワーを使う音だった。煙ったブースのガラス越しに人影が見える。緊張のせいでさらに腕に力が入った。

細く華奢なシルエットが、波打ち際のエルダーを連想させる。

眠っているあいだに誰かが侵入したのだ。だがその意図は推測できない。それともまだ夢をみているのか。ドリームキャッチャーを握って、その感触をたしかめながらブースに近づいた。

女だ。

くもったガラスの向こうに、裸の背中が見えた。老人の背中だった。腕も肩も腰も、しわだらけだ。不思議なのは、その骨格が老人のそれには見えないことだった。腰も背中も曲がっておらず、美しい弓なりを描いている。

ブースの女が振り返る。フラジャイルだった。サムの視線に気づいて、両腕で胸を隠した。その腕にも深い皺《しわ》が刻まれている。

「おどろかせてごめんなさい」

見慣れた黒のスーツを着たフラジャイルが、悪びれたようすも見せず、サムの隣に腰掛けた。体温が感じられるほど近い。

「ここにジャンプして来たの。でも眠っていたから。そのあいだに汚れを落とそうと思って。いつもよりビーチのカイラル濃度が高いみたい」

さっき見たしわくちゃの身体と、匂《にお》いたつような生命力を発散させている彼女の顔が結びつかない。

「ひとつ聞きたいことがある。きみの噂を聞いた」

質問を予期していたように、

「フラジャイルはテロリストの仲間。信用するな。それとも、あいつも被害者だ。違う？ あいつこそが英雄だ、かしら？」

息がかかるほど近くにフラジャイルの顔がある。その顔を見て、はじめて彼女のことを怖いと思った。滑らかで皺のひとつもないその肌の下に、どろどろに煮えたぎる混沌《こんとん》があった。怒りと悲しみと後悔と、何か。サムには名前のつけられない感情。それが恐ろしくて、サムは言葉を見失ってしまう。

「わたしの噂は、どれも嘘で、全部ほんとうのこと」

フラジャイルがこぼれた涙を拭いている。ビーチをジャンプしてきたせいではない。その涙は、身体の反応ではなく、心の作用で流れているのだ。そのことだけは、サムにも確信できた。

「ねえサム、アメリカってなんだったと思う？」

何も答えられない。サムは首を横に振るだけだ。

「父の時代〝アメリカ合衆国〟は世界をつなげる特別な意味をもつ存在だったらしいの。ただの国ではない、自由と希望の象徴だったと。ものを運び、人と人をつなげていけば、あの時代がまたよみがえる。父はそう信じていた」

エルダーから聞いた話を、思いだす。橋をかけることはできる、だがそれは壊れやすい橋なのだと。

「父が死んで途方に暮れていたわたしに、ヒッグスが近づいてきた。一緒に組もうと言って。最初はうまくいっていた。あいつが掲げた理想が実現するかもしれない。わたしはそう信じていた。でもね。わたしたちは知らないうちに、支援物資のかわりに爆弾を、薬品のかわりに銃を運んでいたの。配送システムを利用されていた。ヒッグスは核爆弾を手に入れて、ミドル・ノットシティを全滅させた。

わたしが気づいていれば、防げたはずだった。だから、サウス・ノットシティの破壊だけは、なんとしても止めようとした。爆弾を外に運びだそうとしたの。でも、ヒッグスに阻《はば》まれた。わたしはあいつに捕らえられて、消えない罰をつけられた」

フラジャイルが手袋をはずした。反射的に、サムは自分の手のひらを見つめる。

「時雨が、わたしからいまを生きる時間を奪った」

老女の手で涙をぬぐい、フラジャイルはサムに向きなおった。

「そのためにあなたに近づいたの」

声をひそめて彼女は告げる。いくつもの疑問はわだかまったままだが、サムは、それを言葉にすることができないでいた。

「少しはわたしを信じてくれた？　いつでも待機している。必要なときは呼んで」

フラジャイルの身体が瞬時に溶解した。

ひとり残されたプライベートルームで、サムはもう眠ることができなかった。


レイク・ノットシティを出発する直前、ささいなトラブルが発生した。

配送センターのスロープをのぼりきったところで、センサーが警告を発したのだ。荷物が不足している。舌打ちをして振り返ると、端末の隣でコンテナを抱えたスタッフが頭をさげていた。

スロープをくだろうとするサムを手で制して、配送班の青い制服を着た男が荷物をもって駆けあがってくる。

「すみません。システムのエラーだそうです。登録されていたんですが、出荷されなかったようです」

　息を切らせた男は、バックパックを降ろそうとするサムを止める。

「荷物はすべて、サウス・ノットシティ宛だと聞いています。〝こわれもの〟のタグが付いていますが、わたしにまかせてください」

　慣れた手つきで背中の荷物にコンテナを追加してくれる。

「あなたほどではないが、わたしも配達人のはしくれだ。梱包くらいはまかせてください。サウス・ノットまでは、どんなに順調に移動できても、数週間はかかります。あなたがカイラル通信を稼働させてくれたエリアまでなら、わたしたちもサポートできます。途中のセーフハウスで休むこともできる。そのBBのメンテナンスも問題ないはずだ。なんならUCAの市民になったプレッパーズのシェルターで、カイラル・プリンターから出力した装備品を受け取ることもできるでしょう。

　問題は、その先です。座礁地帯もあるし、ミュールやテロリストもいる。あなたがこのレイク・ノットにもってきてくれた対BT兵器や支援物資のおかげで、以前よりもマシな状況になっているようですが、予断は許さない。ヒッグスは破壊にとり憑かれている。昔みたいな配達人《ポーター》じゃないんだ。でもサム、少しはいい話もあるんです。UCAに加盟したプレッパーズたちが、その利便性を喧伝《けんでん》してくれている。エンジニアやエルダーたちが。特にエルダーは、プレッパーズはシステムに依存しているだけのパラサイトだと言って加盟を促している。もともと彼らは、生き延びるためにシェルターにこもった人たちです。テロ行為がひどくなって、生活が脅かされるようになったいま、ひとつにまとまってこの危機を乗り越えるほうが理にかなっていると思うようになったのです。ヒッグスにとっては皮肉ですね。あいつらの行為がUCAの結束を強くしてるんですから。あなたはサウス・ノットに荷物を運びながら、プレッパーズやブリッジズの各拠点で、通信をアクティベートしてください。さすがに、それはあなたにしかできない」

そう言って、サムの背中の荷物を軽く叩く。

「気をつけて、サム・ポーター・ブリッジズ。サウス・ノットシティに、こわれものを届けて」

うなずいて、一歩を踏みだす。突然、強い風が吹いて足元がふらついた。

「だいじょうぶですか、サム！」

スロープの下から、さきほどのスタッフの声が響いた。サムは振り返って、問題ないというサインを送った。

「気をつけてサム！」

暗がりから声だけが聞こえた。

レイク・ノットシティを出発して十一日目。ようやく、セーフハウスが見えてきた。

ここまでは、カイラル通信の稼働エリアだったおかげで、大きなトラブルもなく到達できた。ミュールの活動や時雨の動向の予測が可能になり、それらを事前に回避できたからだ。

カイラル通信の恩恵を体験して、サムは自分が成し遂げたことの意味を実感した。なるほど、これは悪いものではない。だが、これが大陸を網羅したとしても、ＢＴがいなくなることはない。ミュールもテロリストも根絶できるわけではない。

——そう、だから橋を架けなければならないの。壁をつくって耐えるのではなく、恐ろしいものを跳び越える橋が必要なの。

セーフハウスに近づくと、サムを認識した端末が起動する。地下に設置された休息所に通じる入り口が開いた。このセーフハウスが、現状でのカイラル通信の限界地点だった。

大量の荷物をストレージに預け、プライベートルームに入る。

泥と汗で黒く変色した青のユニフォームと、底がすり減ったブーツを脱ぎ捨てる。クリーニングと同時に、付着した血液や老廃物が採取される。ようやく半分まで生えてきた右足の親指の爪《つめ》がまた剝がれていた。この調子では、アメリのところに到着するまでには、完治しないだろう。その痛みは、もはや旅の伴侶《はんりょ》のようなものだった。

以前、ポーターの仲間に聞いたことがあった。しょっちゅう剝がれてしまう爪を、うとましく思ったある配達人が、自らの足の爪を全部剝がした。そして二度と生えてこないように、すべての指に酸をかけたというのだ。

それはいまのサムには許されない。サムの肉体、サムから生まれる廃棄物はすべてＢＴを調伏する資源だからだ。

シャワーブースに入ったサムは、身体を打つこの熱湯が、あらゆるものを溶かしてしまう強烈な酸であることを望んだ。あるいは、自分のこの特殊な身体を、BTを鎮《しず》めるために、まるごと供犠《くぎ》として捧げてしまいたい。肉体《ハー》をなくした魂《カー》は、こんどこそ結び目を越えてビーチを抜け、死者の世界に安住できないだろうか。

目覚めると同時に端末に表示されるバイタル・データの解析結果は、サムの身体が〝使用可能〟だと告げる。BBのコンディションも良好だと。痛み止めとスマートドラッグの錠剤をかみ砕いて、高機能保水液で飲みくだした。足先を保護するサポーターの上から新しいブーツを履いて、浄化されたスーツを着る。バックパックを背負って、BBポッドを抱え、ベッドに腰かけてコードをつないだ。

涙があふれる。いつものアレルギー反応だ。

視覚野がゆらいで平衡感覚が乱されないように、目をつぶった。

しかし脳内で誰かが目を開けた。

BB──。

パパを許してくれ、おまえをここから出してあげる。

誰かの顔が近づいてくる。手のひらが、BB許してくれと言って迫ってくる。

ビジョンが生じたのは、ほんの一瞬だったはずだ。

BBの記憶らしき何かだ。気持ちのいいものではない。いや、それ以上に、BBの感情にダイレクトにつながったようで、底が抜けたような不安にわしづかみにされている。

汗と涙を拭いて、立ちあがった。BBは、なにごともなかったみたいに目を閉じていた。

その後の道のりは、想定されたよりも順調だった。ミュールには何度か察知されたが、そのたびに回避することができた。

〈カイラル通信はビーチを通信経路として使う技術だ。ビーチは死者の領域につながっている。そこには、滅びた生物や死んだ生き物の記憶や情報、痕跡がある。カイラル通信網は、その領域にもつながるはずだ。現状の〝つながり〟では、深い領域までアクセスできない〉

そう解説してくれたのは、ハートマンだった。

サウス・ノットシティから見て北東に位置する配送センターのプライベートルームで休息していたとき、無線で教えてくれたのだ。

〈きみに託された仕事は、アメリカの復活という次元にとどまらない。きみは信じていないかもしれないが、カイラル通信の全面的な稼働は、このデス・ストランディングという現象を解明し、克服する契機にもなるはずなんだ〉

「その解明には、おれのような帰還者や、能力者の謎《なぞ》解きも含まれているのか？」

〈そう、たぶんな。いや、きっと――かな。カイラル通信というのは、本来は死者とのアクセス、デス・ストランディングのせいで失われた記録や情報を発掘するシステムとして構想されたんだ。きみのその特別な体質や、わたしや、ダイハードマンやフラジャイルやアメリのような能力者がどうして生まれたかも解き明かしてくれるはずだ。そう信じているから、わたしはこんな雪山にこもることもできるんだ〉

ハートマンの研究施設は、氷河やタールの湧出地帯に隣接した過酷な場所にあることをサムは思いだした。

〈ビッグ・ファイブ。過去の地球を襲った五回の大量絶滅。それらの痕跡や記録のみならず、その時の状況を知ることができたら、どうだろう？　第六の大量絶滅かもしれないと言われている、このデス・ストランディングに立ち向かえるかもしれない〉

ハートマンの声をさえぎる電子音が響いた。

〈すまない、サム。時間切れだ。つづきはまたこんどだ〉

無線は唐突に切れた。サムはぼんやりと、端末のモニターに映ったブリッジズのマークを見ている。大陸を覆《おお》う網の目。この網がこの世界の真相をすくいとってくれるのだろうか。それとも、錯綜《さくそう》する網の目のごとく、さらなる混乱を招くのか。あるいは、蜘蛛《くも》の巣に捕まって身動きできなくなるのか。

それらのすべてが正しく、すべてが間違っている。そんな予感だけが漠然と胸の奥に芽生えた。

★

／／サウス・ノットシティ

配送担当のオーウェン・サウスウィックがモニターをにらんでいた。大陸の東海岸から中部まで、網の目がカバーしている。それは、カイラル通信の稼働領域を示していた。ミドル・ノットシティが核テロで消滅し、さらにいくつかの中継拠点も破壊されてから、スタッフのモチベーションは、さがる一方だった。やはり再建は夢だった。もう無理だ。そもそもフラジャイル・エクスプレスと組んだのが間違いだった。そんな意見が支配的になったころ、このサウス・ノットも爆弾テロの標的にされた。

のちにあきらかになったことだが、テロの計画は都市の中央部と周辺の施設に複数の爆発物が仕掛けられ、それらが同時に作動するというものだった。実際は、中央部に運ばれた核爆弾は爆発前に排除された。周辺施設の仕掛けも一部を除いて、未然に防ぐことができた。

この事件によって、ブリッジズのメンバーや、市民の意見はバラバラになった。大事に至らなかったのは、フラジャイルたちが事前に計画を察知したおかげだ。フラジャイルはヒッグスと計画をつくり実行しようとしたが、内部分裂によって失敗した。その証拠に、監視カメラの映像には、爆弾とおぼしき荷物を抱えるフラジャイルが写っている。フラジャイル・エクスプレスへの評価は分裂した。

しかし、激化するテロに対して自衛しなければ、という点では一致していた。それはプレッパーズたちも同じだった。サム・ブリッジズがこの場所までＱｐｉｄを運んできてくれる前に、オーウェンたちはプレッパーズのシェルターを訪ね、対テロ協力体制を要請したのだ。ミドル・ノットシティの破壊からかろうじて逃げのび、シェルター暮らしを余儀なくされている家族、時雨によって変化した環境を調査している在野の科学者、遺物回収者《スカベンジャー》、ジャンク屋など、出自も経歴も多様化しているプレッパーズたちは、それぞれの事情や国家というものに対する価値観も異なっていた。そもそも、国家というものを知らない第二世代のほうが多くなりつつある。

そんな彼らを束ねたのが、ヒッグスら分離過激派《ディメンス》への恐怖と憎しみだった。UCA加盟を渋る者には、何も無理に国家などというシステムに組みこまれなくてもいい、カイラル通信の拠点としてここを使わせてもらえれば、それでじゅうぶんだ。そういって口説いたのだ。

そうやって地ならしをした道を、サムが歩いてくる。彼が携えたQpidによってカイラル通信がアクティベートされるごとに、ブリッジズの蜘蛛の巣は、網目を拡大していく。それは、破滅と絶望によって世界の片隅に追いやられた人類の反撃にも見えた。

サム・ポーター・ブリッジズの名前は、オーウェンにとって、救世主を意味するようになっていた。

オーウェン・サウスウィックがママーから受け取ったのは、テキスト・ベースの警告文だった。彼女は、Qpidやカイラル通信の開発の現場を率いたブリッジズの主要スタッフの一人だ。彼女の生活拠点兼ラボはこの近くにある。

サウス・ノットシティ近くのカイラル濃度が不安定になっている。明確な数値や位置や範囲は特定できないが、しばらくのあいだ、注意をしておいたほうがいい。

そんな内容だった。

ここはまだ、カイラル通信の稼働領域に入っていないため、正確な数値は観測できない。それはママーのラボも同じはずだ。しかしママーが、なんの根拠もなく警告をよこすとは思えない。オーウェンは念のため、カイラル通信の稼働エリアに入った配送センターに連絡を入れてみた。だが、カイラル濃度の変化に特に異常な数値はみられないという。

胸にわだかまる不安をかかえて、オーウェンは外に出てみることにした。

自分は能力者でもなんでもない。しかし、空気に触れて匂いを嗅《か》いでみたら何かわかるかもしれない、そう思ったのだ。

エレベーターに乗り、地上階へ。乾いた風を感じた。わずかに腐臭が混じっている。近くにあるクレーター湖から運ばれてくる臭いだ。湖がたくわえているタール状物質が発する腐臭だった。いつもと変わりはないが、ママーの警告のせいで、そこに不吉な予兆を読みとってしまう。

スロープをのぼる。空が見えてくるが、いつもの空だ。太陽が見えないのも同じだ。光は薄いカイラル雲のベールを透過して、地上に降ってくる。エントランスを出てさらに遠くを見る。岩と砂だらけの別の惑星のような風景に目を凝らす。光学式の双眼鏡で、遠方までを見渡した。さっき連絡した配送センターが小さく見えた。

横たわる鯨の遺体のような巨岩の陰から、男が出てくるのが見える。大きな荷物を背負って、こちらに歩いてくる。この距離からでは細部は見えないが、確信できる。あれは救世主、サム・ポーター・ブリッジズだ。

声をあげ、手を振り、呼びかけようとした。

しかしオーウェンは息を呑み、手を止めた。

サムの真横に、突如、もうひとつの影が出現したのだ。サムよりもひと回り小さな細い影。二人は何か争っているようだった。双眼鏡を限界までズームする。フラジャイルだった。サムが走りだし、フラジャイルがそれを追う。

あの女。なんてことだ。サムを阻もうとしている。

★

めざす南の都市の一部がようやく見えてきたのに、赤茶けた大地のあちこちにある奇妙な形の岩が、真っ直ぐに進むことを阻む。乗り越えるか迂回《うかい》するしかない。しかも一歩踏みだすたびに、足が砂に埋もれてしまう。空気がひどく乾燥しているせいなのか、汗はすぐに乾き、体力を奪う。

唇は干からびて、血がにじんでいる。気まぐれに吹きつける突風が、砂を舞いあげて、歩みを止めようとする。さらにそれに乗って、腐った肉が発する臭いを運んでくる。生者の世界とは思えない。悪態をついて、ずり落ちそうなバックパックのストラップを締めなおす。鯨の姿にそっくりな岩がサムの視界を独占した。神話にしか登場しないような巨大な鯨。さっきまで見えていたサウス・ノットシティも隠れてしまう。登ることもできないその岩に沿って、足を引きずるしかなかった。

ここは直腸、ここは膵臓《すいぞう》、ここはきっと胃で、もう少し進めば食道を逆流して口から脱けだせる。脳内で胎内巡りをしながら歩いた。頭頂部に到達して視界が開け、都市の全容が目に入った。安堵の息がもれる。

そして蜃気楼《しんきろう》のように都市が消えた。

空間がゆがんだのだ。涙があふれる。同時になじみのあるビーチの臭いが鼻を刺す。ゆがみがただされると、サムの目の前に黒ずくめの女が出現した。フラジャイルだった。

「急いで！」

有無を言わせず、サムの腕をつかむ。それに抗《あらが》って振りほどこうとした。手首から二の腕を過ぎて、首筋へと炎症が走る。フラジャイルの手のひらの熱さに我慢できない。

「サム、急いで湖に戻って。その荷物には」

腕を振り切って、体勢を整える。血の気を失った彼女の顔は、死人のように青白かった。肩で息をしている。ジャンプをしたせいなのだろう。

「その荷物には、爆弾が紛れている。核爆弾が」

耳を疑った。なぜ、どこで、という疑問を発する前に、フラジャイルがもう一度サムの腕をつかんだ。今度はされるままに、腕を引かれて走りだした。

「レイク・ノットから照会があったの。フラジャイル・エクスプレス管理の荷物をロストしてないかって。そんなもののあるはずがない。もうわたしのところでは、配送なんてできる状態じゃないから」

息を切らせて、途切れ途切れに説明する。

「すぐにわかった。ヒッグスの仕掛け。あるいはメッセージ。サウス・ノット行きの荷物に、昔みたいに核を紛れこませた」

あのときのスタッフか。顔を思いだそうとするが、像を結ばなかった。

「あわよくば、あなたたちを核テロの実行犯に仕立てようとして。あいつはわたしが、あなたを助けようとすることも予測、いえ、期待している。都市に納品しなくても、わたしたちが一緒にいるところで爆発すれば、わたしたちは犯人になる。フラジャイル・エクスプレスもブリッジズも汚れた核テロリストになる」

「どうすればいい？」

足を止め、荷物を降ろす。あのとき追加された小さなケース。まぬけな配達人を笑うように、子どもが描いたようなドクロのマークが落書きされていた。今朝出発した時点では、こんなものは描かれていなかったはずだ。

「クレーター湖に捨てて。わたしがしたみたいに」

この一帯の腐臭の源であるタール状の液体をたたえた湖。あらゆる色彩を煮詰めたような暗黒の水面。すべての光を吸収する、地表に開いたブラックホール。近づくのもおぞましく、迂回してきた湖だ。

「荷物ごとおれをそこまで飛ばしてくれ」

彼女から聞いていた能力を思いだした。しかしフラジャイルは、泣き笑いの表情でサムに詫《わ》びた。

「それはできないの。あの時もそうだった。爆弾を見つけたわたしは、ビーチのストレージにそれを預けようとした。でも、何か別の力がそれを許さなかった。何者かの能力。わたしのビーチをコントロールできる力が、わたしを押さえつけた。いまもそのまま」

「ヒッグスなのか？」

「いえ違う。別の誰か。もしかしたら〝何か〟。それがあいつに力をもたらしている」

フラジャイルは、またサムの腕を取って走りだそうとする。その手を軽くしりぞけて、胸のポッドをはずした。

「この子のことを守ってくれ」

フラジャイルに抱えられて、BBが不思議そうな顔でサムを見あげていた。ケースを抱え、サムはひとりで走りだした。

足先から血が流れているのがわかった。ブーツの中で血だまりができている。歩くたびに血がにじんで、赤の砂地に赤黒い足跡を記していく。これならBTも嫌がって近づかないだろう。座礁地帯からは離れているが、BBを置いてきたいまは、それで少し安心できる。腐臭が強くなり、空気が重く淀《よど》んできたのは、クレーター湖が近くなった証拠だ。淵《ふち》に向かって急にきつくなった斜面を、歯をくいしばって登った。

ケースを落としそうになるたびに、全身の血が抜けるような緊張が走る。ヒッグスがこれを荷物に仕込んだときから、サムを監視していたのだとしたら、やつはいつでも好きなタイミングで起爆できたのではないか。遠隔操作や時限装置の類《たぐ》いが仕掛けられていて当然だろう。だからこそ一刻も早くこれを処理しなければ。

ヒッグスの耳に障る笑いが、こだましているような気がしてならない。すべて掌握されているのではないのか。ここまでの展開も、この先の事態の推移も。フラジャイルが言っていた、ヒッグスではない何かによって。

しかしいまは、そのことに囚《とら》われているわけにはいかない。何者かの意思が関与していようとも、ここで爆発が起きれば、サウス・ノットもここまでつないできた通信の拠点も無に帰してしまう。そうなればアメリを連れ帰ることもできなくなる。BBも失ってしまう。あの子を延命させることも、自分に課した任務だった。

アメリカのためではなく、人のために。

腹の底から、サムは唸《うな》り声をあげて、力をしぼりだす。

足元を血まみれにして、サムはクレーターの淵に登った。

爆弾を両腕で掲げ、漆黒の湖面に投げつけた。鮮やかな放物線を引きずって、ケースが没する。大きく波打った波紋が、屍肉《しにく》に群がる化け物の腕に見えた。われさきにと爆弾を手に入れようとしている。無数の腕に引きこまれて、爆弾は完全に没した。

湖面が白く反転し、低い地鳴りが追いかけてきた。足裏から振動が伝わってくる。やがて湖面はなにごともなかったように、もとに戻った。

「世界を救ったのね」

追いついたフラジャイルが、隣で息をととのえている。

「私は救えなかったけど」

受け取ったポッドの中で、赤ん坊がフラジャイルを不思議そうに見ていた。

「たしかにきみは、ミドル・ノットを救えなかったのかもしれない。でもサウス・ノットを救ったのはきみだ」

フラジャイルも、自分と同じことをしたのだ。爆弾を抱えて、あの湖に沈めた。彼女のサジェスチョンがなければ、いまごろどうなっていたかわからない。

「あいつがサウス・ノットを爆破するとわかったとき、核爆弾は都市の内部に運ばれるところだった。わたしは配送車を追跡して、なんとか核爆弾を外に持ち出した。でもヒッグスは、最初からわたしの動きを読んでいたの。爆弾を抱えてゲートを出たところで、あっさり捕まった」

フラジャイルは、湖面を見つめながら語りはじめた。

あのときの雨の音、雨の匂い、空の色を忘れることは、きっとできない。この身体につけた印が決して消えないようにね――。

★

両手を頭の後ろで組まされて、ひざまずくように命じられた。着慣れた制服は切り裂かれて、フラジャイルは、ショーツだけの姿にされていた。

サウス・ノットシティの配送センターの搬入口に、申し訳程度に張り出している庇《ひさし》の下で、その儀式ははじまろうとしていた。祭司はヒッグス、供犠はフラジャイル。数人いる見届け人は、二人の部下だった。フラジャイル以外の全員が、顔を隠している。

「いいか、フラジャイル。ゲームをしよう」

祭司ヒッグスが、宣言をする。それにあわせて、見届け人が銃を捧げ持つ。その銃口は、供犠であるフラジャイルに向けられていた。ヒッグスが空を仰ぐと雲が凝集して、あたりは夕刻のような暗さに包まれる。ぽつり、と雫《しずく》が落ちてきたかと思うと、たちまちのうちに時雨が降りはじめる。

「壊れものとして生きるのか、壊れものを運んで壊れるか」

フラジャイルの前には、核爆弾が収まったケースが置かれていた。彼女が運びだしたケースだ。

「逃げてもいい。助かりたければ、ここからジャンプすればいい。おれにそれを止めることはできない。だが、どうしても他人を救いたいのなら、爆弾を運べ。この先のクレーター湖に沈めればいい。そうすればこの都市は助かる。簡単なことだろう？」

そう言って、また空を仰いだ。時雨が滝のように激しくなる。

「おまえにはやさしすぎるゲームだ。時雨の中を歩いてもらう。おまえは〝今〟という時間を奪われるが、ノットシティの住民にはしばらくの〝未来〟がもたらされる。どうだ？　好きな方を選べばいい」

ヒッグスは仮面をはずし、さらにその下のガスマスクもはがして、素顔をさらした。

「おれはこの顔が好きじゃない。だから顔を消している。おまえは、親からもらったその顔がお気に入りだったな」

フラジャイルの髪をつかみ、引き寄せる。顔を背けるフラジャイルの反応に嗜虐心《しぎゃくしん》をそそられたのか、酷薄な笑みを浮かべて、ヒッグスは舌を突きだして彼女の眼球を舐《な》めた。

「だいじょうぶだ、その顔は壊さない。おまえの顔は証言者になる」

そう言って、自分のマスクをフラジャイルにかぶせた。素顔を見せたヒッグスと、隠されたフラジャイルが逆転する。

「どうしてわたしを裏切ったの？」

くぐもった声でたずねるフラジャイルに、ヒッグスは哀れみの表情を浮かべた。

「おまえ以上の存在が現れたんだ。そいつとはマスクなしでも通じ合える」

部下に命じて、フラジャイルを立たせた。

「いいか、たとえこのサウス・ノットを救っても、おまえはこの都市を破壊したテロリストとして認識される。そしてその美しい顔は、テロを行った張本人として伝えられ、どこまでも追われるようになる。いくら壊れものを運んでも、いずれ壊れる」

雨は変わらずに激しく降っていた。遠くの廃墟《はいきょ》で何か構造物が崩れる音が聞こえた。

「どうする、ここでやめるか？」

ヒッグスが耳元で囁《ささや》いた。その舌が今度は、耳朶《じだ》に触れる。生温く粘りつくその感触を振り払うため、耳の奥にヒッグスの呪詛《じゅそ》を残さないために、フラジャイルは顔をあげ、声を出した。

「わたしは壊れものを運ぶ。わたしは壊さない。そしてわたしは壊れない」

呪《のろ》いを浄化して、自らを鼓舞するために、彼女は唱えつづけた。

――わたしは壊れない。わたしは壊れものを運ぶ、わたしは壊さない。わたしは壊れない。

足元の爆弾を抱えて、フラジャイルは走りだす。

むき出しの肩に、背中に、胸に、手足に、容赦なく時雨が降り、無残に彼女の時間を奪っていく。本来なら彼女に固有のリズムと感覚で時を刻むはずの身体が、チューニングを狂わされて、老化していく。壊れものを運ぶフラジャイルが、壊れていく。

ヒッグスのマスクに護《まも》られた彼女の顔は壊れずに、首から下は老女の皮膚に覆われていく。引き裂かれ、壊れそうな身体感覚を、なんとか現実に引き止めているのは、腕に抱えた爆弾の重さだけだった。それを頼みに、豪雨の中、壊れものという名前の女がただ一人走っていた。

その小さな身体に、ノットシティで生きる人たちの生命すべてを背負って。


「〝彼女こそが英雄だ〟」

フラジャイルの話を聞き終えたサムが、つぶやいた。

「その噂《うわさ》は本当だった」

爆弾を呑みこんだクレーター湖を見ながら、サムがフラジャイルを讃《たた》えるが、しかし、フラジャイルは力なく首を振る。

「わたしは英雄なんかじゃない。あのときの選択を、いつも後悔している。ヒッグスの言ったとおり、あのまま逃げればよかった。この身体を愛することができないの。壊してしまいたくて、どうにもならなくなる」

「きみは都市を救ったじゃないか」

いいえ、と彼女はまた首を振る。

「わたしはわたしを救いたい。でもそれができるのは、あいつだけ。ヒッグスに、わたしの選択を後悔させてやる」

「ヒッグスを殺す？」

「わたしには無理。あいつの力は、計り知れないものになっている。でも、あなたならできるかも。ねえサム、お願いがあるの。約束して。あいつを生け捕りにしてほしい。聞きたいことがあるの。どうしてわたしを裏切ったのか、それが知りたい」

彼女の横顔には、最愛の人を失った人の虚《うつ》ろさがにじんでいるように思えた。二人の間を漂うクリプトビオシスに気がついたフラジャイルが、器用にそれをキャッチした。

「食べる？」

サムは一瞬、顔をしかめたが、それを受け取って口に放りこんだ。不味《まず》い。表情を取り繕ったりはしなかった。それを見たフラジャイルが、声を出して笑った。サムもつられて笑う。

「ねえ、サム約束よ」

そう言った直後、フラジャイルは消えた。

★

//サウス・ノットシティ

クレーター湖で核爆弾を処理し、フラジャイルと別れたサムは、荷物を抱えてサウス・ノットシティに到着した。

オーウェン・サウスウィックという名前のブリッジズのスタッフが、興奮気味にサムを迎えてくれた。地下の管理室からホログラムで配達人に対応するのが原則なのに、オーウェンは、わざわざ地上階までやってきたのだ。あなたは救世主だ！　さっき連絡が入りました、分離過激派《デイメンス》の計画で搬入されそうになった核爆弾を、あなたとフラジャイルが処分してくれたと。

「詳しい話は、あとでゆっくり聞かせてください」オーウェンはそう言って、サムが運んだ荷物の検品をするために、地階に降りようとする。

「そうだ、サム。ママーのことは知っていますよね？」

バックパックの荷物を降ろしながら、サムはうなずく。無線でしか話したことはないが、彼女もブリッジズのメンバーだった。対BT兵器やＱｐｉｄの開発者でもある。このサウス・ノットで休んだあと、近郊のサテライトに居を構える彼女のところにも立ち寄るように指示されていた。

「ママーから連絡が来たんです。このエリアのカイラル濃度の変化が不安定だと。原因はわからないが、注意するようにってね」

そう告げると、オーウェンは地下に降りていった。

残されたサムは、納品を済ませ、ＱｐｉｄでカイラルCommunicationをアクティベートする。いつものような目眩《めまい》に襲われた。しかし、今回はそれがひどい。胃が裏返るような不愉快な気分。結び目から帰還したときのように、吐いてしまいそうだった。疲労のせいだろうか。レイク・ノットシティから大量の荷物を背負って歩き続けだった。何日もまともに休んでいない。忘れていた痛みを自覚する。爪の剝がれたままの足の指や、荷物に圧迫され続けた肩や背中の痛みが、押し寄せてくる。ひとまず休もう。プライベートルームに降りるため、エレベーターに乗りこんだ。

そのとたん、BBが泣きだした。自家中毒寸前のストレスなのだろう、この子もずいぶん長い時間、脳死《スティル・マザー》母と同期させてあげられなかった。

ふたたびこみあげてきた吐き気をこらえながら、ポッドを撫《な》でてやる。だいじょうぶだBB。

「ありがとうサム。あなたがサウス・ノットシティを救ってくれた」

シャワーを浴び、傷の処置をしたサムを讃えてくれたのは、エッジ・ノットで囚われているアメリだった。

しかし彼女のホログラムは、動きと音声がずれていた。そのせいで、彼女の像はつくりもののように見えた。なんらかの通信障害が起きているのだろうか。

「ようやく大陸の半分までつながったの。ありがとう、サム」

像が固まってしまい、声だけが聞こえてくる。

「いいサム、よく聞いて」

しかしサムは、耳を塞《ふさ》いだ。金属をこすりあわせるような不愉快なノイズが鳴ったのだ。

同時にアメリは消えた。それでもサムは、なにもない空間を見あげている。そのうちアメリが戻ってくることを期待して。

やがて再起動したホログラムが像を結ぶ——裏切られた。

黒のフードに、黄金のマスク。現れたのはヒッグスだったのだ。

「サム——」

しかし、声はアメリのものだった。通信障害で声と像が一致しないのだろうか、それとも——。

サムはヒッグスの胸元を凝視した。サムがアメリにプレゼントした黄金のキープがそこにあった。

「アメリ！」

ふたたびノイズが盛大に鳴った。ヒッグスは消えて、あとにはサムの不安と猜疑心《さいぎしん》だけが残る。しかしその直後、

「サム！」

女性の声とともに、ホログラムが立ちあがった。それは、アメリではなかった。髪を後ろで束ねたタンクトップの華奢な姿。ママーだった。

「気をつけて、シティの周りのカイラル濃度が上昇しているの。目視できる異常は観測できないけれど、数値だけは、いままで見たことがないくらい」

ママーの言葉に応じるように、BBが泣きだした。怖がっているような声だった。ポッドはインキュベーターに設置されている。脳死母《スティル・マザー》と同期して、安心感で満たされているはずのBBが、何かを恐れて泣いている。これもカイラル濃度の急上昇のせいなのだろう

か。Ｑｐｉｄを使ったときに感じたいつもよりひどい目眩や、さっきの通信障害も、それが関連しているのかもしれない。

「何が起きているのか、まるでわからないの。お願い、気をつけて」

ママーは苦しそうな顔をして、片手を胸に当てている。もう片方の腕は、何かを抱えるかたちをしていた。しかし、そこには何もなかった。これも通信障害によるものなのか。

警告音が部屋を震わせた。ママーのホログラムが消えて、ＢＢの泣く声が大きくなった。サムの目からも涙があふれる。細胞のひとつひとつが粟立《あわだ》ち、全身が悪寒《おかん》で震えた。かつて経験したことのないカイラル・アレルギーの症状だった。

この異常を演出しているのは、ヒッグスに違いない。ここで待ちつづけていてもしかたがない。外で何が起きているのか、ヒッグスは何を起こそうとしているのか。それをたしかめるために、サムはエレベーターに乗って、アッパーフロアへと上がった。


外では、あきらかな異変が起きていた。

アッパーフロアからスロープをのぼり、配送センターの外に出たサムは、空を見あげていた。

空が変形している。空の中心が地上に向かって引っ張られ、螺旋《らせん》状にねじれている。それを軸にして周囲の雲がいくつもの層をなし、天を覆う巨大な円盤を形成していた。生き物のように蠕動《ぜんどう》しながら、こちらに向かってくる。地上の法則を無視した巨大な積乱雲《スーパーセル》。

ら難しい。

周囲は夜の暗さに包まれた。吹きはじめた風は、たちまち暴風になり、立っていることすら難しい。

ＢＢは依然として泣きやまない。オドラデクが起動するなり、十字架に変形した。片腕でポッドを守りながら、サムは近くの支柱をつかむ。巻きあげられた石がサムを襲う。放置されたままの瓦礫《がれき》や、都市の外壁を修復していた工作機械までもが、空に吸いあげられていった。腕も脚も、もう限界だった。これ以上、風圧に耐えられない。大人の拳《こぶし》の大きさの石塊が、容赦なくサムを叩いた。もう痛みを感じないほどに全身の感覚が麻痺《まひ》していた。だから、支柱を握った手を離したことにも気がつかなかった。

天と地が逆転し、サムはスーパーセルの中心部に呑みこまれた。

EPISODE Ⅴ　アンガー

どこかで赤ん坊の泣く声が聞こえてきた。

BB。つぶやいて、目を開く。どこにいる、BB。白い光がまぶしくて、また目を閉じた。泣いている。赤ん坊。わたしのベイビー。

涙があふれてとまらない。腕の中のやわらかい生き物。泣いている。いつまでも。遠くで誰何《すいか》する男たちの耳障りな声。金属がぶつかりあう野蛮な音。無神経な足音が集団で近づいてくる。やめてくれ、この子が怖がる。BBが泣きやまないじゃないか。

ドアが乱暴に叩《たた》かれる。何度も何度も。破壊される。争う声。銃声。自分の体内からあふれているはずなのに、体温よりも熱い血の温度。

殴られて、両脇を抱えられて、むりやり立たされる。BBはもうどこにもいない。泣き声も聞こえない。引きずられて、どこかに連れていかれる。歩く気力も体力もない。腹から流れた血が、脚を伝って床に軌跡を描いている。これをたどれば、いつかここに帰ってこられるかもしれない。それだけは覚えておこう。目を閉じているのに、血の痕跡だけは見えていた。

血は流れつづけ、満ちていく。腰を越え、肩を呑《の》みこみ、頭まで達する。口や鼻や耳の穴から、血が流入する。みずからの血液で、溺《おぼ》れてしまう。

とてつもない力で血の海からサルベージされた。

またひきずられる。身体に巻きついた縄に引かれて。わずかに身体に力がもどっていた。暗い海。全身にまとわりつく、ねばついた黒い液体。それをしたたらせて、ひきずられて、前に歩かされる。処刑台に連れていかれるのか。昔、そういう男がいた。ゴルゴタの丘の上で、磔刑にされた救世主。なぜそんなことを知っているのかわからない。

縄を握っているのは、四体の骸骨だ。襤褸《ぼろ》きれのような服装は、米陸軍のものだ。自分のことはわからないくせに、それはわかる。海が浅くなって海岸に近づいてくる。死んだ座頭鯨が腹を見せている。何頭も。たたたた、と機関銃が叫ぶ。どんという音がして、爆弾が炸裂《さくれつ》する。鯨の腹が花びらのように開いて、臓物と一緒に人形が吐きだされた。黒い血をかぶった赤ん坊の人形だった。

骸骨の兵士が進軍を止めた。そのせいで浅瀬に倒れてしまう。首にかけた金属片がぶつかりあって、軽やかな音を立てた。これは自分のだ。名前を読もうとするが読めない。文字がわからない。とても悲しかった。

波が人形を運んできた。赤ん坊の泣き声がした。ＢＢだ。わたしの子どもだ。なぜか生きていない。悲しさは怒りになった。全身が燃える。皮膚が焼けて炭化するかわりに、軍服と装備が身体を包む。赤ん坊の両目がぱちぱちとまばたきを繰りかえした。

　赤ん坊に導かれて身体が自動的に動く。長い間の経験で蓄積された挙動だった。敵が現れた。あの子を奪っていった敵が。指を振って骸骨の兵士に指示する。散開する。縛めの縄だと思っていたのは臍帯だった。拘束されていたのではない。縛っていたのだ。臍帯が体内に収束していく。手にはライフル、頭部には暗視ゴーグル。

　彼は戦士だった。目覚めたのだ。

　背後に何かが落下する。鋳鉄製の容器に詰めこまれた火薬が炸裂する。解放されたエネルギーが大地を震わせた。

★

　大地の振動が頭部に伝わってきて、サムを目覚めさせた。爆発と銃声。人のものとは思えない絶叫が塊になって襲ってくる。火薬の臭いのせいで、胃が裏返り、激しい頭痛がする。周囲は昏《くら》くて、何が起きているのか把握できない。

　ここがどこなのか、わからない。配送センターを出た直後、巨大な嵐《スーパーセル》にさらわれたところまでは覚えている。そしていまここで、意識を失っていたのだ。

　ぼんやりしている場合ではないことだけは理解できた。頬についた泥をぬぐい、身体を起こす。ＢＢは不安そうに泣いている。身体を小刻みに震わせて、その姿は羊水で溺れているようにも見えた。おい、しっかりしろ、そう声をかける。それは自分自身にかけた声でもあった。

昏い空を、爆発の光が赤く彩った。次の瞬間、ひときわ大きな轟音《ごうおん》がして、身体を震わせた。ここはどこなのか。敵対する者同士の火線が飛び交う場所であることだけは、間違いないようだった。

サムはそこから脱出するために走りだした。

その直後、オドラデクが起動した。どこかにBTがいるのだろうか。ここは死者の世界なのか。その疑問を振り払う。オドラデクの反応を見ながら、銃声や爆発を避けて移動している途中で、突然なぎ倒された。何かが脚に引っかかったのだ。そのまま泥の中に突っ伏してしまう。口に入った泥を吐きだして振り返ると、何者かの手がサムの脚を握っていた。腕から先は何もない。胴体から千切れた腕が、サムにすがりついていたのだ。ぞっとして蹴《け》りあげると、それは無数の断片と化し、さらに粒子になって消えた。

銃弾や榴散弾が飛び交う騒音がまた大きくなる。オドラデクのセンサーが全開になって、ぐるぐると回りはじめた。BBは獣のように泣きじゃくっていた。どこにも逃げ道はないのか。あるいはセンサーが壊れてしまったのか。流れ弾の餌食《えじき》にならないように遮蔽物を探した。少し先に塹壕《ざんごう》が見える。サムはそこに向かって、もう一度走った。

飛びこんだそこは、血と泥にまみれた死体でいっぱいだった。

異臭に耐えきれず、手で口と鼻を覆う。死体を避けながら塹壕を進んでいると、突然、背中に何かが覆いかぶさってきた。反射的にそれを振りほどいて、地面に叩きつける。兵士だった。つけていたヘルメットと銃が転がった。兵士が、サムには理解できない言語で何事かをわめきちらして、のたうち回っている。裂けた腹からあふれ出た臓物を必死でかき集め、元の場所にしまおうとしているのだ。

兵士の動きが止まって、顔をあげる。サムと視線が交わった。見開かれた両方の目からは、血の涙が流れていた。兵士が話しかけてきたが、サムにはわからなかった。彼の言葉が理解できたとしても、彼の言いたいことは伝わらなかったはずだ。兵士の身体は、霧のように消えてしまったからだ。

銃を拾って、先に進みはじめた。どうにかしてこの状況を打破する方法はないのか、そもそもここはどんな場所なのか。見通しの悪い塹壕を、警戒しながら移動する。鼻の奥を、つんと何かが刺激した。血の臭いではない。ビーチの臭いだ。大量の涙が、ぼろぼろとこぼれはじめた。ここにいるのは死者だ。ここは死者が死者を殺しあう戦場なのだ。

——BB。

頭の中で、何者かの声が聞こえた。首筋が焼けるような感覚に襲われる。途端にオドラデクが十字に変形した。脅威がすぐ近くにいることを教えてくれているはずだ。しかし、どこか特定の方向を示すことはなく、ぐるぐると回りつづけている。

すぐ目の先に爆弾が落ちた。サムの身体は震え、土塊や岩の破片が雨のように降った。それは顔にも、肩にも、背中にも、容赦なく降り注いでくる。皮膚が裂けた額から流れた血が、目に入る。身体のあちこちが鈍い痛みを訴えていた。視界を覆い尽くした爆煙が薄くなると、そこに異形の兵士が現れた。ひとりではなかった。複数の銃口がサムを捉えていた。しかしサムを睨《にら》むその目はどれも空洞で、銃を構えるその手には皮膚も肉もなかった。それは兵装をした四体の骸骨の集団だった。骨だけの指が、一斉に引き金を引いた。

とっさに身を翻して、火線を避ける。体勢を立て直し、応戦した。怒声をあげて、何度も骸骨の兵士を撃った。サムの弾丸は兵士の肋骨《ろっこつ》を砕き、腕を折り、ヘルメットを吹き飛ばして頭蓋骨を粉々にした。骨の破片は発火して、火の粉のように宙を舞い、風に乗って飛ばされていった。

——BBはどこだ！

咆哮のような声が、遠くから聞こえる。いつか見た幻覚で聞いた声なのではないか？確信はない。その声の主が、おれたちをここに呼び寄せている。あの男と向き合わない限り、ここから出ることはできない——そんな予感がする。それに応えるように、BBが大きな声で泣きはじめた。

BBにうなずいて、口の中に溜《た》まった血を吐きだす。顔をあげてサムは歩きだした。

耳慣れない音が聞こえる。虫の羽音のような小さな振動音が、サムの耳の奥で響いた。その直後、鼓膜を破る大音響が炸裂した。何かが爆発したことだけはたしかだ。だがサムの思考はそれ以上先に進まない。

地面が揺れはじめた。それは、地震か火山の噴火かと疑うような振動になり、立っていられなくなる。

見あげると、そこには巨大な波が広がっていた。しかし、それは波ではなかった。大地が隆起しているのだった。数えきれないほどの岩や石が雨のように降ってくる。うねる大地の波が、サムに向かってきていた。塹壕を支えている柱が解体され、押し寄せてくる土砂に流される。もう逃げるには遅すぎた。迫ってくる波に背中を向けて、ポッドを抱えて身体を丸める。大きく息を吸いこむ。

波がサムの頭上で砕けた。

塹壕を埋め尽くすほどの土砂に呑まれてしまえば、身動きもとれず窒息しても当然だった。しかし、サムを待っていたのは、予想とは違う結果だった。

波はサムを押し流して、声の主の元に運んだのだ。

――BB。

あの男だ。幻覚の中でBBを求めていた男だった。違っているのは、男がヘルメットとゴーグルをして、戦闘服を着用していることだった。半分土に埋まったサムのことを、男が銃を向けて、見おろしていた。銃口はサムの額に触れそうな位置にある。

「BBを返してくれ」

低くうなるような声で、男がつぶやいた。サムが首を横に振るのと、BBが泣きだすのは、ほぼ同時だった。男の顔が歪《ゆが》んだ。ゴーグルに隠れているせいで、はっきりと表情は読めなかったが、どういうわけか悲しんでいるように見えた。ＢＢが怖がっていることに、落胆しているように思えた。

男の身体が、ゆらりと揺れた。その隙をついて、サムは男の銃身をつかみ、一気に立ちあがった。虚をつかれた男は、しかしすぐに姿勢を立て直し、渾身《こんしん》の力でサムを薙《な》ぎ払おうとする。もつれあった拍子に、男の銃が弾き飛ばされる。

怒りの咆哮《ほうこう》をあげて、男がサムの鳩尾《みぞおち》に拳《こぶし》を叩きこんだ。肺の中の空気が一気に押しだされ、気が遠くなる。倒れそうになるサムの腕を男がわしづかみにして、今度は顎《あご》を殴りにかかる。

サムは寸前にそれを腕でブロックし、男の腹部に膝《ひざ》を打ちこんだ。男の手が緩み、二人は離れ離れになって睨みあう。

「ＢＢを返してくれ」

男の目からは黒い涙が筋を描いて流れていた。

なぜだ、とサムは口にしようとしたが、それはできなかった。その前に男が激しく首を振ったからだ。この男とは、会話をすることができない。直感的にそう思った。何かが彼の思考に蓋《ふた》をしている。それはサムの独りよがりな閃《ひらめ》きなのかもしれないが、この男は、理解されることを拒絶しているのだと、そう思った。その思いつきがサムをたまらなく悲しくさせた。

「ＢＢを返してくれ」

そう言いながら男は手を差し伸べてくる。その手を握ろうとしても、彼は激怒するだろう。ほしいのはおまえの手じゃない。ＢＢなんだ、と言って。そんな予感がした。彼にはサムの思いは伝わらない。サムも伝えられるとは思わない。永遠に交わらない二人の思考は、男の感情を高ぶらせるだけだ。

「ＢＢを返せ」

サムの手を力任せに振り払い、男はポッドを奪おうとした。自動機械のように男は〝ＢＢを返せ〟と繰り返している。それだけをあらかじめインプットされた機械のように。しかし、男の表情はもっと複雑な感情を秘めているようにも思えた。それを読みとることはサムにはできない。

「ＢＢを返せ」

また男が声をあげて、ポッドに手を伸ばす。

だからサムもポッドを守ろうと男の胸を押し返した。交わらない力が爆発を生じさせた。

しかしそれは、何も生みださない、虚無へとつながる爆発だった。

視界から、すべての色が失われ、すべての物体の輪郭が奪われていく。

サムが知覚できたのは、ＢＢの泣き声だけだった。

そして、サムは戦場から弾き飛ばされて、元の場所に引き戻された。

そこは、サウス・ノットシティの配送センターのすぐ近くだった。

EPISODE Ⅵ ママー

胸がひきつるような痛みを訴えていた。ママーは、さっきから泣いている赤ん坊を抱いて、その口に乳首を含ませた。乳房の張りと痛みは消えていく。けれど、授乳するといつもはおとなしくなる娘は、泣きやまない。それに、胸の奥にうずきのような感覚が巣くっているままだった。不安定になったカイラル濃度の変化に身体が反応しているのだ。寒暖差や気圧の変化で体調を崩すことがあるのと似ている。

この子を産んでから、体質が変わった。能力者としての感度や能力がレベルアップしたのだ。その身体がいやな予感を告げていた。

ここ数時間のカイラル濃度の変化は、見過ごせない状態だった。ひっきりなしに上昇と降下を繰り返していた。サウス・ノットシティのスタッフであるオーウェンに警告を送り、配送センターにいるサムにも注意を促した。

その直後、カイラル濃度が急激に上昇し、通信そのものが途切れてしまった。娘は泣きつづけていた。何かを怖がっているような泣き方は、ママーをさらに不安にさせた。

モニターの数値を確認して、不安は疑問に変わる。先ほどまで急上昇していたカイラル濃度が、正常値に戻っていたのだ。スイッチをオフにするように、だしぬけに濃度が急降下していた。考えられないことだった。サムとの通信が切れてから、一分も経過していない。

この子が泣きやまないのは、まだ濃度が高いせいではないのか。観測装置に不具合が発生しているのかもしれない、とママーは疑った。あとでメンテをしなければならないかも。サムの手錠端末から送信されているバイタル・サインが一瞬途絶えたのも、装置のトラブルのせいなのかもしれない。外に出ることができないのが、もどかしかった。

ためしにサムの手錠端末に呼びかけてみた。

「サム、聞こえる?」

〈ああ。ここはどこだ?〉

音質はクリアだが、ひどく疲れたような声音が返ってきた。サムがいる場所と、このラボはそう離れていない。サウス・ノットの配送センター近くにいるはずなのに、サムの返事は要領を得ない。

〈あれからどれくらい経《た》った? おれは嵐《あらし》に呑みこまれて、戦場にいた〉

混線している? やはりカイラル濃度は高いままなのかもしれない。サムの声によく似た別人と話しているの?

「サム、夢でも見たの? たしかに通信は一瞬、途切れたけれど」

〈一瞬じゃない。ずっとつながらなかった〉

苛立った声。話が交わらず、ママーも不安になる。

〈兵士に襲われて、ＢＢを奪われそうになった〉

「あなたと通信が途絶えたのは、ほんの数十秒のはずなのに？」

〈そんなはずはない。おれはずっとあそこにいた〉

きっと疲れているのね――そう言おうとして、口を閉ざした。事実、サムの声には疲労がにじんでいる。もしかしたら疲れているのは自分のほうかもしれない。

〈とにかく、きみのラボに向かう〉

交わらない会話にサムがケリをつけた。

深く息を吐いて、ママーはデスクに向かう。幸いなことに、このラボはサウス・ノットシティを結節点としたカイラル通信網の稼働領域に入っていた。本部が記録しているはずの、サムの行動履歴も入手できる。それを分析すれば、サムが話した戦場のこともわかるかもしれない。

★

ママーとの嚙み合わない無線を終了させてしばらく歩くと、崩れ落ちた橋脚が見えてきた。サウス・ノットシティが同時テロに襲われたときに、被害にあった橋の残骸だった。

元来はモニュメントとして保護されていた橋だと、資料には記されていた。サムは、サウス・ノットシティに向かう直前にダイハードマンから受けたブリーフィングを思い返した。

それは、デス・ストランディングが起きたばかりの大異変の時代、破壊をまぬがれたハイウェイの一部を復興の象徴として補修し、保存したものだという。サウス・ノットシティのごく近くにあったこともあり、それを中心に、小規模なコロニーが形成された。その基盤になったのは、ハイウェイに隣接して建てられていた、旧時代の大規模な流通倉庫だった。のちにフラジャイル・エクスプレスとなる組織の前身だったボランティアたちが、その倉庫に各地に残存していた物資を緊急避難させたことが、コロニーの起源だったと言われている。特に超伝導超大型加速器とその関連施設から、資料や設備、様々なデータを救出し保存していたことが、ママーの関心を引きつけた。第一次遠征隊の一員だった彼女は、志願してそこに残ったのだ。その加速器の最大の目的が、ヒッグス粒子の観測だったことが大きかった。そこは研究者のママーにとって宝の山同然だった。ダイハードマンは、そう説明してくれた。

だが、いまはもう、その名残すらない。コンクリートの残骸がうずたかく積もり、ねじ曲がった鉄筋が剥きだしになっている。バラックとも呼べない、かつての建造物の幽霊が、そこにうずくまっていた。

ここにママーがいるとは、にわかには信じられなかった。マップを何度照合しても、そこがママーのラボだという結果しかでてこない。そもそもエントランスらしきものも見あたらないのだ。

周囲を巡っていると、セキュリティのセンサーが反応した。荷物はないが、腰に装備しているストランドが走査され、侵入を許可された。ひしゃげたパネルにしか見えなかった壁の一部が、鈍い音をさせて開く。そこに向かおうとしたとき、BBがぐずりはじめた。

どうした、だいじょうぶだよ。そう声をかけてサムは入口から暗い通路に足を踏みいれた。扉が閉まって、さらに通路は暗くなった。複数の装置が稼働しているのだろう、低い唸《うな》り声のような音が小さく響いてくる。マシンの熱をさげるためなのか、温度が急に低くなった。吐く息が白くなるほどだ。BBが、さっきよりも怯《おび》えたようすで泣きはじめた。

オドラデクが起動して、気配を探るようにおずおずと先端の手のひらを開閉させた。

はめられた。ここはママーのラボじゃない。吐く息が白くなっている。

戻らなければ。それを押しとどめたのはBBだった。踵《きびす》を返そうとすると、何かを要求するようにいっそう激しく泣きだしたのだ。怖れを察知しながら、BBは前に進みたがっている。それに従って、前に進む。通路を抜けると、広い空間がサムを迎えた。

いくつもの作業機械をはじめ、バイクや車両が何台もある。天井で、乾いた音がした。モビールだった。貝殻やハート、ヒトデ、イルカや鯨のかたちに切り取られたプレートが微妙なバランスを取ってぶらさがっている。BBがそれに反応して、泣きやんだ。けれどオドラデクは、まだ警告モードのままだ。

モビールが、からからと音をさせると、BBが笑った。大きな亀裂《きれつ》が走っている天井の近くに、赤ん坊がふわふわと漂っているのが見えた。けれどそれは、死んでいた。サムは反射的に口を手で覆う。赤ん坊のBTだったのだ。

「その子はだいじょうぶよ」

ママーの声が聞こえる。

「来てくれたのね」

パントマイムのように、彼女は宙に両腕を差しだして、死んだ赤ん坊を抱きよせた。微細な粒子が腕の中に塊をつくっている。微笑《ほほえ》みながら、それをあやしはじめた。

「お腹《なか》がすいていたの」サムではなく、赤ん坊に語りかけている。視線でサムに「ごめんね」と応え、やがてママーは両腕を天井に差しあげた。粒子の塊が宙でほどけて消えていく。彼女の下腹部から、同じ粒子状の紐《ひも》が伸びているのが見えた。

「それは」というサムの言葉を無視して、

「眠ったみたい」

少し照れたような顔で胸に手をあてた。

「胸が張るの。お乳が出るわけでも、あげられるわけでもないのにね。でも、ああしてあげると、あの子はおとなしくなる。胸も痛くなくなる」

ママーは、サムの胸を見て笑った。ポッドの中でBBが、身じろぎをした。

「わたしは、あの子の母親《ママー》。よろしくね、サム」

右手を差しだそうとしたママーは、サムの接触恐怖症のことに思い至ったのか、それをひっこめた。その腕に装着された手錠端末の片方の輪がはずれて、ぶらさがっていた。

「見えるでしょう？　ＢＢとつながっているなら」

粒子で形成された臍帯は生き物のように、ママーの下腹部から上へ上へとのぼっていく。

「だいじょうぶ。この子は、ほかのＢＴとは違う。わたしとだけつながっている。むやみに生者を求めたりしない」

その言葉の意味がわかったのか、ＢＢが訴えるようにぐずった。それに連動して、オドラデクがわずかに動き、天井を示した。

「だから、ここを動けない」

部屋の壁は崩れ、天井の亀裂も放置されたままで、じゅうぶんな補修ができているとはいえない。外観と同様に、テロの痕跡がそこらじゅうに見える。最新鋭の工作機械があるかと思えば、壊れた医療機器やベッドが隅に追いやられている。

ママーは壁際《かべぎわ》のデスクに向かった。

「あのスーパーセルのことだけど」

小刻みに反応しているオドラデクにため息をついて、

「悪いけど大人だけにしてくれる？」

サムはポッドの臍帯を抜いた。ポッドがブラックアウトして、オドラデクも停止した。

宙に投影されたのは、カイラル濃度の推移を時系列で表示したものだった。

「ここがスーパーセルが出現した時点の濃度。あなたに警告の無線を送ったタイミングと一致している。でもその直後、正常値に戻っている」

たしかに濃度を示すグラフは、断崖《だんがい》を横から見たように、ほとんど垂直に落ちていた。

「つまり一秒も経たないうちに、スーパーセルは消えた。そして、その直後にあなたとの通信が確立したことが記録されている」

信じられない、という気持ちが顔に出たのだろう、サムの表情を見てうなずくと、ママーは端末を操作した。

「あなたの手錠端末が記録したデータ」

別のウィンドウが開き、サムがいた戦場の阿鼻叫喚が再生された。同時にその音声をグラフィカルに表現した三次元のモデルが、時間経過に従って表示されている。

「あなたは、嘘《うそ》をついているわけじゃなさそう。たしかに、時間の経過が記録されている。こちらでは一瞬だけど、あなたがいた場所では、時間が経過している。このズレはどうして起きたのか？　あなたは時空と時空の狭間に閉じこめられていた。そう考えることもできるかもしれない」

ラボの照明が一瞬落ちて、すぐに元に戻る。モニターにもノイズが走って、画像が乱れた。やっぱり、とママーがつぶやいた。

「カイラル濃度が不安定なのは、間違いない。その結果、あのスーパーセルが現れたのか、それとも逆なのかは、まだわからないけれど。ビーチが無時間だってことは聞いたことがあるでしょう？　あなたが巻きこまれたのは、ビーチによく似た時空じゃないかって思うの」

あんなビーチなんて聞いたこともない。サムは無言で首を横に振る。

「そうよね。あなたは、スーパーセルそのものを目撃している。嵐に運ばれたことも記録されている。そんなふうにビーチがこの世界に侵食してくるなんて、聞いたことがない」

「ビーチでなければ、なんなんだ」

「あなたの手錠端末が記録したデータは、本部でも解析している。あなたがいた場所のことは、推測できるかもしれない」

赤ん坊の泣き声が天井から降ってきた。それにあわせて、照明が明滅する。BBとの接続を解除してしまっているせいで、サムはその姿を見ることはできなかった。何かを訴えるような泣き声が聞こえるだけだ。

「夜泣きなの。少し前から、どんどんひどくなっている」

眩《まぶ》しそうな顔でママーは上を見ている。その頰を、涙が伝っていた。カイラリウムに対するアレルギーではないだろう。サムにはその反応が起きなかったからだ。

「カイラル通信が稼働しているエリアでは、カイラル濃度が上昇する」

涙をぬぐって、ママーはサムに視線を戻した。

「でも理論値よりはるかに高い」

首筋に悪寒が走った。首にかけたＱｐｉｄが急に重く感じられる。おれは害悪を撒《ま》き散らしてきたのか。アメリを救い、ＢＢを生かす。そのために、ブリッジズの要求に応えた。

それが欺瞞《ぎまん》だったことに目をつぶっていたのだ。その結果、死者の世界に橋を架けてしまったのか。

「理論が開示されて、実践的な研究がはじまったころから懸念はあった。ブリッジズでも議論が繰り返された。カイラル通信網の領域が拡大すれば、相対的にカイラル濃度はあがる。だから、多少の機能を犠牲にしても、濃度の上昇を抑制するリミッターを組みこんだ。それも仮説にとどまっていたけれど」

「濃度の上昇も、スーパーセルもその副作用？　このまま大陸をつなげば、きみたちが予想もできなかったことが」

「起こる可能性は否定できない。もういちど大規模なストランディングが起きるかもしれない」

ならば、いますぐにでもこれを放棄しなければ。スーツの上からＱｐｉｄに触れる。それが熱を発しているように感じたのは気のせいだろうか。ＢＢのこともアメリのこともあきらめて、ポーターに戻ればいい。いや、カイラル通信なんて物騒なものに頼らなくても、彼女たちを救う手段を考えるべきだ。それがわからない自分がもどかしい。

「これもまだ理論の域を出てないけれど、濃度の上昇を抑制するリミッターを強化した。当然、通信の機能は、いま期待されているものより落ちる可能性はあるでしょう。過去のすべてが再現可能なカイラル・コンピュータなんて、実現しないかもしれない。論理的には無時間で無限のビーチという計算資源を、有限なものとみなすことになるから。でもそれでいいじゃない？　過去が捨てられなくても、過去に縛られる必要はない」

小さなケースをデスクに置いて、ママーはロックを解除した。そこには、サムの首にあるものと寸分たがわぬQp·idが納められていた。これがあれば解決するのだろうか？　半信半疑で手を伸ばそうとしたサムを、ママーが制した。

「違うの。まだ、これは完全じゃない」

ママーの手に触れそうになって、サムは慌てて手を引いた。

「プロトコルのハードウェア層は修正したけれど、ソフトウェア層の改修が必要なの」

「きみがやればいい」

そうよね、と言うようにママーは何度もうなずいた。そして首を力なく振って、

「コードを書いたのはわたしじゃない。別の技術者。わたしだけでは改修は完結しない」

サムに向けられたその視線は、サムを突き抜けて、彼の背後にある何かを見据えようとしている。背後を振り返るが、そこには突貫工事で修復された崩れた壁しかなかった。

「彼女はロックネ。わたしと同じ、第一次遠征隊のメンバーだった。いまは、マウンテン・ノットシティにいるはず」

そこは、このラボのさらに西にある都市だ。大陸を南北に縦断する山脈地帯に建設されている。荷物や装備、ルートにもよるが、第一次遠征隊の記録では到達に半月を要したとされていた。

「心配しなくていい。もちろんそこにも行く計画だ」

「そうよね。それならだいじょうぶね」

ママーの顔が別人のように見えた。影がかかったように曇った表情をしていた。Qpidの改修のことで、サムには言えない何かがあるのだろうか。理論上は完成していても、思惑どおりに機能しないことを恐れているのか。そしておれは、これまでと変わらずに、死者の国へ橋を架ける死の配達人として西へ行くことになるのか。

ふたりの沈黙を破って、赤ん坊が泣いた。ひときわ大きな声。聞いているこちらも悲しくなるような声だった。安定していた照明がまた、点灯と消灯を繰りかえす。ママーが駆け寄って、天井に両腕をのばした。

「ここのところ、ようすがおかしい」

そう言って、彼女は腕を振り回した。何かを追い払うような仕草に見える。照明がすべて落ちて、ラボが暗くなる。

「ほら、怯えている。ものすごく」

はずしていた臍帯をポッドにつなぐと、赤ん坊の小さな姿が、ぼんやりと見えた。ママーが言うように、その子が怯えているのかどうか、サムにはわからなかった。しかし、その怯えに感応したのか、BBが泣きはじめた。

天井の亀裂から、細く長い腕のようなものが延びて、赤ん坊をつかもうとしているのが見える。ママーはあれを祓《はら》おうとしているのだ。

「あの世が連れに来ているのかも」

背伸びをしたママーは、赤ん坊をかきよせて、胸に抱きしめた。

「それともこの子が、還りたがっているのか」

赤ん坊の小さな手が、ママーの頬を触った。照明が回復して、オドラデクの反応も収まる。天井にいた禍々《まがまが》しいものも消えていた。

「このままではいられない。それはわかっている」

ママーが顔をあげて、サムを見つめた。涙がこぼれている。幽霊の赤ん坊を胸に抱いた彼女の姿は、幼子を連れ去られる運命に抗《あらが》う聖母の姿に重なって見えた。

彼女は、無言でサムにたずねる。あなたも、わかったんでしょう?

「ここは、わたしがいた病室だった」

赤ん坊の背中をゆっくりとさすりながら、ママーは話しはじめた。

経過は順調だった。予定どおりの受胎。予定どおりの成長。お腹の子どもは女の子だということもわかった。お母さんの顔になったね、といわれて、照れくさかったけれど、嬉《うれ》しかった。誰かがママーと呼ぶようになって、それが定着した。モリンゲンという本名で呼ばれることは、ほとんどなくなった。このコロニーで子どもを宿すことは、とても珍しく、喜ばしいことだったから。

ノットシティではなく、コロニーの医療施設に入ったのも、自分の経験をデータとして提供すれば、何かの役に立つはずだという信念があったからだ。

手術台に横たわり全身麻酔を処置され、すぐに眠った。

目が覚めたときには、子どもに会えるはずだった。

しかし、彼女を迎えたのは、肢体を引きちぎられるような痛みだった。身体が動かない。目を開いても、闇が深くて何も見えない。ここがどこかすら、思いだせなかった。胸が圧迫されて、息をするたびに肺が焼けつく。

ひしゃげた手術台に横たわって、崩落した天井の下敷きになっていた。わたしの赤ちゃんは？　お腹に石を詰めこまれたような重い痛みがあるだけだ。遠くで爆発の音が聞こえる。地響きが建物を揺らした。

誰か――という言葉は声にならない。

そのかわりに涙があふれてとまらなかった。口に流れた涙がしょっぱかった。こんなときでも、味を感じるんだ。まだ生きている。

もう一度助けを求め、声をだそうとするが、うまくいかない。かろうじて息ができているだけだ。吐く息がうっすら白い。射していた光が消えていた。いつのまにか夜になっていたのだ。忍び寄ってきた冷気が、体温を奪っていく。激しく咳きこんで、口中に鉄錆びの味が広がった。息ができない。肺に血が流れこんでいるのだ。視界が暗くなる。目を閉じても開いても変わらなかった。このまま死んでしまうのだ、という予感をねじ伏せることはできそうになかった。

頬に何かが落ちるのを感じて、目を覚ました。水滴が不規則にしたたたっている。

赤ちゃんの泣き声がした。

「どこにいるの！」自分でも驚くほどの大きな声が出た。わたしの赤ちゃんはどこ？　声は聞こえるけれど、見つけられなかった。瓦礫《がれき》に圧迫されて、首をめぐらすこともほとんどできなかった。ただ赤ん坊が――わたしの娘が、わたしを求めて泣いていることだけは、はっきりとわかった。

「わたしはここよ！」

腹の底から声が出る。ねえ、ここ。ママはここにいるの。でも娘はどこにもいなかった。叫び疲れて少し眠り、また目を開ける。赤ん坊に呼びかけて、励まして、ときには歌も歌った。そのたびに泣き声が聞こえて、娘が無事でいることをたしかめた。それが聞こえている自分もまた、ここにいることも。

救助隊が来てくれたのは、いつだったのだろう。もう痛みにも寒さにも慣れてしまったのか、ほとんど何も感じなくなっていた。娘の声を聞き逃さないようにと、聴覚だけが研ぎ澄まされていた。外では、いつのまにか雨が降りはじめているようだ。この周辺には降ったことがない時雨だった。

闇の中、人を呼ぶ声が聞こえた。わずかに首を動かすと、視界の隅に光が見えた。

「誰か！　誰かいるの」

救助隊に声は届かない。娘も叫ぶように泣いている。

一緒になって救いを求めてくれているんだ。生まれたばかりなのに。わたしはまだ、あの娘に何もしてあげてないのに。

「わたしはここ！　ここにいるの！　助けて。お願い！」

瓦礫が慎重に撤去されて、ママーの身体が引き出された。動けるようになって最初にしたのは、血まみれの手でお腹に触れることだった。下腹部を中心に血が広がっている。そのほとんどが乾いて黒く変色していた。平らになったその部分に痛みはない。赤ちゃんが泣いた。

「ありがとう」

酸素マスクを着けようとしていた女性の手が止まる。ブリッジズの医療チームの赤いユニフォームを着ている。心配しないで、しゃべらないで。あなたは助かったの。

「ありがとう」

そうお礼を言ったママーは、その医療チームの女性を見ていなかった。天井を見たまま、話しかけている。

「ありがとう、ママを助けてくれて」

BBを装備したスタッフがやってくると、オドラデクが起動し、天井を指した。

「それがこの娘」

ママーの腕に抱かれているBTの娘は、そうやって生まれたのだ。いや、生まれたという表現は正しくない。ママーのお腹からは、臍帯が伸びていた。

「わたしは、この娘とつながったままなの。この娘はここから動けない。ここにつながって、縛られている。だからわたしも、あれからずっとここにいる」

ここは、そのときの病院を改修して、ラボに仕立てた場所なのだ。死んだ娘と彼女は、ここで二人きりで過ごしてきた。

「このままでいいのか」

衝動的に口にしてしまい、すぐに後悔した。自分にそれをいう資格はない。言葉はサム自身に返ってくる。

「あなたも同じでしょう?」

ママーが見ているのは、サムのBBだった。

「眠ったみたい」

BBが目を閉じて、ポッドの中を漂っていた。ママーは娘にほおずりして、腕を広げた。赤ん坊がゆっくりと上昇していく。ママーの臍帯がそれに引かれて延びていく。そのまま母子ともに天に向かうような気がした。彼女は、幼子を運命から守ろうとする聖母ではなかったのか。そうか、きみは――。

「お願いがあるの。あなたの血を採取させて」

怖いくらいに真剣な眼差しで、遮られた。

「その特殊な帰還者の血は、BTを還せるんでしょう、死者の世界へ」

その効果を証明する兵器をつくったのは、ママーだ。その結果、サムの血液は、配達人のプライベートルームで休むたびに、採取されていた。それは加工されてサム自身を守る兵器となっていた。これ以上、何に使いたいのか。ため息をもらしたサムを無視して、ママーはサムの腕を握った。反射的に手を引こうとしたのは、接触恐怖症の反応のせいではなかった。驚くほど、ママーの手のひらが冷たかったのだ。

「動かないで」

自分の手錠端末の片方で、サムの左手首を拘束する。静脈に極細の針が刺さる。

「ちょっとね、テストをしたいの。あなたの武器になるかもしれない」

「ママー、きみはやはり――」

「終わったわ」

そう言って、頷いた。そうか、そう応えたサムの吐く息は白かったが、ママーのそれは、そうではなかった。

「ごめんね、この娘と二人にさせて。あなたの血のテストが終わるまで、このラボで休んでいって。本部との通信もできるし、装備の整備もできるから」

そこは小規模なプライベートルームのおもむきだった。カイラル・プリンターで出力したばかりとおぼしきベッドが、新しい。通信端末の一部も、カイラル通信対応のものに換装されているようだった。だがシャワーブースも、BBのインキュベーターもない。どちらもママーには必要のないものだからしかたがない。この先のマウンテン・ノットシティまでの移動距離と時間を考えると、ＢＢのコンディションが心配だった。ほんとうなら脳死母《スティル・マザー》につないで休ませてあげたかった。

母と子のつながりとは、なんなのだろう。

サムには、実母の記憶がまったくない。ブリジットやアメリからも具体的な話を聞いたこともなかった。それゆえに、母という存在は、意識のどこかでくすぶりつづける存在だった。

胎児は母の一部なのか、子宮の中で成長をはじめた時点で他者なのか。どちらであっても、母は子どもを包んでいる。生まれたあとも、母という存在は子どもにとって不可欠だ。胸が張るのといって、顔をしかめたママー。生死にかかわらず、母というプログラムは作動するのか。脳死状態で、物理的な接触がなくても、ＢＢの母親は子どものための環境を提供する。

母と子は、どこで別れられるのか。母親と未だ出会っていないサムにとって、それは永遠にほどけない結び目だった。

——**だから、ここを動けない。**

顔をあげるとアメリがたたずんでいた。ホログラムだということはすぐにわかった。しかし、音声と像の動きが一致してない。エッジ・ノットシティまでは、まだはるかな距離がある。それゆえのタイムラグにしては不自然だった。

「アメリ」

サムの呼びかけに、アメリは反応しなかった。

「とうとうヒッグスたちが、ここに来た」

出来の悪い操り人形のように、ぎくしゃくと両腕を上下させている。彼女には、こちらの声が聞こえていないのだろう。おそらく、一方的に送信してきているのだ。

「このエッジ・ノットシティまで来てしまった。もう一歩も動けない。都市は破壊されて、みんな殺された。遠征隊のメンバーも、市民のみんなも」

アメリを実質的な人質として拘束していた分離派も、一掃されてしまったのだろう。サムが最終地点に到着しても、交渉の余地はない。ヒッグスとの衝突は避けられないことになった。

「BTに包囲されている。だけど、なんとかあなたとつながれた」

砂でつくった像が壊れるように、ホログラムのアメリが崩れた。そのまま、彼女は復元しない。もう声しか聞こえなかった。

「これが最後になるかもしれない。いまはまだ無事だけど、どうなるかわからない。サム、あなたがここまでつないでくれれば、わたしは自由になれる。あなたと一緒に東まで帰れる」

耳を聾《ろう》するノイズが部屋を満たし、突然消えた。通信端末そのものが死んでしまった。もう何も音を発しなかった。

「アメリ！」

無駄だと知りながら、サムは誰もいない空間に向かって叫んだ。アメリの反応はない。不安だけが募る。

――サム。あなたを待ってる。あなたをビーチで待っている。

通信ではない声が、サムに直接届いた。あるいは、それは自分の幻聴だったのかもしれない。彼女もおれも、ママーも、みんな囚《とら》われている。みんな動けない。

★

モニターがブラックアウトした。前触れもなく、ラボへの送電が止まったのだ。予備電源も起動しない。その直前、サムが休んでいる部屋の方から、耳障りなノイズが聞こえた。

ラボは闇に支配された。

カイラル濃度の急激な変動のことばかりサムには説明していたけれど、それはこの現象の結果であって、原因ではない。あたりまえだ。サムはそんなことわかっているはずだ。スーパーセルの発生と、サムの体験のことは皆目見当がつかないけれど（**嘘でしょ、少しは気がついてるはず**）、このラボに生じている異変の源が自分自身だということは理解していた。

予兆があったのは、サムがグラウンド・ゼロを越えて、レイク・ノットシティ以西をつなぎはじめたころだった。カイラル通信の有効エリアは、中継点を起点として、十二方位に広がる。強度に濃淡はあるが、同心円状に拡大していく。エリアに入らなくても、徐々に影響力が強まっていく。

サムが西に進むほど、稼働領域を拡大していくほど、こちらに近づいてくるほど、娘の調子が悪くなった。

カイラル通信がカイラル濃度を上昇させるのは事実だった。それによって死者の世界との距離が縮まるのも。娘が本来いるべき世界が近づいてきたのだ。

このまま見過ごしていたら、とりかえしのつかないことになる。ママーがまずコンタクトしたのは、本部ではなく、マウンテン・ノットシティにいる技術者、ロックネだった。

わたしたちが懸念していたように、Qpidには欠陥がある。

そう記したテキスト・メッセージに対して、予想していたとおり、なんのリアクションもなかった。

Qpidを改修しなければならない。それにはあなたが必要なの。

やはり、返事はない。何度送信しても同じだった。音声やホログラムでの通信は、はなから拒絶されていた。本部からもコンタクトできないらしい。

ロックネとつながらないまま、時間だけが過ぎる（**つながらないって、わかっているでしょう？**）。サムは着実にこちらに近づいてきて、カイラル通信もつながってきている。

娘が泣く回数が増えていく。

ママーの前には、ふたつの未完成品があった。

ひとつは、新しいＱｐｉｄ。もうひとつは、新しい手錠端末。どちらも、サムがここに来てくれなければ完成には至らないものだった。それを言い訳にして、決断を後回しにしていた。

しかし、ついにサムがここに来た。サムの血をもらったおかげで、手錠端末はいちはやく完成した（**完成してしまった**）。

選ばなければならない（**もう決めているくせに**）。

手錠を手にとる。娘は眠っているから、いまがチャンスだ。これでこの娘を還してあげられる。この娘と離れなければ、Ｑｐｉｄは改修できない。片方の手を下腹部にあてて、目を瞑《つぶ》る。手錠を起動させて、娘とのつながりを切った。

しかし、何も変化は起きなかった。どうして？　わたしの仮説は間違っていたの？　わたしにはできないの？

もう一度、目をこらして自分と娘をつないでいる臍帯を見つめた。そこに手錠をあてて、ゆっくりと切断する。肉体の痛みはないが、胸の奥に刺すような感覚が生まれた。けれど何も起こらない。

娘が目覚めたようだ。暗いラボに光が戻ってきた。

送電が復活したのだろう、通信機器や各種端末が再起動する。モニターには、ブラックアウトの前にママーが読んでいたテキストが再表示された。

〈わたしの娘を返して〉

ロックネから送られた最後のメッセージだった。

背後でドアがスライドする音が聞こえ、ママーはモニターをオフにした。サムが入ってきたのだ。

「少しは休めたの？」

そう問いかけても、サムは曖昧に首を振るだけだった。イエスでもノーでもない。胸にはポッドを装着し、バックパックも背負っている。いますぐにでも出て行くつもりなのか、すでに出発の準備は整えている。

「その前に、お願いがあるの」

声が震えるのを懸命に抑えながら、ママーは改造したばかりの真新しい手錠端末をサムの目の前に掲げてみせた。

「端末としての機能にかわりはないけれど、武器として使える。あなたの血を使わせてもらうの」

輪を開いて、内蔵されていた鈍色の刃《カッター》を露出させた。

「この表層部は、金属繊維でコーティングされている。その繊維にあなたの血液が浸透するの」

サムが半歩身を引いた。まぶしいものでも見るように、眉間《みけん》に皺を寄せ、唇をかんでいる。両手はバックパックのストラップを握り締めていた。

「ＢＴはあの世と、臍帯でつながっている。それが、あの世の死者と、この世の生者を引きあわせる。臍帯が反物質と物質を結びつけて、ヴォイド・アウトを起こす。けれどあなたの血液は、ＢＴを構成する反物質と対消滅を起こさずに、それらを押し戻すように作用する。その性質を使えば、彼らの臍帯を切断できるはず」

改めて言わなくてもいい説明をしているのは、サムのためではなく、自分に言い聞かせるためだった。手錠から顔を背けるサムに、ママーはにじり寄った。

「つながりを断てば、ＢＴは死者の世界に還る。ＢＴがいなくなれば、ヴォイド・アウトを起こす心配はなくなる」

そうでしょう？　ぐずりはじめた赤ん坊に乳首をくわえさせる。

「これで、わたしとこの娘の臍帯を切って」

「きみが自分でやればいい」

サムのこめかみに静脈が浮きあがっていた。怒っているのか、それとも憐《あわ》れんでいるのか、ママーにはわからなかった。ただサムが己の感情を押し殺そうとしているのだけは、わかった。サムはきっと、わたしと娘の関係に気がついている。

乳房に顔をうずめたまま眠った娘を守るように、彼女は腕に力を入れた。そのせいで背中が丸くなる。きっといまの自分は、ひどく小さく見えるだろう。

「ごめんなさい。この娘が怖がるから。ずるいのはわかってる。試してみたわ、もちろん。でもできなかった。わたしにはこの娘を二度も殺す資格がないみたいなの。自分で臍帯を切ったけれど、何も起こらなかった」

　娘を抱きしめたまま、ママーは肩を震わせていた。

「わたしは、この娘と別れなければならない。そして、マウンテン・ノットシティに行かなければならない。あなたが一人でマウンテン・ノットシティに行っても、あなたは受け入れられない。ブリッジズのことも、UCAへの加盟も拒否する」

「そこにロックネが、Qpidを直してくれる技術者がいるんだろう？」

「ロックネはわたしの双子の妹なの。彼女はわたしとブリッジズを決して許さない。だから、わたしはロックネに会わなければならないの。そのためには、この娘とお別れしなければならない。そしてサム、それを叶《かな》えてくれるのは、きっとあなたしかいない。ねえ、サム。わたしとロックネの話を聞いてくれる？」


　わたしたちは生まれる前からふたりでひとりだった。

　太古の地球にふたつの隕石《いんせき》が同時に落ちてきたの。そのときにできたクレーターは、ロックネとモリンゲンと名づけられた。

　この世界に生まれる前から、わたしたちは、おしゃべりしてた。カウンセラーは、遡行《そこう》的に架構された偽の記憶だと診断したけれど、わたしたちにとって、それは本当の記憶。いくら話してもわかってもらえなかったけれど（**だって、そのときのわたしたちは、まだそれを説明できるだけの言葉をもっていなかったから**）、わたしたちは、地球に到達してクレーターという痕跡をつくる前のことを覚えているの。

つまり、母の子宮にいるときの記憶がある。わたしたちは母の子宮のなかでつながっていた。物理的にね。いわゆる二重胎児と呼ばれる状態だった。生まれてすぐに外科手術で分離させられた。そうなっても、わたしたちはお互いの考えや感情が理解できた。双子通信って呼んでいた、テレパシーの能力を授かっていたの。

わたしたちのその感覚は、カイラル通信の構想を理解する補助線になった。自分というものが、この世に送りだされる前にも存在していた。カイラル通信がつなげる過去とは、そういうものなのだ。そのことを直感的に理解できたわたしたちは、Ｑｐｉｄの開発に邁《まい》進《しん》した。

第一次遠征隊のメンバーとして、わたしたちは西を目指した。

その途中で、悲劇が起きた。

ロックネの恋人が死んでしまったの。グラウンド・ゼロを渡って、レイク・ノットシティに到着し、ミドル・ノットを経由して、サウス・ノットで通信のシステムを完成させたときだった。誰も悪くない。テロのせいでもない。単純な資材の崩落事故。山積みになった荷物のコンテナが崩れて、下敷きになった彼は死んだ。それがテロだったらよかった。テロリストを名指しして、恨むことができたから。アメリカの再建を阻むテロを憎んで、わたしたちは前に進めた。

でも、なんの物語もない事故で死んだことを、わたしたちは消化できなかった。

なぜ、とたずねても、答えは出てこない。それは荒野に転がった岩のように、そこにあるだけだった。ブリッジズなんだから、そんな個人のことに拘泥するのはおかしい。アメリカ再建という難事に関われるのだから、それに邁進するべきだ。遠征隊の誰かが、そんなことを口にした。

ふざけないで。それでロックネはおかしくなった。なぜこんなことが起きたの？　なぜブリッジズだから我慢しなくちゃならないの？　なぜアメリカを再建するの？

答えの出ない疑問の檻《おり》に閉じこめられて、ロックネは首を吊《つ》ろうとした。わたしには、その決意が伝わった。双子通信のおかげで、それは未然に防げた。でもロックネの欠落を埋めることはできなかった。

わたしはロックネではないから。

彼女の悲しみにシンクロできても、彼女の痛みそのものを背負うことはできない。

だから（**だから？**）、彼女に相談をしてみた。あの人の子どもを残さないかって。

生まれたときの外科手術の影響なのか、わたしたちは子どもが産めない身体になってしまっていた。

ロックネの子宮には異常があって、モリンゲンの卵巣は卵子をつくれなかった。わたしは、その事実を受け入れていた。別に子どもが産めなくてもいい。でもロックネはそうではなかった。恋に落ちた彼女は、恋人の子どもをほしがった。

だからわたしは提案したの。

死んだ恋人をよみがえらせるために、子どもを残すことを。遠征隊のメンバーは各ノットシティの遺伝的多様性を保つために、精子と卵子を提供することが義務化されていたから、あとはロックネの気持ちだけだった。そして、わたしはロックネのかわりに自分の子宮を提供して、子を宿すことにした。人工授精はうまくいった。うまくいったのはそこまでだった。

わたしが出産のために入院していた病院が、テロによって破壊されたことですべてがおかしくなった。ロックネとのつながりも切れてしまった。

なぜか、双子通信ができなくなった。救出されたわたしは、それでもロックネに連絡をした。わたしはだいじょうぶ。でも——子どものことを伝えることはできなかった。自分でもよくわからなかったのだ。子どもが生きているのか、死んでいるのか。

それを受け入れるのに時間が必要だった。そのぶんだけ、ロックネとの距離は広がり、やがて回復不能なものになってしまった。

〈わたしの娘を返して〉

ロックネは、何度かそう訴えた。けれどわたしには何もできなかった。だからサムが訪れる日を、デッドラインに設定した。

ロックネはブリッジズを自らの意思で脱退し、マウンテン・ノットシティの意思決定に関与するようになった。カイラル通信とQｐｉｄの開発における重要人物であり、それらの危険性を熟知している技術者であるロックネだから、マウンテン・ノットの市民も彼女を受け入れた。けれどそれは、全部双子のすれ違いから生まれたことだった。

バカじゃないの（**そうよね、バカよね**）。

ダメだと思わないで伝えていれば、状況は変わっていたかもしれない。そうすれば双子通信だって復活して、わたしたちは理解しあえたかもしれない。

でもできなかったの。だってわたしは、赤ん坊を愛してしまったから。お腹に宿ったこの生命を大好きになって、独り占めしたいと思ってしまったから。

その愛情と、この独りよがりな執着を絶ち切って、結び目をほどかなければならない。この娘を還して、ロックネに会い、すべてをうちあける。Ｑｐｉｄを二人で改修して、この世界を結びなおす。

それが、この世界を停滞させてしまったわたしが最後にしなければならないことだ。すべての原因はわたしの中にある。

お願いサム――。

ママーはそう言って、娘を抱きしめていた両腕をほどいた。まどろんでいた娘は、ふわりと上昇していく。

臍帯を握りしめて、サムに示した。

どれくらいの時間が過ぎていったのか、ママーにはわからなかった。なんの物音も聞こえなかった。サムが吐く白い息を見ていることしかできなかった。

サムがＢＢポッドに臍帯を接続し、手錠端末を手にしてくれるのを祈ることしかできなかった。

「あなたがするのは、殺人じゃない。わたしとこの娘を解放する、葬送の儀式。わたしが自分で臍帯を切れなかったのは、わたしが死者だったから。そう思うの。死者に死者は見送れない。どんなに自分に言いきかせても、この世への執着は消せない。そうでなければＢＴなんか生まれなかった。だからお願いサム、生者のあなたが、結び目をほどいて」

サムのＢＢがぐずりはじめた。結び目をほどいて、と言った自分の言葉にＢＢが反応したような錯覚に陥る。いいえ、あなたとサムのつながりを切るんじゃないの。

手錠から飛びだした刃《カッター》が鈍く光った。サムが近づいてくる。無数の粒子がうごめいてかたちをなしている臍帯は、ゆらぎながら天井に延びている。

ママーは目を閉じた。その涙が頬にこぼれる。

無意識に奥歯をきつく噛みしめていた。息をつめていた。サムが手錠を振りおろした。

臍帯を形成していた粒子が解き放たれる。

天井で泣き声がした。赤ん坊ではなく、大きなお腹をした大人のＢＴが漂っていた。あれが本当のわたしなのだ。臍帯がぽろぽろと壊れていくにしたがって、像も輪郭を曖昧にして拡散していく。泣き声はもう聞こえない。

「さようなら」

そう口にするのがやっとだった。糸が切れたマリオネットのように、身体がくずおれた。

自分ではもう支えられない。その肉体《ハー》を抱きとめてくれたサムの腕には、接触恐怖症の症状は現れないはずだ。生きている人間の体温も伝わらないだろう。
「ありがとうサム。今度はわたしを、ロックネのところに連れていって」

★

／／マウンテン・ノットシティ

突然だった。ロックネは、左の頬に違和を感じた。なまあたたかい涙。鼻の奥で、異臭がする。ビーチが近くなったときの反応だ。ずいぶんひさしぶりの感覚だった。モニターが表示しているカイラル濃度には、とりたてて目を引くような変化はない。

ブリッジズが第二次遠征隊を派遣して、ついにカイラル通信を稼働させはじめたという情報を得てから、濃度の変化は逐次モニタリングしている。東の地域では、有意な変化が観測されている。懸念していたとおりだった。

やはりＱｐｉｄとカイラル通信には、根本的な欠陥がある。ビーチを通信の経路として使う以上、その影響が強くなることは、誰にだって想像がつく。カイラル通信網による精緻《せいち》な観測ではなく、現地からの報告と、近隣の座礁地帯に設置した測定器の数値から解析する頼りない手段で把握していても、東側の変化は明白だった。

ロックネは、双子の姉のモリンゲンとともに、Ｑｐｉｄの改修と通信の規模縮小を訴えたが、それは聞き入れてもらえなかった。大統領の意思の代弁者たるダイハードマンが、計画の変更を許さなかった。半ば強引に第一次遠征隊がアメリとともに出発し、インフラを設置し、点在する都市をオルグしていった。後発部隊であるロックネらは、そのインフラの完成とメンテナンス、継続中の研究開発とデス・ストランディング現象の解明のための調査に従事させられた。

遠征隊の進行に歩調をあわせて、分離派や孤立主義者の行動が過激化したことも、ブリッジズのアメリカ再建へかける意思を強固にした。カイラル通信による連携は、脅威に対する鉄壁となる。情報と技術の共有、カイラル・プリンターの稼働による各種装備の製造、何よりもUCA再建という共通の価値観をもつことによって、テロルの脅威はいうまでもなく、デス・ストランディングという困難にも立ち向かえる。

ブリッジズによるその主張は、プロパガンダでしかない。

共通の敵をつくり、ひとつになる。

ばかじゃないの。ロックネはそう吐き捨てた。そこまでして、カイラル通信網を稼働させる必要はあるの？　モリンゲンも口をとがらせていたのに。

姉さん、あなたはいつ変わってしまったの？　いつからママーなんて名乗るようになったの？

ビーチは個人に紐《ひも》づいていて、そのおかげで生きるスタイルもバラバラで、死んでいくときもひとり。でも、違っていることが前提のビーチがあるおかげで、人はつながっていられる。そんなゆるやかな紐帯《ちゅうたい》。ロックネとモリンゲンにとって、カイラル通信とは、そんな理想を実現してくれるもののはずだった。

でも、それはUCA再建という理念の道具に使われてしまっている。

冗談じゃない。そんなものに使うならば、制限付きの通信でいいじゃない。

グラウンド・ゼロを渡って、大陸の中央部を制覇する段になって、二人はもういちどQpidとカイラル通信のグレードダウンを上申した。しかし、本部にも、先発隊のアメリにも却下された。すでに開発済みのプロトコルでインフラを建設している。この状態でも、通信がまっとうに稼働するかわからない。だから最大限の機能を実装すべきだと。それに、Qpidによる制御とは別のフェイルセイフを用意している。最悪の事態が起きても、ノットシティの安全は確保できる。

この壮大なシステムは、機密保持の観点からも、全体像を把握する人間は限られていた。つながりが大切、なんていっておいて、ブリッジズは秘密だらけだ。

それでも二人は、独自に改修の構想を実現しようとしていた。

サウス・ノットシティに到着して、ロックネとモリンゲンは隣接するコロニーへの駐留を希望した。そこにかつてのアメリカが開発したコライダーが残存していたからだ。もちろんそれは機能しなかったけれど、そこに保存された膨大な資料は、なにものにも換えられない価値があった。Qpidの再開発にも使える。

それに何より、そのコロニーで人工授精によって二人の（**いえ、彼とわたしたち三人でしょう?**）子どもを授かる計画だったからだ。

しかし二人で留まることは認められなかった。人手は絶対的に足りず、当初の人員配置の計画変更はできない。ロックネはマウンテン・ノットシティに行くように命じられた。でも、双子通信があればなんとかなる。二人にとってそれは、母の子宮にいたときにつながっていたビーチを使う通信で（**それぞれ違うビーチに紐付いているのに、わたしたちのビーチは重なりあっていたものね**）、カイラル通信の雛型《ひながた》みたいなものだった。

モリンゲンの献身のおかげで、ロックネは傷を癒しつつあった。糸巻きを模した赤ん坊の玩具をつくって、モリンゲンのところに届けてもらった。

モリンゲンのお腹で娘が育っていく経過は、ロックネにも自分のことのように感じられた。

いま、お腹を蹴ったよね。

二人で笑いあっていた。

そして悲劇が起きたのだ。それは突然起きたわけではなかった。少なくともロックネにとっては。娘の誕生が近づくにつれて、モリンゲンと娘のつながりが強くなっていった。子宮を貸すと言っても、わたしたちの娘よと言ってくれても、臍帯でつながっているのはモリンゲンと娘なのだ。嫉妬《しっと》だとはわかっていたけれど、醜い感情だと知ってはいたけれど、どうにもならなかった。モリンゲンがママーなんて呼ばれて、それを喜んでいることも許せなかった。

コロニーがテロの被害にあって、モリンゲン（**ママーなんて呼ばない**）も犠牲になったと知ったときに、真っ先に心配したのは、娘のことだった。

あの娘はだいじょうぶなの？

返事はない。

モリンゲンのビーチは閉ざされていた。母子ともに助かったという連絡はあったけれど、モリンゲンからは何もない。

双子通信がダメならと、通常の通信も試みた。ホログラム、音声、テキストのメッセージ。

〈わたしの娘を返して〉

何度も送った。でも一度も返事はなかった。最初は絶望しかなかったけれど、やがてそれと同じ熱量の憎悪が生まれた。真実から遠ざけられているせいで、それは無限に膨張した。なんの情報もくれないブリッジズも憎しみの対象だった。

マウンテン・ノットシティの自治を司《つかさど》るグループに接触したのは、そのせいだった。アメリたちの先発隊が、UCAの加盟を促してはいたが、最終的に通信網の稼働エリアに入り、加盟するかどうか決定するには、第二次遠征隊がQpidを運んでくるまでの猶予期間があった。それまでブリッジズたちは、都市の外側に建設された配送センターに駐留する。特別なことがない限り、都市の内部には立ち入らない。内政にも干渉しない。それが原則だった。

ロックネはブリッジズを脱退した。公式には認められなかったけれど、メカニックの特権をいかして、かってに手錠端末を捨てたのだ。

カイラル通信の危険性を訴えて、シティの意思決定に関与した。

表向きにはそうだったが、真実は裏切ったモリンゲンとブリッジズへの復讐だった。一方的につながりを断絶させたのなら、こちらもそうする。

それからどれくらい経《た》った頃だろう、ブリッジズは第二次遠征隊を出発させた。しかも、サム・ブリッジズという男たった一人で。

ロックネの左目からは、涙が流れつづけている。

悲しいからじゃないことはわかっていた。下腹部に疼《うず》きがあった。しばらくのあいだ、忘れていた感覚だ。

〈姉さん、近くにいるの？〉

流れこんでくる。これまでせき止められていた時間の淀《よど》みが、いっぺんに解放されて、ロックネは呑《の》みこまれてしまう。

涙が止まらない。

★

背負ったママーの気配が変化した。

前を向いたまま、サムは「だいじょうぶか」と声をかけた。降りはじめた雪は、またたくまに勢いを増して、吹雪になった。横殴りの風に乗って、全身に吹きつけてくる。踏みだすたびに脚が膝まで雪に埋まる。

ママーのラボを出てから、しばらく進むと、景色が一変した。平らな土地はなくなって、急な斜面ばかりの山岳地帯となった。さらに行くと一面は雪だけになった。

気温は急激にさがり、雪と岩のせいで足場も悪くなる。ずっと歩きつづけているのに、距離はかせげなかった。スーツに断熱材を仕込み、ブーツを防寒仕様のものに履き替えていたが、冷気は容赦なく身体の芯《しん》まで沁《し》みこんでくる。爪が剝がれたままの足指には、とうに感覚がなくなっていた。このまま放置していれば、凍傷になる可能性もあった。

それよりも気がかりなのは、背中のママーのことだった。

出発したばかりの頃は、問わず語りにロックネや娘のことをぽつぽつと口にしていたが、次第に無口になっていった。

寒さのせいで眠くなっているのか、体力が落ちているのか、それともやはり、サムが予感したことは本当だったのか。ぐるぐると憶測だけが空回りしている。たぶん、この吹雪のなかでも、彼女の息は白くない。首を巡らせてそれを確かめられないのは、いまのサムにとっては幸いだった。

そんなママーの身体がふと軽くなったような気がしたのだ。

「だいじょうぶよ、サム」

声は小さいが、苦しそうではない。

「ロックネの声が聞こえたような気がしたの」

マウンテン・ノットシティは、この峰を越えたところにある。

「ねえ、サム。ロックネが近づいてきた。あなたのおかげね」

吹雪がさらに強くなって、ママーの声が飛ばされてしまう。だからサムには聞こえなかった。

ごめんね。ごめんね、ロックネ。

★

／／マウンテン・ノットシティ

モリンゲンが近くまで来ている。あんなに憎くて、あんなに恋い焦がれた姉さんが。

二人のビーチが共鳴し、双子通信がよみがえった。

パノラマのように、いくつもの場面が同時に展開する。

病室の天井が崩落して、下敷きになるモリンゲン。お腹が圧迫されて、生まれる前に死んでしまった、わたしの――わたしたちの赤ちゃん。救出されて、でもそこから動けなくなって、あらゆる手段を尽くして、連絡をとろうとするモリンゲン（**姉さん、わたしも同じだったの。あなたと話がしたかったのに、つながらなかった**）。

〈わたしの娘を返して〉

届いたのはそのメッセージだけ。ありったけの憎悪をこめて書いたメッセージだけが姉さんのところに到達していた。

動けないママーは、それでもＱｐｉｄを改修しようとした。ロックネに会うために、娘と別れる手段を考え、実行した。サムの血を使って、自ら臍帯を切る。何度やっても失敗する。サムに切断してもらった姉さんは、彼に背負われてもうすぐここに来る。

ああそうだ（**そうだったの**）。わたしたちは途切れてしまったんじゃない。**同じビーチでつながっていたのに、入り口を間違えてすれ違っていた。**


ロックネは駆けだした。自室を飛びだし、地下通路を駆け抜け、ブリッジズの配送センターを目指す。エレベーターが地上階に到着するのももどかしく、扉が開くと同時に、まろび出る。

起動した配送端末の隣に、配達人が立っている。頭や両肩に積もった雪が融けて、床に水たまりをつくっていた。

サム・ポーター・ブリッジズが、姉さんを――モリンゲンを、ママーを背負ってここに来たのだ。

「モリンゲン！　姉さん！」（**ロックネ、やっと会えたね**）

追いかけてきたスタッフが運んできたストレッチャーに、サムがモリンゲンを横たえる。搬送用の袋に入って、目を閉じているモリンゲンの姿は、蛹のようだった。穏やかにうっすらと微笑んでいる。

「ごめんね、姉さん」

ロックネは自分の額をモリンゲンの額にあわせた。モリンゲンの左目から、黒い涙がこぼれた。ロックネの右目からも、黒い涙が流れている。

「姉さん、許して」（**ロックネ、伝えられなくてごめんね**）

ロックネは、モリンゲンを抱きしめた。

糸巻きの玩具を取りだしたモリンゲンは、震える手でそれを握ってロックネに示す。まだ双子通信でつながっていた頃、ロックネがモリンゲンに届けた玩具だった。

「ごめんね、あなたの子を守れなかった」（**姉さん、いいの。もう謝らないで**）

黒い涙で斑《まだ》らになった顔をぬぐって、ロックネはモリンゲンの手を包む。それを満足そうな表情で見届けて、モリンゲンはサムに視線を転じた。サムは背負っていたもうひとつの荷物をロックネに差しだした。

「お願い、Ｑｐｉｄを直してね」

もう息が消えてしまいそうだった。**もういいの姉さん、しゃべらないで。**

「あなたが必要なの。あなたにしかできない。あの娘は救えなかったけれど、これで世界を救える。ロックネ、愛している」

わたしも、あなたが大好きよ。

最後の息を、モリンゲンが振り絞る。ゆっくりとまぶたが落ちていく。

彼女の手から、糸巻きの玩具が落ちた。乾いた音を響かせながら床に転がって、ロックネの足元で止まる。二人の娘がそれを見て笑う声が聞こえたような気がした。

モリンゲンは、この世界から解き放たれたのだ。

★

プライベートルームのサムに、ロックネから連絡が入った。

Qpidの改修が終わったのだ。ずいぶん早い。ここに到着して、数時間しか経っていない。

指定されたロックネの自室兼ラボに入る。白いタンクトップとワークパンツのママーとは対照的に、ブルーブラックのフードがついたケープで全身を包んだロックネがサムを迎えた。壁際の簡素なベッドに、ママーの遺体が横たえられている。いまにも起きだしそうな、安らかな顔をしている。

Qpidを手にとったロックネは、ママーにそれを供えるように掲げてみせた。

「姉さんが望んだように直した」

サムではなく、ママーに報告しているような口調だった。

「安心して。これでカイラル濃度は制御できるはず」そう言って、サムを見あげた。

「信じられない？　こんなに早く直せるなんて。前に姉さんと検討した仕様どおりにハードウェア層が改修されていた。わたしはそのときのコードを確認してアッセンブルするだけでよかった」

サムは新しいＱｐ·ｉｄを受け取って、首にかけた。この双子は、すれ違っていたけれど、同じ方向を見て、同じ場所に向かっていたのだ。

「事故に遭ったとき、姉さんは瓦礫の下敷きになって、お腹の娘と一緒に死んでいたのね。自分の魂《カー》は、とっくに死者の世界に行って、この世に残された肉体《ハー》と死んだ娘を介して、つながっていただけ」

屈《かが》みこんだロックネは、ママーの頬をそっと撫《な》でた。

「たぶん姉さんはそのことを知っていた」

そうでしょう？　とサムを見る。

「バイタル・データを記録する手錠端末を、ずっと外していたんでしょう？　自分でつくったお気に入りの手錠なのにね」

ママーの右手から、片方の輪だけつながった手錠を解除した。

「でも姉さんは、わたしたちの娘を守ろうとしてくれていた。とっても不器用なやりかただったけど」

ロックネの左目から、涙が流れていた。そのしずくが、ママーの右頬に落ちて流れる。ママーも泣いているように見えた。

「さあ、行きましょう。マウンテン・ノットの執行部には話してある。ここもＵＣＡに加盟する。サム・ポーター・ブリッジズ、そのＱｐ·ｉｄでカイラル通信を稼働させて」

ロックネは部屋を出て、アッパーフロアに向かった。

起動した端末を前にして、サムは手にしたQpidをロックネに見せる。双子がつくった新しい結び目だ。

受容器に金属片をかざす。ロックネが息を詰めてこちらを見ていた。いつもの浮遊感とともに、鼻の奥にビーチの臭いが広がり、涙があふれてくる。しかしそれは、いつもの身体の反応だけではなく、ママーとロックネの温もりが重なっている涙だった。

「つながった。またひとつになった」

ロックネが歌うようにつぶやいた。ロックネは腕を交差させて、左手で右の頬を、右手で左の頬を包んだ。いつのまにか、彼女の瞳は碧と緑のオッドアイに変化していた。

「お腹の中に戻ったみたい」「そうね、なつかしい」

ロックネとモリンゲンが交互に話していた。サムはそれを、ただ見ることしかできなかった。この光景を決して忘れることはないだろう。おそらく、これから何度も思いだすだろう。ロックネの肉体《ハー》に、モリンゲンの魂《カー》が還ってきたのだ。

「サム、ありがとう。わたしたちはまた、ひとつに戻れた」

この美しいユニゾンも忘れないだろう。

ロックネとモリンゲンは、娘を失い、その結び目から自由になった。そしてまた、結び目をつくったのだ。

EPISODE Ⅶ　デッドマン

　サムはインキュベーターに接続されたBBポッドを見ていた。カイラル通信がつながったマウンテン・ノットシティのプライベートルームで、ようやくBBを回復させることができたのだ。

　――事故に遭ったとき、姉さんは瓦礫の下敷きになって、お腹の娘と一緒に死んでいたのね。自分の魂《カー》は、とっくに死者の世界に行って、この世に残された肉体《ハー》と死んだ娘を介して、つながっていただけ。

　ロックネの言葉がよみがえってくる。

　生まれずに死んでしまった子ども。それはこのBBも同じじゃないのか。ママーの胎内で死んでしまった娘は、生と死の狭間にとどまっていた。この子もその特性ゆえに、あの世へのセンサーとして使われている。この子を延命させる。そのためにデッドマンから預かった。大陸横断のあいだに何か打開策が見つかるのではないかという、茫漠《ぼうばく》とした希望にすがって。だがそもそもこの子は、生きているのか？

　BBが小さな声で泣く。ポッドのウィンドウに両手のひらを当てて、何かを訴えようとしていようだった。その手のひらが崩れはじめる。手のひらから腕へ、腕から胸へ、そして脚へと粒子に分解されて、消えていく。ママーたちの、あのBTの赤ん坊のように。ポッドをつかもうとして手を触れたとたん、ガラスのウィンドウが崩れてしまった。ポッドもBBも、もうどこにもいなくなってしまった。

叫んでベッドから立ちあがった。

肩で息をしていた。ベッドには腰かけたままだ。いつのまにか眠っていたらしい。夢だったことに安堵《あんど》して、インキュベーターに収まったポッドを見た。だが、ポッドそのものが消えていた。

「ルー!」

思わずそう叫んで、サムは今度こそ本当に立ちあがった。

「それは、これのことか?」

背後から男の声。赤いレザーのジャケットを着た、樽《たる》のような男が視界をふさいだ。デッドマンだった。片手でポッドを抱えている。ルーという名前を叫んでしまったことを、なかったことにしたかったが、それは叶わない。取り繕う言葉もみつけられず、サムはデッドマンを睨みつけた。

「予告もなしにすまないな。フラジャイルに飛ばしてもらったんだ。彼女のビーチを使ってね」

断りもなしにベッドに腰かける。やはりこの組織にプライバシーはないのだ。右腕の手錠端末が急に重さを増した。つながりは、監視という言葉の書き間違いだ。

「じつは、BBに問題が起きている」

デッドマンは大儀そうに息を吐く。ビーチを経由したジャンプのせいで疲れているのだろうか。

「BBはその名のとおり、この世とあの世の架け橋だ。おれたちがいるこの世界でも、BTたちの死者の世界でもなく、その中間地帯にいる。その均衡点にとどまっているべきで、どちらかに偏《かたよ》ってはならない。ところがこのBB-28は、ここしばらく急速に生の世界に近づいている。つまり、あんたに」

「おれたちは、うまくやっている」

とっさにそう答えたものの、自信がゆらいでいた。一瞬、粒子状に分解してゆくBBの幻が脳裏をよぎった。

「おれたち、だって？　いいかサム。BBはあくまでも、ただの装備だ。架け橋《ブリッジ》だが、赤ん坊《ベイビー》じゃない」

汗が、デッドマンの額を横断する大きな傷痕を際立たせている。この男は、とまどっているのだ。何に対してなのかはまだわからないが、デッドマンを動かしているのは、焦りにも似た感情だ。少なくとも、サムにはそう思えた。

「こいつに何が起きているんだ？」

「装備のはずのBBが、成長をはじめている」

額の汗をぬぐって、デッドマンはポッドのＢＢを覗《のぞ》きこんだ。

「わずかだが体重も増えて、脳波の活動も活性化している。記憶も蓄積されているようだ。鏡像段階にさしかかっているんだ。つまり自我のようなものすら芽生えはじめている」

「それが問題になるのか」

「いいか、ＢＢは人為的に造られた装備なんだ。このポッドで機能するように最適化されている。別の言いかたをすれば、この中でしか活動できない。母親の子宮を模した擬似的環境とＢＢとで、ひとつの装置を形成している。だから、ここから出せば、高い確率で機能を停止してしまう。しかし、このままでは数日以内に動かなくなるだろう」

デッドマンが、静かにポッドをインキュベーターに戻した。このプライベートルームがあるマウンテン・ノットシティは、カイラル通信の稼働域に入っている。だからポッドは東のキャピタル・ノットシティの脳死母とつながり、ＢＢのストレスを解消してくれるはずではないのか。

「あんたの考えはわかるよ。でも、言っただろう。このＢＢは成長しているって。つまりポッドの規格に合致しなくなっているんだ。だから、こいつを初期化するしかない」

手の甲でまた額の汗をぬぐう。

「しばらくおれに預けてくれ。そうじゃないと、こいつは終わってしまう」

こいつ、という言葉がサムに届く。そうだ、デッドマンもこの子を延命させようとしているのだ。デッドマンは、しかしさりげなさを装っているように見えた。部屋の壁に沿って、ゆっくりと歩いている。はじめて招かれた知人の部屋を興味深げに観察するように。

「あんたとのつながりを切らなければならない。あんたにあわせて調節したBBの設定を、リセットするんだ。その意味では、臍帯を切断するともいえるな。生者の領域に近づいたBBを、ふたたび死者の世界に引寄せる。死と生のバランスを正常な状態に戻す。そうすればそいつは、そうだな――装備として生まれ直す。いや復旧する。

ただその作業は短時間では終わらない。そのあいだ、あんたは単独で行動しなければならない」

「リセットしたら、こいつはどうなるんだ」

「そうだな、うまくいくとしよう。そうなると、こいつは記憶をなくす」

デッドマンの視線はサムから外れ、天井をさまよっている。

「おれを忘れる？　そういうことか？」

「だいじょうぶだよ。性能には影響しない。むしろBBのリソースの最適化ができる」

返す言葉が見つからなかった。デッドマンも口をつぐんで、沈黙が落ちてくる。

シャワーブースの前で立ち止まったデッドマンは、ジャケットを脱ぎ、はち切れそうなシャツのボタンを外しはじめた。

「すまないが借りるよ。このとおり汗だくだ。それに、ビーチを通ってきたからカイラリウムの汚れも落とさないと」

そういいながらサムに片目をつぶってみせた。おい、そんな話は聞いてないぞ。あんたが仲良しなのは、死者じゃないのか。狼狽《ろうばい》を気取られないように、サムは首を振った。

「おい、つれないな。おれのことを忘れたのか、BBのことで頭がいっぱいなのか？　それともアメリが心配か？」

目が笑っていない。真剣そのものだ。その目線は、天井、壁、装備用のシェルフ、インキュベーター、端末と、部屋の細部をひとめぐりして、サムに帰ってきた。

サムは大きなため息をついた。しょうがない。立ちあがって、ブースに向かった。

デッドマンが手錠端末を操作して、サムの手錠を解除してくれる。


温いお湯が盛大な音をたてて、ふたりの身体を洗う。

アンダーウェアが張りついている。デッドマンのシャツも同じだ。濡れた髪をかきあげて、デッドマンが顔を寄せた。

「おれとあんただけだ。もっと近づいて。ここなら誰にも聞かれない。音声に残ることもない。画像から唇も読まれたくない」

わかってはいるが、接触恐怖症の反応を止めることができない。

「ダイハードマンに聞かれたくないんだ――おれが調べている、BBの初期実験のことだ」

これを伝えるために、デッドマンはここまでジャンプしてきたのか。ということは、ルーの不調のことも長官の目を欺《あざむ》くカバー・ストーリーなのかもしれない。淡い期待が胸に宿った。

「まだ表層的なことしかわかっていないが、聞いてくれ。初期のBB実験で、ヴォイド・アウトが起きた。原因はわからない。かつてこの大陸の東にあったマンハッタンという島ごと消滅した。それに巻きこまれて当時の大統領は死亡した。副大統領だったブリジット・ストランドが権限を継承し、大統領に就任した。ブリジットはただちに実験の中止を宣言、関連資料もすべて破棄して、BB実験から派生する関連技術も封印するように命じた」

デッドマンは、さらに身を寄せてくる。読唇されないように、サムの耳に触れんばかりに顔を近づける。声を潜め、

「しかし実験は、その後も裏でつづいていたんだ」

シャワーの音にかき消されそうだった。デッドマンはそうまでして本部――いや長官からの干渉を避けようとしていた。

「それを指揮していたのは、ストランド大統領その人だ」

「ブリジットが」

思わず大きな声が漏れる。デッドマンの肉厚の手がサムの口を隠した。

「どうやらBBは、現在のようなBTのセンサー以外の利用が検討されていたようなんだ。その根本にあったのは、デス・ストランディングを解明するたったひとつの手がかりだという認識だったらしい。おれたちが明日へ延命する唯一の架け橋、それがブリッジ・ベイ

ビーだった。カイラル通信への転用、ビーチへの移動手段などが研究されていた。だが、どれも実用化には至らなかった。結局、BTを知覚したり、ビーチを使えるのはあんたやフラジャイルのような能力者だけだった。だからブリッジズは、あんたたちを積極的に招集して、メンバーに編成した。時間はかかったが、アメリカをつなぐ遠征隊を組織し、西まで目指す部隊をつくりあげた。その一方で、いまになってなぜか分離過激派たちがBB技術を復活させた」

「ダイハードマンは、そのBB実験のことを？」

「長官にたずねてみることも考えた。だが、決心がつかない。彼がいつから大統領に仕えるようになったのか、調べても出自がわからないんだ。あの仮面の下の素顔も、本名もまるで。サム、あんたのほうがつきあいは長いんだろう？」

「あの仮面は、以前からつけていた。デス・ストランディング初期の大異変のとき、顔に大火傷《おおやけど》をしたらしい」

わからない、とサムは首を振る。ブリッジズという組織は、十年前とは違うのか。それとも、あの頃の自分は、その暗部や組織の矛盾に気づけなかったのか。

「本部にアーカイブされているデータには、最高度の閲覧制限がついている。長官クラスのクリアランス権限がないと、閲覧はできない。だが、カイラル通信がつながっていけば、断片化して散逸してしまった、ブリッジズの管理下にないデータを統合することができる。そうなれば、何かがわかってくるはずだ」

その何かとは、BBの出自に限らないもっと薄暗い秘密なのではないか。その予感に背筋が冷え、降り注ぐシャワーが熱湯のように感じられた。

「気をつけろサム。いいな？」

デッドマンがシャワーを止めて、ブースを出ていった。遅れて、サムも外に出る。デッドマンはすでにポッドを抱えていた。

「ルーのことを頼む」

ずぶ濡れのサムが、頭をさげた。わかったよ、というかわりにデッドマンは親指を立てた。残念なことに、BBの不調は本当のことだったようだ。サムが期待したようなカバー・ストーリーではなかった。リセットされて記憶を失う。サムのことも忘れるのだろう。しかし、この子のことを思えば、それが正しいのだ。つまらない感傷や、エゴでこの子の命を奪うことはできない。そう自分に言いきかせる。

「サム、おれはここの設備を借りて、こいつを修理するよ。そのあいだ、あんたはいままでどおりカイラル通信をつないでいってくれ。配達人に休む暇はないからな」

片目をつぶって、上階を指さす。アメリのことも気がかりだった。たしかに休んでいる気持ちの余裕はなかった。

「この先には、ハートマンの研究施設がある。そこを中心にして、複数の進化生物学者や古生物学者、地質学者といったブリッジズの科学スタッフが、シェルターで発掘調査をしている」

「発掘? 何を掘りだしているんだ?」

「決まっているじゃないか、デス・ストランディングの謎《なぞ》を解くための手がかりだよ。彼らのところに荷物を届け、カイラル通信を稼働させてほしい。そうなれば、過去の事象も復活するはずだし、埋もれていた研究成果を発掘できる。ダイハードマンも、それを望んでいる。そうだろう?」

片手をひらひらと振りながら、デッドマンはポッドを抱えて部屋を出ていった。長官とブリッジズに、そしてブリジットに対して生じた疑惑など存在しないかのように、これまでどおりにふるまうべきだ。デッドマンの大きな背中が、そう語っていた。

ひとり残されたプライベートルームで、ポッドが接続されていないインキュベーターの空隙《くうげき》を見つめていると、そこに呑まれてしまいそうだった。ルーがいなくなったかわりに、ブリッジズが隠しもっている暗部が、そこからとめどなくあふれてくるような気がした。


(下巻に続く)

小島秀夫著

創作する遺伝子
—僕が愛したＭＥＭＥ《ミーム》たち—

「メタルギア ソリッド」シリーズ、『DEATH STRANDING』を生んだ天才ゲームクリエイターが語る創作の根幹と物語への愛。

安部公房著

無関係な死・時の崖

自分の部屋に見ず知らずの死体を発見した男が、死体を消そうとして逆に死体に追いつめられてゆく「無関係な死」など、10編を収録。

安部公房著

砂の女
読売文学賞受賞

砂穴の底に埋もれていく一軒屋に故なく閉じ込められ、あらゆる方法で脱出を試みる男を描き、世界20数カ国語に翻訳紹介された名作。

宮本 輝著

錦繡

愛し合いながらも離婚した二人が、紅葉に染まる蔵王で十年を隔て再会した——。往復書簡が過去を埋め織りなす愛のタピストリー。

宮部みゆき著

火車
山本周五郎賞受賞

休職中の刑事、本間は遠縁の男性に頼まれ、失踪した婚約者の行方を捜すことに。だが女性の意外な正体が次第に明らかとなり……。

P・ギャリコ
古沢安二郎訳

ジェニィ

まっ白な猫に変身したピーター少年は、やさしい雌猫ジェニィとめぐり会った……二匹の猫が肩寄せ合って恋と冒険の旅に出発する。

デザイン　新潮社装幀室

デス・ストランディング（上巻）

新潮文庫　こ－69－2

令和元年十二月一日発行

著者　野《の》島《じま》一《ひと》人《り》

原作者　小《こ》島《じま》秀《ひで》夫《お》

発行者　佐藤隆信

発行所　株式会社新潮社

郵便番号　一六二―八七一一
東京都新宿区矢来町七一
電話　編集部（〇三）三二六六―五四四〇
読者係（〇三）三二六六―五一一一
https://www.shinchosha.co.jp

価格はカバーに表示してあります。

乱丁・落丁本は、ご面倒ですが小社読者係宛ご送付ください。送料小社負担にてお取替えいたします。

印刷・錦明印刷株式会社　製本・錦明印刷株式会社

ISBN978-4-10-180174-2 C0193